OCÉANO GLACIAL ÁRTICO

Mar de Barents

Círculo Polar Ártico

EUROPA

Roma
Mar Negro
Mar Mediterráneo

ÁFRICA

Mar Rojo
Golfo de Adén
Mar Arábigo

Ceilán

Ecuador

Mauricio

OCÉANO ÍNDICO

Mar del Japón
Archipiélago Japonés

OCÉANO PACÍFICO

Formosa
Trópico de Cáncer
Macao
Luzón
Manila
Filipinas
Mindanao
Mar de Filipinas

Sumatra
Java

Nueva Guinea

AUSTRALIA
Trópico de Capricornio

Gran Bahía Australiana

ÁNGELES CUSTODIOS

ÁNGELES CUSTODIOS

Almudena de Arteaga

Ediciones B
GRUPO ZETA

Barcelona • Bogotá • Buenos Aires • Caracas • Madrid • México D.F. • Montevideo • Quito • Santiago de Chile

1.ª edición: marzo 2010

© Almudena de Arteaga, 2010
© de los mapas Antonio Plata López, 2010
© Ediciones B, S. A., 2010
  Bailén, 84 - 08009 Barcelona (España)
  www.edicionesb.com

Printed in Spain
ISBN: 978-84-666-4354-2
Depósito legal: B. 2.511-2010

Impreso por LIBERDÚPLEX, S.L.U.
Ctra. BV 2249 Km 7,4 Polígono Torrentfondo
08791 - Sant Llorenç d'Hortons (Barcelona)

Todos los derechos reservados. Bajo las sanciones establecidas en el ordenamiento jurídico, queda rigurosamente prohibida, sin autorización escrita de los titulares del *copyright*, la reproducción total o parcial de esta obra por cualquier medio o procedimiento, comprendidos la reprografía y el tratamiento informático, así como la distribución de ejemplares mediante alquiler o préstamo públicos.

*A mis sobrinos Mencía, Mariana,
Jaime, Beltrán y Gonzalo*

PRÓLOGO

En la España de aquel momento, la miseria, las enfermedades y el hambre daban al traste definitivamente con cuatro siglos de gloria. El gran imperio constituido por los Reyes Católicos, Carlos I y Felipe II llevaba más de dos siglos desmoronándose en manos de sus sucesores, y el cambio de los Austrias a los Borbones no había ayudado en absoluto.

Carlos IV delegaba el gobierno de sus reinos en unos y otros ministros que, a pesar de sus buenas intenciones, daban palos de ciego ante las quejumbrosas voces del pueblo.

El conde de Floridablanca, fiel a sus pensamientos ilustrados, intentó un reparto más equitativo de los bienes, sometiendo a los dos estamentos más poderosos. Para ello, la nobleza, en su testar, tendría que suprimir los mayorazgos y la Iglesia empezar a sufrir el principio de una clara desamortización. Medidas que le preocuparon sumamente cuando en 1789 llegaron las noticias del estallido de la Revolución francesa con la detención de Luis XVI. Para evitar el contagio que ésta pudiese tener en España, optó por blindar las fronteras, prescindir del consejo de Jovellanos y Campomanes, los más ilustrados, y regresar al conservadurismo más absoluto.

Su Majestad, temeroso de posibles revanchas, decidió entonces sustituir a Floridablanca para poner en su lugar primero al conde de Aranda y después a Manuel Godoy, un advenedizo guardia de Corps que había medrado en la corte vertiginosamente gracias a los favores que la reina María Luisa le otorgaba. Titulado ya duque de Alcudia y de Sueca, y nombrado capitán general, con tan sólo veinticinco años se erigió ministro universal con poder absoluto. Título que le sirvió para dejar de defender a Luis XVI de Francia en cuanto fue guillotinado y adoptar una política de acercamiento con este país. Poco le importó que media Europa estuviese en contra de los franceses y menos su reciente intrusión en España llegando hasta Miranda de Ebro; terminaría por limar asperezas con ellos tras la firma de la paz de Basilea y el posterior tratado de San Ildefonso, sin considerar las desgracias que aquellas alianzas traerían a España.

La derrota de su escuadra frente al cabo de San Vicente contra los ingleses sólo sería el aperitivo de lo que se fraguaba. Godoy pagó este error con su destitución provisional, para regresar más enaltecido aún a los dos años y después de las pésimas gestiones de Saavedra y Urquijo en los gobiernos provisionales.

Una vez recuperado el poder, su primer objetivo fue poner a disposición de la Francia napoleónica la fabulosa Armada Española, para terminar definitivamente con la inglesa y aquellos corsarios que tantos expolios causaban en los barcos provenientes de América. El segundo, adoptar todas las tendencias de Francia en modas, costumbres y fomento de la enseñanza e investigación. Sobre todo en la aplicación de las ciencias que hasta entonces habían sido meramente teóricas.

El imperio era grande y después de los servicios a la

Corona española de Malaspina y Humboldt aún quedaban muchas tierras inexploradas, fauna y flora sin catalogar y remedios que encontrar para paliar las mortales enfermedades que asolaban a los pueblos.

Francisco Xavier Balmis, uno de los protagonistas principales de esta historia, acudió entonces al Consejo de Indias a presentar un proyecto digno de ser sufragado por la Corona española para su gloria.

Mientras, como rectora del hospicio de La Coruña, Isabel de Cendala sufría las consecuencias de la desamortización de bienes «en manos muertas» pertenecientes a hospitales, casas de misericordia y hospicios regentados por comunidades religiosas.

Precisamente en este momento de nuestra historia es cuando el destino quiso que un hombre beneficiado por las reformas del gobierno topase con una mujer que, a la contra, se veía perjudicada.

1

LA REGENTA DEL HOSPICIO

La Coruña, 21 de septiembre de 1803

> *Con su frontón al Norte, entre los dos torreones*
> *de antigua fortaleza, el sórdido edificio*
> *de grietados muros y sucios paredones,*
> *es un rincón de sombra eterna. ¡El viejo hospicio!*
>
> Antonio Machado,
> *El hospicio*

Como cada mañana, caminé a tientas. Entre la penumbra y al palpo, crucé sigilosamente por entre dos de los cien catres que allí había. Estaban tan hacinados que apenas dejaban un angosto pasillo por el que cruzar de un lado al otro, y es que ya hacía demasiado tiempo que a nuestra lista de carencias se le había sumado la falta de espacio.

Alzándome levemente el delantal, procuré que el crujir de su tela no despertase a mis ángeles durmientes antes de tiempo, y muy despacio me acerqué a las ventanas. Al posar la mano sobre la oxidada manivela, contuve la respiración, cerré los ojos y me concentré con la esperanza de que aquella mañana el gozne no chirriase. Sabía que era una vana expectativa, pero aun así no dejé que mi anhelo cayera en saco roto. Por muy absurdo que pareciese, para mí desistir de ello hubiese significado una rendición incondicional, algo que de ningún modo podía tolerar como rectora-generala de ese hospicio hecho a los ojos de sus moradores un esforzado fortín.

Allí, y desde el mismo día en que ingresaban, mi particular ejército de inocentes ánimas aceptaba su lamentable posición luchando contra la adversidad. Después de eso, todo sueño sería posible, o al menos aquello era lo que yo les había prometido.

Intuían que no les sería fácil, pero la ilusión les servía de acicate para combatir los instantes de decaimiento con una esbozada sonrisa dibujada en los labios. Aquello, como todo lo verdaderamente valioso, no nos costaba una sola moneda. Y es que en nuestro hogar podrían faltar viandas, leña y medicamentos, pero de alegría andábamos bien sobrados y evitábamos como al diablo cualquier viso de tristeza o compasión.

Con pulso firme, acorralé mis pensamientos para por fin girar la dichosa manivela. ¡Por primera vez en varios meses la esperanza del silencio se cumplió! ¡Sólo por eso habría merecido la pena el amanecer de aquella jornada! ¡El encanto de las pequeñas cosas!, susurré entusiasmada para mí misma. Sonreí antes de tirar con todas mis fuerzas del combado postigo para abrirlo de par en par. Después del tímido crujir de la madera, toda la claridad del nuevo día inundó la estancia coloreando las mejillas de los perezosos durmientes. Antes de entreabrir definitivamente la ventana, limpié sus cristales del vaho que por la noche se había formado en ellos. Como cada día, la entorné lo justo para asomar mi cabeza sin dejar espacio suficiente al cuerpo de uno de aquellos incautos.

La brisa marina que venía encañonada calle arriba desde el malecón irrumpió de golpe en el estancado dormitorio para rociarlo de ánimo. A falta de agua, su fresco revolotear era mi mejor aliado para arrancar las legañas de los lagrimales a aquellos perezosos. Casi de inmediato, más de una decena de famélicos brazos comenzaron a estirarse asomando de entre las raídas mantas como para alcanzar el desconchado techo al son de un coro de contagiosos bostezos.

Como ellos, llené mi pecho de aquel soplo con olor a mar, crustáceos y sal para despabilarme de la pasada noche de guardia en duermevela antes de comenzar a faenar. Al cerrar los ojos, la susurrante brisa se coló en mi garganta para espiar cada recoveco de mi sentir. Sin saber por qué disfruté con ello, quizá fuese por llevar tanto tiempo enclaustrada en mi propio silencio.

El graznido de una gaviota demasiado cercana me asustó, obligándome a entreabrir de nuevo los párpados. Junto a sus compañeras volaba en bandada rumbo al montón de desperdicios que los pescadores habían desechado al amanecer. Como ratas aladas picoteaban escarbando en la inmundicia del pescado en busca de su mejor manjar.

Un fuerte tirón del mandil hacia abajo me privó de aquel ensimismamiento. Al bajar la vista, topé con un pequeño de ojos oscuros que incapaz de protegerse del frío tiraba bajo la áspera manta que le cubría.

—¿Cuándo desayunaremos?

Cerré de golpe la ventana, con el tiempo justo para amortiguar el tañer de la primera de las siete campanadas que la iglesia de nuestro hospital vecino tocaba cada mañana. Era nuestro reloj particular. Me incliné hacia él para susurrarle al oído.

—Aún es pronto. Anda, intenta, como tus hermanos, espabilarte despacio, que si no ya sabes lo largo que se te hace el día.

Frunció el ceño, rascándose los ojos con los dos puños cerrados.

—No tengo sueño.

Al ver sus pies sucios asomando por debajo, le puse los agujereados calcetines que cada noche antes de acostarse colgaba del piecero para orearlos.

—Si no quieres dormir más, peor para ti porque yo tengo que seguir haciendo cosas y aún falta una hora y media para que la madre Sagrario suba por el torno los tazones.

Como cada día, se puso de rodillas sobre la almohada para trepar por los barrotes del cabecero y poder asomarse a la ventana.

Aquel niño no era como los demás. Apenas le dabas una orden la acataba sin rechistar y es que aquella lúgubre inclusa parecía ser el lugar más acogedor en el que él había estado nunca. No hacía ni un mes que había llegado. La noche que lo recogí, los alguaciles me despertaron en pleno crepúsculo. Querían que los acompañase a cumplir con un aviso. Su ruda premura apenas me dio tiempo para echarme una toquilla de lana sobre el camisón antes de salir a la intemperie.

Supimos que habíamos llegado al lugar porque una docena de macabros mirones se habían detenido a la vera de un camino para observar al fondo de un terraplén.

Junto al aliviadero de las cloacas que daba al mar, yacía el cuerpo inerte de una mujer arropada por un pequeño. Sus faldas alzadas hasta la cintura mostraban toda su impudicia cuajada de sangre y lo que en la lejanía parecían vísceras. Sólo el niño se movía.

Al ver cómo los alguaciles se precipitaban hacia la escena les rogué delicadeza, pero no me escucharon. Apenas tuve tiempo de alzarme las enaguas para seguirlos entre el barrizal e impedir que separasen al niño de la mendiga a base de mamporros. Éste se defendía con uñas y dientes. Cuando al fin lo lograron, una amarga flema se adhirió a mi paladar.

No eran dos, sino tres los que allí estaban. El pequeño había desabrochado la cinta del corpiño de la mujer para introducir su pecho en la diminuta boca de un feto que entre madre e hijo yacía. Desesperado, le estrujaba el pezón sin lograr ordeñarle una sola gota.

Tenía la angustia tatuada en sus pupilas, ya que el malparido ni siquiera hacía amago de agarrarlo. Pese a estar cubierto de sangre y placenta pude distinguir que era otro varón de unos seis meses de gestación y estaba tan muerto como su madre.

Ante los tirones de los alguaciles y a pesar de su endeble constitución, el niño insistía en aferrarse al cadáver de la mujer como una lapa a su roca. Me sentí incapaz de ordenarle silencio ante los improperios de furia que pronunciaba por nuestra intromisión. Se retorcía como una víbora, mordiendo, pataleando y pellizcando de tal manera que al final y pese a mi oposición tuvieron que atarle.

En la penumbra, y una vez separados madre e hijo, pude ver que la mujer además de desangrada tenía las piernas cuajadas de manchas rosáceas. Me acerqué un poco más para comprobar a qué se debía el mal, mientras rezaba por que no fuese demasiado contagioso. Respiré tranquila al comprobar que sólo eran cardenales. Para cerciorarme aún más de la posible causa de su muerte, le busqué el chancro del mal gálico* en su vagina y no me costó encontrarlo porque la llaga era descomunal. Pero sabía que aquello raras veces mataba. Definitivamente, aquella mujer sólo había muerto desangrada por el mal parto y la debilidad con la que debió de afrontarlo. Sacada la conclusión, procedí a tapar su desnudez bajándole las faldas para terminar cerrándole los párpados.

Los alguaciles, a media vara de mi posición y sabedores del porqué de mi exploración, esperaban impacientes antes de acercarse un poco más.

—Tranquilos, no es sino el mal de la promiscuidad.

El más alto de los dos no pareció demasiado convencido, y separándose del niño insistió:

—¿Estáis segura, señora, de que no es viruela? Mirad que algunos dicen que de los expósitos hay que huir como del diablo porque son portadores de muerte.

Me indigné por la superchería.

—Idioteces sin fundamento, sólo con tocar no se contagia este mal y bien lo deberíais saber vos que lo padecéis. Ya sabéis lo que se dice: «Una noche con Venus y una vida con mercurio.» Os recomiendo que busquéis un poco de este último para curaros de vuestras juergas con Venus.

El alguacil se indignó y ante la risita de su compañero se defendió de la acusación.

—Señora, yo estoy sano.

Sonreí.

—Si eso es cierto, acercaos a comparar la úlcera que tenéis en la palma de la mano con la de esa mujer y veréis que no son muy diferentes.

Sonrojado, escondió la mano e intentó disimular empujando al niño hacia mí.

* Sífilis.

—Sea lo que fuere, llevad vos a este diablillo hasta la inclusa, que a la entrega de mi vida no llegan mis obligaciones.

Asentí, y para demostrarles su ignorancia, atado y todo lo tomé en brazos. Apenas pesaba. Antes de alejarme me dirigí a los morbosos espectadores que allí estaban.

—¿Se sabe algo de su padre?

La voz de un hombre entre la multitud lo dejó claro:

—Cualquiera puede ser, porque además de mendiga era puta.

Poco le importó que el niño lo escuchase, y seguí caminando apenada ante la falta de compasión de los que allí había. Atrás quedaba la carreta de los enterradores recogiendo los cadáveres. El alguacil les gritó desde lejos.

—¡Por si acaso, cubridlos de cal viva!

Sólo cuando cruzamos el zaguán del hospicio, las fuerzas del pequeño empezaron a flaquear. Apenas abrí la puerta con la llave, los dos alguaciles que nos escoltaban nos empujaron a ambos casi en volandas al interior. Cumplido su cometido el mayor de ellos se frotó las manos con la satisfacción de haber acabado con aquella difícil tarea.

—¡Que Dios os dé fuerzas para domar a esta fiera!

El otro le secundó.

—¡Y salud!

Según se fue alejando el tintineo de sus espuelas, el niño empezó a calmarse. Dejó escapar dos hipidos huérfanos de lágrimas, que dieron paso al suspiro que acompasó su respiración. Lo dejé en el suelo y me separé de él. De espaldas a la puerta nos escrutó con la mirada a mí y a la madre Sagrario, que se había despertado con el alboroto.

Muy despacio y como si de un animal salvaje se tratase,

fui acercándome a él con una sonrisa en los labios. La monja me dio una galleta y yo, desde una distancia prudencial, le desaté y se la ofrecí. En un segundo me la arrancó para engullirla.

Descalzo como estaba, pude apreciar cómo los sabañones amoratados de sus pies le habían descarnado los finos dedos. Dudando miró atrás, y sólo al ver la puerta cerrada a cal y canto dio un paso adelante. Cojeaba.

—Si me acompañas, te daré en los pies unas friegas con las mondas de patata y la cebolla que ha sobrado de la sopa. Ya verás cómo te aliviarán.

Al oír hablar de comida me siguió sin rechistar. Pensé que el placer de llenarse el buche suavizaría los perfiles indelebles del dolorido grabado que a partir de esa noche dibujarían sus peores recuerdos.

Al menos dejó de hipar. Para entonces la madre Sagrario me dejó a solas con el nuevo inquilino. Siempre los recibíamos en parejas y si el niño no era un bebé nos acompañábamos hasta habernos cerciorado de su mansedumbre.

En aquel pozo olvidado de la sociedad, la única que no había hecho votos era yo. Mis conocimientos de enfermería y contabilidad me habían dado la oportunidad de trabajar en aquella inclusa apenas quedé viuda. Era la única mujer que allí no llevaba hábitos, pero eso no hizo que mis compañeras me despreciaran, muy al contrario, la madre superiora las había convencido de que Dios me había llevado allí para suplir sus carencias y poder enfrentarnos con sabios argumentos a la desamortización a la que nos querían someter.

El jornal era tan miserable como las paredes que nos rodeaban, pero yo por aquel entonces necesitaba olvidar mis penas lo más rápido posible al tiempo que encontraba un techo en el que cobijarme y un sustento. Para ello, no encontré mejor solución que mantenerme ocupada hasta la extenuación.

Desde el día en que ingresé como rectora había visto salir y entrar al mismo número de niños. Los primeros llegaban en brazos de párrocos tan celosos de los secretos de confesión que en ellos depositaron, que hubiese sido imposible sonsacarles el nombre de sus progenitoras; eso cuando no los encontrábamos en el regazo mugriento de un cesto alevosamente olvidado en nuestro torno después de oír el ligero tañer de la campanilla del refectorio.

Aquellos hijos de la pobreza y la desvergüenza eran las cabezas de turco que en muchas ocasiones pagaban con su vida la miserable cuna en la que habían nacido. Envidiaba su ingenuidad a pesar de sus desdichas. Con frecuencia, procuraba arrancarles sonoras carcajadas tumbándolos a todos en fila y simulando tocar el piano sobre sus cosquillosos estómagos.

Siempre que alguno destacaba en mis afectos de entre los demás, conscientemente lo separaba de mi querer. Porque yo ya quise a mi hijo y para mí amar había sido el sinónimo de sufrir; algo que no quería padecer de nuevo porque ya no me quedaban lágrimas que derramar. Lo había conseguido hasta entonces, pero aquel niño era diferente. Se parecía tanto a mi Benito.

De rodillas le froté los pies con aquellos remedios caseros que tan bien conocía por no ser demasiado costosos. Mientras, él tragaba sin apenas respirar y como si fuese un manjar aquel mejunje de cebollas, patata y pan duro que el colindante hospital de la Caridad nos había mandado fruto de sus sobras.

Al levantarme lo observé con más detenimiento. A primera vista no hallé ni rastro de los males que solían acuciar a los pequeños. No tenía pústulas, aftas en su boca, calvas producidas por la temida tiña, fiebre o más dolor que el de la tristeza de su alma.

La andrajosa camisa descubría la desnudez de una desnutrida piel adherida a las costillas. Las legañas de sus ojos parecían lágrimas de pus, y su pelo negro, un emplasto de brea incapaz de albergar a un miserable piojo. Tendría unos seis años, labios carnosos, la nariz afilada y unos pómulos demasiado prominentes como para ser los de un niño tan pequeño. Intenté imaginarlo con esas mejillas más llenas y sonrojadas y lo vi hermoso, sobre todo por aquellos expresivos ojos que sin palabras hablaban.

—¿Cómo te llamas?

No me contestó.

—Yo me llamo Isabel.

Ladeó la cabeza.

—Yo Pichi.

Sonreí.

—Pichi no es un nombre. ¿Cómo te bautizaron?

Se encogió de hombros sin saber qué contestar. Probablemente sería otro innominado, como casi todos los que nos dejaban por no haber tenido sus padres una moneda para el óbolo del bautismo o por carecer de ganas para acercarse a la iglesia.

Lo primero que haría sería aislarlo durante unos días, no fuese a estar incubando alguna enfermedad que contagiase al resto. Era una más de las reglas que debíamos cumplir. Después, lo llevaría a bautizar.

—¿Quieres dormir en una cama?

Pareció no escucharme. Absorto miraba al fondo del cuenco vacío, hasta que me contestó algo que por un segundo me pareció sin sentido.

—Sólo quería calentarlo y alimentarlo, como mamá hacía conmigo.

Caí de inmediato, se refería al que de haber vivido sería su hermano. Por primera vez pude acariciarle, y al pasar la mano por su cabeza no sentí más roncha que el sabañón que también tenía en la punta de sus orejas. ¡Cómo se podía tener sabañones en agosto cuando el frío aún no había llegado! Con esos antecedentes, sería tan inmune al invernal frío de la inclusa como a cualquier otra enfermedad. Le tranquilicé.

—No te preocupes por tu hermano porque seguirá para siempre en el regazo de mamá. Los dos están en un sitio donde no existe el frío.

Me miró con cierta incredulidad, pero no me contradijo.

—Quiero ir allí.

Sonreí.

—Ya irás algún día, pero ahora estás aquí conmigo y con un montón de niños de tu edad que muy pronto conocerás. Antes de acostarte te tengo que cambiar y terminar de asear.

A partir de ese momento todo fue tan rápido como siempre que recibíamos a un niño complaciente. Al bañarle, descubrí su blanca piel tan cuajada de cardenales y mugre como la de su madre. Le froté con tanto ahínco que el agua de la palangana se enturbió apenas hundí el trapo de nuevo en ella. Fue una satisfacción ver que las ronchas desaparecían junto al olor a queso rancio de su piel.

Como siempre que recibía a uno nuevo, me sentí útil y acompañada. Agradecí que no me llamase «madre», porque cada vez que alguno lo hacía, una inexplicable sensación de angustia trepaba hacia mi garganta engrilletándome las entrañas con cerrojos de oxidados recuerdos.

Busqué en el cesto donde almacenábamos las ropas de

la caridad una camisola aproximadamente de su tamaño, se la ceñí a la cintura con una cuerda, y a falta de chaqueta le así al cuello una capa de lana ligeramente comida por las polillas. Sólo dejó de tiritar cuando a falta de zapatos le puse los únicos calcetines agujereados que encontré.

Nada más acostarlo se durmió. Yo no lo haría, ya que apenas quedaba media hora para levantar a sus compañeros. Por un instante le miré antes de dirigirme a mi celda.

—Bienvenido —susurré.

2

UN FILÁNTROPO EN LA TORRE DE HÉRCULES

*Se diría que su ojo, al que ilumina la esperanza,
también brilla eterno en la otra orilla.*

César Antonio Molina,
La torre de Hércules

Como cada mañana después de una noche de vigilia, me dispuse a salir a la caleta en cuanto mi reemplazo llegó. Al olor del desayuno, los niños se despabilaron por completo asaltando a las dos monjas que sobre una gran bandeja traían las viandas. Era lógico el entusiasmo, ya que tan sólo un día al mes el panadero nos honraba con aquellos bollos preñados aún humeantes. Tomé uno para el camino. Necesitaba airearme antes de acostarme y había dejado de chispear. Después de caminar un largo trecho, me senté alejada de todo y de todos a los pies de la torre de Hércules. Allí sobre una piedra cubierta de mullido musgo me sentía más cómoda que en ningún otro sitio y es que aún no había logrado encontrar un verdadero lugar donde enraizar definitivamente. Un hogar donde envejecer el día que no pudiese seguir trabajando con los niños.

El batir de las olas contra la costa meció mi particular momento, ese de verdadera y gratificante soledad. Arriba, el faro parecía velar por mi sosiego tanto o más que por el de la seguridad de todos los navíos que frente a aquella costa pasaban.

La rutina me impulsó a sacar de la faltriquera el libro que dejé a medio leer la noche anterior, no por falta de interés sino por las constantes demandas de los pequeños que siempre rondaban mi sinvivir.

Apenas tiré de las diminutas gafas que pendían del cordel que me servía de marcapáginas, cuando alguien vino a importunarme sentándose a mi lado. Suspiré resignada ante la imposibilidad de concentrarme. De soslayo pude distinguir por su uniforme a qué se dedicaba el recién llegado. Cuello y puños anchos de un rojo intenso que resaltaban en contraste con el azul marino de su casaca y unas elegantes botas negras con doble vuelta en su desembocadura. Los brocados, botonaduras, galones e insignias lo catalogaban como cirujano-médico.

Incómoda por su descaro, mantuve clavada la vista en el libro para evitar la suya. Fingiendo leer dirigí mi mirada al suelo. Ante la pulcritud de su calzado a pesar del barrizal, pensé que debía de ser sumamente maniático. Fue él quien por fin rompió el eterno silencio.

—¿Qué leéis?

Sin levantar la vista del libro le contesté:

—La práctica política y económica de expósitos.

—Rara lectura para una dama. ¿Es así que os interesa la obra de Tomás Montalvo?

Me extrañó tanto que conociese al autor, que al fin logró captar mi atención.

—¿Le conocéis?

—Lo he leído. Pero... ¿qué puede aprender la rectora de una inclusa tan versada en los problemas que la acucian del hombre que procuró mejorarlas hace cien años?

Comprendí que no estaba allí por casualidad. Aquel hombre sabía muy bien con quién hablaba; no era así en mi caso. Cerré el libro definitivamente.

—Poco, pero para mí es un gran consuelo comprobar que hay personas influyentes preocupadas por los más desfavorecidos.

Apretó el mentón.

—¿De verdad creéis que Montalvo podría haber comprendido el fondo del problema sin haberlo siquiera respirado? Dejando la burocracia a un lado, siempre he creído que la mejor manera de involucrarse con una desdicha es vivirla en primera persona y no a través de la redacción de escritos caducos.

Asentí.

—Quizá, pero aunque a pie de campo no estén los legisladores, los ministros o los reyes, necesito creer que hay alguno con conciencia.

Despacio, el recién llegado sacó una caja de rape y tapándose un agujero de la nariz inhaló profundamente. Al cerrarla pude distinguir en su tapa los esmaltes del escudo de armas de la Escuela de Cirujanos de Cádiz. Pensé en que debía de ser otro de tantos, que embaucados por la Ilustración francesa habían adoptado sus costumbres. Como no añadía nada, continué:

—Cada vez que despido a uno de mis jóvenes por haber cumplido ya la edad permitida, albergo la esperanza de que con el tiempo los encontraré por las callejas de La

Coruña convertidos en hombres y mujeres capaces de salir adelante sin haberse visto obligados a recurrir a la mendicidad, al robo o a la prostitución; pero tristemente no es así.

Suspiré.

—El doctor Montalvo al menos parece haber pensado en ello. Porque decidme, ¿qué culpa tienen ellos de la pobreza de sus padres o la deshonra de sus madres?

Guardándose de nuevo la caja, el estirado doctor al fin se decidió a intervenir.

—¿No son huérfanos acaso?

Agradecí la pregunta, porque por muy escueta que fuese, al menos rompía mi monólogo.

—Eso es lo que todos creen, pero he podido comprobar que en su inmensa mayoría tienen padres que los abandonaron a su suerte en los campos, a la vereda de los caminos o las puertas de las parroquias e inclusas. La miseria que padecen los convierte en una dura carga imposible de soportar y siempre es más fácil mirar a otro lado.

Rascándose bajo la lazada de la coleta, me contradijo.

—No los culpéis, pensad en que esos padres probablemente esperan que allí donde los dejan tendrán una vida más digna de lo que ellos pueden ofrecerles. Ya sabéis, ojos que no ven corazón que no siente.

Me indigné.

—No hay más que asomarse a nuestro patio cuando salen a jugar para ver la realidad, pero... ¡siempre es más fácil delegar responsabilidades!

De repente mi acompañante pareció interesarse más por mí que por los niños.

—¿Y a vos? ¿No os pesa el yugo con que os cargan esos desalmados?

Intenté recuperar la compostura eludiendo mi enojo.

—Yo los defino como desesperados antes que desalmados. Por eso, y porque al contrario que sus progenitores me niego a enterrar a esas criaturas en el ostracismo, me alegro cuando alguien los recuerda. No conozco al tal Montalvo, pero siempre le estaré agradecida.

Aquel hombre me miró fijamente. Los profundos surcos de sus arrugas exaltaban la dureza de sus rasgos. Tenía dos zanjas en la frente, un delta en el entrecejo y una mueca de tristeza entre el prominente mentón y su grueso labio inferior.

—Vuestras palabras suenan a rebeldía. No conseguiréis paliarla hasta aceptar que la vida no suele ser justa.

Aquel desconocido no me entendía.

—Señor, mi enojo no es por la injusticia sino por el empeño con que muchos la disfrazan.

Insistió.

—Ponedme un ejemplo.

—¿Habéis oído hablar de la nueva ley aprobada para los expósitos?

Acariciándose de nuevo la lazada negra de su gruesa coleta intentó hacer memoria.

—Creo haber leído algo en la *Gaceta de Madrid*. Si mal no recuerdo, el erario real se compromete a darles manutención y educación según sus habilidades. Así como vos decís, al menos, al salir de la inclusa siempre podrán ganarse la vida eludiendo la mendicidad.

Negué con la cabeza.

—Suena hermoso, ¿verdad? Pero es pura utopía porque ¿queréis saber cuál es la realidad? —Como no contestó, seguí—: La verdad es que una vez en casa, son pocos los que nos abandonan criados y sanos por su propio pie. Los recién nacidos sólo salen del hospicio puntualmente para aliviar el exceso de leche de alguna madre recién parida que se ofrece de nodriza, para ser bautizados o camino del cementerio en unas pequeñas cajitas que el mismo enterrador nos trae de vuelta una vez los ha tirado en la zanja para reutilizar a los pocos días.

Tomé aire.

—Eso los pequeños, porque a los que consiguen cumplir los ocho, estamos obligadas a ponerlos a trabajar de inmediato. Y es que nuestros administradores lo único que buscan es reducir los costes de una miserable comida al día. Así, los niños salen al amanecer de la inclusa para cumplir con un jornal de doce horas diarias. La mayoría llegan de noche cerrada, con el estómago crujiéndoles y las manos desolladas para caer exhaustos en sus catres y poder descansar unas horas antes de comenzar de nuevo. ¿Y todo para qué? —No esperé respuesta—. Para dedicar dos terceras partes de su jornal a su propia manutención. Ya veis, a cambio el erario público apenas les da un jergón cuajado de chinches para descansar.

Me miró incrédulo.

—¿Qué sucede con el sobrante?

—Que estamos obligadas a guardarlo en nuestras arcas para entregárselo el día que definitivamente nos dejen. Así, según esa ley tendrán para comenzar con el oficio que hubiesen aprendido.

Me contestó convencido.

—Según lo explicáis, no está mal planteado.

Me encogí de hombros.

—Sería aceptable si al menos pudiesen soportarlo con salud, pero están malnutridos y sólo tres de cada diez superan la década de vida. ¡Si ni siquiera tienen alimentos en el cuerpo que los sustente en los juegos! ¿Cómo van a poder aguantar una jornada de doce horas?

—Os veo muy negativa.

—La impotencia me corroe las entrañas a diario. ¡Tanta ilustración y tan poca dignidad! Es como si las teorías de Voltaire, Diderot o Montesquieu, que tanto calan en la Europa actual, aquí estuviesen silenciadas. ¡Hay tan pocos que de veras entiendan y acaten libremente sus pensamientos!

Me interrumpió chistando.

—Vuestra valentía al vociferar no es más que un arrojo inconsciente. ¿O es que no recordáis que aún vivimos gobernados por una monarquía? Aquí los ideales de la Revolución francesa intentan entrar de la mano de Godoy pero para la mayoría son palabras del diablo y no conviene propagarlas sin una extremada cautela.

Mirando a un lado y otro, bajó la voz antes de continuar:

—Os aseguro, señora, que sé de qué me habláis, porque si algo he hecho es precisamente leer todos los libros prohibidos hasta hace muy poco de estos maestros. ¿Qué tenéis en contra de la Ilustración? Para mí es el movimiento base que en realidad ha impulsado mi próxima expedición, aunque nadie lo reconozca a viva voz. ¿Es una moda? No lo sé, lo cierto es que por primera vez parece valorarse por encima de cualquier superchería la expresión del saber humano y se estimula la divulgación de este conocimiento por toda la tierra.

Negué, convencida ya totalmente de que aquél era uno más de los ilustrados que a los ojos de todos vitoreaban al rey Carlos IV mientras que a escondidas menospreciaban el absolutismo.

—Lo que digáis, pero no me negaréis, si conocéis a algún gabacho, que los franceses a los españoles nos desprecian. Nos miran como a sus atrasados vecinos y nos tachan de ignorantes. Desconocen la humildad a pesar de haber basado en ella su revolución en contra de los poderosos. Porque, decidme, ¿en qué puede beneficiar todo este movimiento a un huérfano que sólo sirve para lo que nadie quiere hacer? En nada. Me niego a brindárselos a los explotadores. ¿Sabéis acaso lo que hacen con ellos en el lazareto de Mahón?

El doctor, sin entender aún mi ofuscación, me contestó:

—No sé, pero intuyo que me lo vais a contar.

Preferí ignorar su desaire.

—Los acercan a los infectados más allá de los límites seguros para sujetar la larga vara que los sacerdotes usan con el fin de darles la comunión. Recurren a ellos porque nadie más quiere allegarse tanto a la muerte. Como supondréis, los pequeños son reemplazados cada tres meses por defunción de sus antecesores. El haber comido caliente durante el tiempo de ese trabajo es el único aliciente que la tierna vida les deja. Yo, en cambio, en vez de utilizarlos procuro tratarles con la dignidad que se merecen.

—¿Por eso acompañáis a los alguaciles a recoger a los niños de las calles? ¿Para vigilar que no los maltraten?

A pesar de haber pasado un rato agradable de conversación, empezaba a incomodarme con sus preguntas. Sabía que se refería al último niño que había ingresado y decidí hacer oídos sordos, pero insistió:

—¿Qué tal está?

Le contesté a desgana.

—Sano y ya bautizado.

—Os encargasteis vos de ello.

Asentí.

—Ayer mismo el párroco del hospital le dio las aguas benditas.

—¿Cómo le llamasteis?

Durante un segundo, dudé si contestar.

—Podría haberle llamado como el santo del día en que lo encontramos, pero preferí llamarle Benito.

Abrió los ojos.

—¿Cómo le apellidasteis?

—Ha sido inscrito en la partida de bautismo como Benito Vélez, que era el apellido de su madre.

—Pensé que quizás hubierais pensado en adoptarlo. ¿No se os ha pasado esa idea nunca por la cabeza?

Aquel hombre me arrancaba las confesiones más profundas sin el menor esfuerzo.

—Por extraño que parezca, procuro no encariñarme demasiado con ningún niño del hospicio en particular. De hacerlo, me pasaría la vida llorando sus muertes. Es la única manera de no sufrir demasiado. Además, si quiero seguir siendo rectora y contable no puedo permitirme ese capricho. Creo que todos los niños se merecen lo mismo.

—Tenéis un corazón grande.

—No tanto ha de ser cuando sólo aporto una gota de agua en este océano de miseria.

—Ya es más que nada.

Me encogía de hombros cuando un hombre vestido de enfermero acudió corriendo al parque gritando el nombre del cirujano. Fue la primera vez que lo escuché. Francisco Xavier Balmis, disconforme, le contestó desde lejos.

—¡Qué es ahora!

—Uno de los niños que trajimos de Madrid. Tiene fiebre alta y me temo que no podremos vacunarlo. Sólo nos quedan cuatro para seguir y eso nos preocupa.

Con un ademán, Balmis se dio por enterado y despidió al enfermero. Suspiró. Pensó un segundo y me miró fijamente.

—Como veréis yo también sufro el agobio de los que

me rodean. El tiempo apremia y no me es posible dilatar más esta conversación. Iré directo al grano. No estoy aquí por casualidad, pregunté a las monjas y me indicaron dónde encontraros.

Su tono había cambiado drásticamente.

—Vos me diréis.

Sacó un libro del bolsillo interior de la chupa y me lo tendió. Sólo tuve tiempo de leer el título en voz alta.

—Tratado histórico y práctico de la vacuna de la viruela.

Fruncí el ceño. ¿Por qué la casualidad siempre me traía la viruela de la mano? De repente recordé el nombre del descubridor y no pude más que demostrarle mi escepticismo.

—Os lo agradezco, pero hace un tiempo que leí el tratado del doctor Eduard Jenner y no me creo que pueda prevenir tan fácilmente esta temida enfermedad. Se contagia sólo por el contacto, asesina en apenas una semana desde el primer síntoma y es muy sañuda por el dolor que causa, las calenturas que da y el empeño que tiene en tatuar su recuerdo en la piel de todo el que consigue sobrevivirla a través de las cicatrices que dejan sus miles de purulentos granos por dentro y fuera del cuerpo. Creo que la teoría de Jenner es una oda a la esperanza que a muchos les llega tarde.

Balmis sonrió al comprobar que no se dirigía a una ignorante. Me contestó como si hablase desde el púlpito del aula magna de la universidad de Medicina.

—No es que lo crea: es una teoría probada. Solamente hacía falta que alguien se detuviese a observar y éste resultó ser Jenner. Fue el primero en darse cuenta de que las ordeñadoras de algunos pueblos del condado de Gloucester en Inglaterra, por alguna extraña razón y sin temor alguno, en cuanto se enteraban de que había una epidemia de viruela en un pueblo cercano se presentaban voluntarias para cuidar a los enfermos. Y es que jamás se contagiaban al haber pasado la enfermedad que aparte de unas manchas como quemaduras en las muñecas, dedos, axilas y cerca de las articulaciones, después de supurar se secaban y caían dejando una diminuta cicatriz. El Cowpox virus.

Sonreí al oír el anglicismo; sin duda procuraba impresionarme con su conocimiento del inglés a pesar de que España llevase un tiempo en guerra contra Inglaterra y no estuviese bien visto. Yo misma tuve que cambiarme el apellido Sendal por el de Cendala para no ser acusada de enemiga. Continuó con su particular panegírico.

—Después de mucho observar, Jenner llegó a la deducción de que sólo el pus que mana de las pústulas azuladas de las ubres de las vacas en contacto con las agrietadas manos de las mujeres que las estrujaban a diario pudo haberlas hecho inmunes a la viruela, y lo más curioso es que después de experimentar con el mismo pus de los caballos o el de las cabras, sólo el de las vacas resultó efectivo. Desde entonces los granjeros, en vez de curar a sus vacas untándolas con sulfato de zinc o cobre a la espera de que vuelvan a tener tanta leche como antes, las venden a alto precio para la experimentación.

No pude más que mostrar un cierto sarcasmo.

—Del pezón de la vaca a la mano de las mujeres. ¿Me estáis hablando del principio de una cadena?

—¿Qué es si no una epidemia?

—No es lo mismo, una epidemia no pasa de animales a hombres o viceversa.

Sonrió.

—Eso hoy en día, mi querida señora, únicamente lo

creen los ignorantes, y vos sin duda no lo sois. ¿O es que de verdad creéis que la peste no la propagan las ratas? Es muy sencillo pensar que los animales sólo se contagian entre sí, al igual que los hombres. Pero una vez que ha estallado una epidemia, hay que buscar el foco de su inicio y éste puede surgir de cualquier lugar en la naturaleza.

Me fastidió su despreciable vanidad, pero tenía que reconocer que aquel hombre era mucho más versado que yo. A punto estaba de levantarme dando por zanjada la conversación cuando comprendí que no era prepotencia, sino una manera odiosa de ser.

—¿Estáis diciendo de verdad que confiáis en un experimento sin aparente explicación en un mundo en el cual últimamente se critica a la Iglesia por creer sin ver?

Me atravesó con la mirada.

—Señora, no comparéis una cosa con la otra. Nosotros experimentamos con lo que tenemos, algo que no sucede con la fe. Otra cosa muy distinta es que tardemos en encontrarle un porqué a un hallazgo fortuito.

Dudé antes de negar en silencio. Balmis prosiguió:

—El caso es que Jenner ha conseguido demostrarlo inyectando el virus de la viruela humana a varias personas previamente vacunadas. Probada su efectividad, hoy pensamos en cómo hacer partícipe de este grandioso remedio a todo el mundo.

Por mucho entusiasmo que intentase transmitir, yo no terminaba de creérmelo.

—¿De verdad que nadie se queda en el camino? No será como el remedio que lady Montagu trajo de Asia cuando era mujer del embajador inglés en Turquía. Es tan peligroso que muchos mueren al probarlo. Dicen que allí en la lejana China llevan siglos practicando esta cirugía, pero yo no termino de entenderlo a la vista de los funestos resultados. Hacedme caso, doctor, un mal tan grande nunca se podrá paliar tan fácilmente.

Sonrió con sarcasmo.

—Lo creáis o no, ése ha sido el único sistema viable para preservar de la viruela al hombre, y es que allí desde hace mucho prefieren prevenir antes que curar y en muchos casos lo consiguen. La variolización, aunque os parezca extraño, es muy común en India y China. Desde tiempo inmemorial la practican variando en muy poco su metodología según la región y creencias.

Incapaz de estarse quieto, se quitó las gafas para limpiarlas con el encaje de las puñetas de su camisa. Rebuscando en mi faltriquera le tendí un pañuelo para que continuase sin demora.

—Unas veces restriegan la linfa de un enfermo en un pequeño rasguño que el preceptor se ha abierto con anterioridad en cualquier lado del cuerpo. En India, por ejemplo, suelen hacerlo en el ombligo, los tobillos o las palmas de la mano. En China en cambio, en vez de restregarlo directamente, inhalan por la nariz las costras de pus secas y machacadas en forma de polvo. Para ello se valen de un fino tubo de plata. Y es que en muchas ocasiones mezclan sus ancestrales métodos curativos con otras supersticiones. ¡Fijaos que incluso diferencian los sexos! Los hombres inhalan por la fosa izquierda mientras que las mujeres lo hacen por la derecha.

Abrí los ojos sorprendida de que un hombre tan docto creyese semejantes pamplinas. Pero él insistió ante mi expresión.

—No seáis escéptica. Cosas más raras se han visto. He estado en Nueva España investigando y os sorprenderíais del poder que unas sencillas infusiones o emplastos pueden tener sobre ciertas enfermedades. La solución de lady Montagu no tiene nada que ver con la que hoy nos propone Jenner. La primera inoculaba viruela humana; la segunda, Cowpox.

Me santigüé.

—¿Pretendéis decirme que un mal animal puede terminar con un mal humano?

Me replicó con una pregunta.

—¿Por qué no ha de ser, si éstos también nos enferman?

Bajé la voz.

—No lo digáis muy alto si no queréis que os acusen de atentar contra las leyes naturales.

Se carcajeó.

—¡Menos mal que no habéis dicho contra las leyes de Dios!

Le miré sorprendida e incapaz de diferenciar las unas de las otras. Balmis continuó.

—El caso es que hace ya siete años que Jenner vacunó al primer niño sano con el pus de una mujer contagiada de Cowpox. Se llamaba James Phips, y como era de esperar sólo le salieron unas pequeñas pústulas que no le causaron ningún mal. Después le inoculó pus de la viruela humana y no enfermó.

—Anomalías de la naturaleza. Yo también soy inmune y no sé por qué.

De repente lo pensé: había pasado media infancia ordeñando vacas en el caserío de mis abuelos. Balmis debió de ver algo extraño en mi expresión.

—¿Y cómo sabéis que lo sois?

Las palabras fluyeron de mi boca sin posibilidad de retenerlas.

—Porque cuando quedé viuda y madre huera en sólo un mes, la acaricié una y mil veces y no la padecí.

Me miró sorprendido. Bajando la vista continué:

—Estuve junto a mi marido y mi hijo en todo momento, aplicándoles todos los remedios que conozco. Los sangré, purgué, les sometí a una dieta a base de caldo, infusiones y atole. Les apliqué calor, linimentos o sahumerios de azufre, fumaria o adelfa, pero eso y nada fue lo mismo porque según un barbero sufrían de viruela hemorrágica; la más asesina de todas las que él conocía. Ni siquiera pude aliviarlos de las jaquecas, dolores de huesos y calenturas.

Tragué saliva para contener la impotencia.

—Como un cúmulo de pesadillas infinitas, esas llagas purulentas se reproducían día a día cubriéndoles el cuerpo y las entrañas. Durante esos once días, relegada a los pies de sus camas pasaba las horas leyendo todo lo que cayó en mis manos sobre aquel mal. Supe de la tal lady Mary Montagu, de Jenner e incluso de unas curanderas que en un pueblo llamado Jadraque, muy cerca de Guadalajara, infectaban a los niños levemente de viruela para protegerlos de la mortal enfermedad a cambio de una moneda de plata. Pero para mi desesperanza ya era tarde; de nada servía ahora comprar un poco de viruela que los preservase de la enfermedad.

Llegados a este punto poco me faltó para derrumbarme. Intenté recuperar la compostura y agradecí que Balmis no demostrase la más mínima compasión. El silencio que sobrevino a esta confesión que acababa de transmitir a un perfecto desconocido me calmó, hasta que él rompió el momento.

—No os culpéis, porque la variolización, venga de donde venga, tampoco es un método infalible. De todos modos, sabiendo esto, no podéis negaros a lo que estoy dispuesto a pediros. Creo que no hay nadie más capacitada para colaborar con la mayor empresa filantrópica de nuestros tiempos. Media Europa está ya vacunada de brazo en brazo gracias a la cadena de inoculados que Jenner comenzó, pero necesito seguir con su labor cruzando a otros continentes. Porque ¿de qué serviría su descubrimiento si no consigue salvaguardar a toda la humanidad?

Alcé la cabeza expectante mientras se contestaba a sí mismo.

—De nada, ya que siempre quedaría algún recóndito lugar donde un enfermo contagiara a otro y ese otro viajaría para enfermar a otros mil generando otra mortal pandemia. Si Jenner descubrió el método para salvaguardarnos a todos, yo voy más allá y me propongo divulgarlo a todos los rincones del mundo sin excepción. ¡Quiero salvar al mundo y nunca podré conseguirlo sin esos pequeños!

Sonaba a soberbia, pero por primera vez no parecía a la defensiva y su tono de voz era amistoso. No se anduvo por las ramas.

—En vuestra casa tengo a diez niños que me traje del hospicio de Madrid. Ellos son los primeros de nuestra cadena. He tenido que recurrir a vuestra casa de misericordia para alojarlos, porque el convento de los agustinos donde yo me hospedo no disponía de más celdas libres. Uno de esos pequeños es ese al que el enfermero se ha referido hace un momento. Todos me han servido como los mejores soldados de un ejército arriesgando su vida por una buena causa y, cumplida su misión, me puedo enorgullecer de devolverlos al hospicio del que los saqué sin lamentar una sola baja. Ahora me veo en la obligación de reclutar más niños para mis huestes.

No sabía a qué se refería, pero fuera lo que fuese sonaba muy mal, al tratarse de huérfanos que se jugaban la vida por un ideal que a todas luces ni siquiera conocían.

—No me habléis de soldados, porque éstos ni son mercenarios ni cobran o se alistan voluntariamente conscientes de lo que les puede ocurrir. ¿Creéis en serio que un niño entiende de sus intereses, de los de la sociedad en general o de los de la medicina? Un niño es como un animal desvalido y mucho más un expósito que carece de una mirada atenta que vele por él. Sus necesidades y querencias sólo están fijadas en comer cuando les crujen las entrañas, vestirse cuando les castañetean los dientes o dormirse cuando se sienten incapaces de mantener abiertos los párpados. Esos diez niños de los que me habláis sólo os han acompañado por obligación. ¿Habéis pensado acaso en el miedo a la inseguridad que han debido de padecer al seguiros? ¿Acaso ha habido alguien en este viaje que los haya calmado, informado o acunado en su desconfianza a la hora de intervenirlos?

Se encogió de hombros.

—Ninguno se ha quejado porque de nada les ha faltado.

Me enfurecí.

—¿Estáis seguro?

—Acompañadme y lo veréis.

Le seguí sin rechistar.

3

INGENUAS ALMAS

> Una guadaña venenosa que siega sin distinción de clima, rango, ni edad, la cuarta parte del género humano.
>
> Timoteo O'Scanlan,
> *Ensayo apologético de la inoculación*

Al verme llegar al hospicio, las madres suspiraron aliviadas. Por el rubor de sus mejillas y el jadeo de sus pechos, debían de llevar un buen rato correteando de un lado a otro en pos de los niños.

Ellos, divertidos ante su patoso proceder, se escondían de ellas entre risitas y carcajadas. Ágiles como lagartijas las esquivaban zafándose con prodigiosa habilidad cada vez que alguna conseguía engancharlos. Aquello sería como el juego de la gallinita ciega si no fuese porque las monjas no necesitaban pañuelo sobre los ojos para perder a sus presas.

Al ver el espectáculo, el doctor Balmis sonrió. Fue la primera vez que le veía demostrar alegría; aún ignoraba lo difícil que sería verle repetir aquella agradable mueca. Entre las risas de los niños y los gritivos agudos de las mujeres de Dios, no encontré mejor solución para detener la algarabía que agarrar un buen montón de libros y soltarlos de golpe contra el suelo justo en medio de la bóveda. Tal fue el estruendo, que dejó paralizados a los niños el tiempo suficiente como para imponer el orden necesario.

Fue la madre Milagros quien vino corriendo a recibirme.

—Gracias al Señor, Isabel. Llevamos más de media hora intentando separar a nuestros pequeños de los recién llegados, pero los nuevos carecen completamente de disciplina: huyen y se libran de nosotras con una facilidad pasmosa. Una de dos: o son extranjeros o están sordos como tapias porque no atienden a razones.

No pude evitar sonreír al ver cómo tres pequeñas cabezas aparecían por debajo de las faldas de una mesa camilla justo detrás de ella.

—Ni una cosa ni la otra, madre. Lo que pasa es que llevan días viajando y es lógico que ahora quieran estirar las piernas.

Su toca flameó al bufar mientras señalaba inquisitivamente a los enfermeros del doctor Balmis.

—¡Pues ya me lo podían haber dicho antes esos incautos en vez de reírse tanto de nosotras! —Tomó aire, se limpió el sudor de la frente con la manga del hábito y continuó desesperada—: ¡Y lo peor es que estos diablillos han contagiado con sus travesuras a nuestros angelitos!

Otras dos cabecitas aparecieron al entornar la puerta de una alacena que hacía esquina. Uno de ellos era Benito, que con sus inmensos ojos oscuros parecía buscar mi complicidad.

Sabía que a las monjas les molestaban las intromisiones y si éstas eran inesperadas, aún más. Ellas tenían su vida monótona y ordenada, y cualquier contratiempo las sacaba de quicio. Posando la mano en el hombro de la madre superiora, la tranquilicé abriendo el reloj que llevaba prendido de la faltriquera.

—Aún no es mediodía. Dejádmelo a mí. Os aseguro que a las dos esta inclusa funcionará como cualquier día a esa hora.

Ladeando un par de veces la cabeza, pareció dudar un segundo antes de alejarse por el corredor. Ya al otro lado y antes de cruzar la puerta contigua, gritó:

—Confío en vos, Isabel, porque sé que no me defraudaréis.

Bajó la voz como para sí misma, pero no lo suficiente como para que los demás no la oyésemos.

—No sé qué haría sin ella.

Al sonar el portazo de su evidente alejamiento, esperé un segundo en silencio y alzando la vista al techo comencé a silbar una canción de cuna a la que yo había puesto letra. Era nuestra contraseña especial para eludir las palabras. Los pequeños sabían que si al oírla me rodeaban inmediatamente, no habría castigos ni reproches, y así lo hicieron. Poco a poco y en cuestión de un par de minutos, fueron saliendo de sus escondrijos para formar un círculo a mi alrededor. Con las manos en la espalda, se balanceaban bailando lentamente la sintonía. Los nuevos, atraídos por la música y pensando que aquello era otro juego nuevo, en cuestión de un segundo imitaron a mis huérfanos.

De reojo pude ver cómo Balmis me observaba fijamente. Me escrutaba de tal manera que me hizo sentir como una de esas ranas con las que experimentaban los doctores en el laboratorio del hospital. Aquéllas, abiertas en dos y cogidas con alfileres a una tabla, mostraban todo sus secretos; sólo que yo no le iba a dejar mirar en mi interior. ¿Qué pasaría por su cabeza?

Al comprobar que los miembros del equipo del doctor permanecían mirándome tan extasiados como él, no esperé su ayuda. Me dispuse yo sola a separar a los recién llegados de los de siempre. Una vez los tuve en dos filas paralelas, unos a mi izquierda y otros a mi derecha, fue el mismo Balmis quien dio un paso adelante para presentarme uno a uno a los nuevos.

Por su tono macilento, Camilo Maldonado debía de ser el enfermo al que había hecho referencia el enfermero a los pies de la torre de Hércules. Postrado en unas parihuelas, se limitó a saludarme con una leve inclinación de cabeza. Junto a él y haciéndole compañía estaban Joaquín María de los Dolores Fierro y Serapio Ramón Benítez. Aquel trío formaba parte de una piña distinta. Quizá fuese porque eran los únicos hijos de padres conocidos y eso los marcaba con una impronta invisible que no sabría definir pero sí distinguir después de tanto roce con la orfandad. El resto, aparte de aquel acento castizo tan diferente a nuestro gallego, no se diferenciaba en mucho de mis ángeles.

Según pasaban frente a mí tendiéndome la mano, los fui observando porque no terminaba de creerme que aquellos pequeños hubiesen disfrutado de veras de aquel largo viaje al que el doctor Balmis los había sometido. Seis de ellos aún tenían unas estrechas vendas a modo de brazalete rodeando sus antebrazos. Debían de ser los ya inoculados.

Me sentí más tranquila al comprobar que, a excepción del pequeño Camilo, todos sonreían contentos. No pude más que reconocer, a pesar de mi escepticismo inicial, que aquel remedio no les había causado mal alguno. El doctor pareció leer mis pensamientos.

—¿Os convencéis de lo que os he dicho? ¿Me ayudaréis ahora que lo habéis visto con vuestros propios ojos?

Aún dudé.

—¿Qué garantía tenéis de que son inmunes a la viruela humana? ¿Cómo es que no separáis al enfermo de los demás?

Cerrando los ojos, se frotó las sienes con aire de desesperación.

—Acabo de llegar y aún no he tenido tiempo de aislarlo, señora mía. Pero tenéis toda la razón, ¡y no tienen perdón los que debían haberse encargado de ello como primera medida!

Su ceño fruncido entre aquella mirada de odio bastó para poner a los dejados en ristre. Ni siquiera le hizo falta un gesto imperativo para que éstos corrieran prestos a cumplir con su cometido. Salían de la estancia con el enfermo cuando prosiguió.

—Doña Isabel, se lo llevan como me pedís y ha de ser, pero aun así os aseguro que ese pequeño, tenga lo que tenga, es improbable que padezca viruela, y si por alguna extraña circunstancia la tuviese, sería imposible del todo que se la contagiase a los seis que ya han sido vacunados.

Me indigné.

—¡A ésos puede que no! Pero ¿y al resto? Tened en cuenta, doctor, que mientras estéis bajo el techo de mi inclusa soy la máxima responsable de estos niños. Por lo tanto, exijo disciplina en el cumplimiento de las normas de esta institución. ¡No puedo permitir que nadie llegue aquí saltándoselas a la torera, por muy doctor que sea!

Los niños bajaron la mirada mientras una de las monjas con su silencioso asentimiento hacía bailar su gran toca. Agradecida por su tímido respaldo procuré calmarme. La intuición me aconsejaba prudencia. Si por casualidad el remedio de Balmis funcionaba, sin duda sería uno de los mayores hallazgos de la medicina y no sería yo la que le pusiese trabas.

Pero... ¿por qué me ofuscaba entonces? ¿Por qué la duda y la desesperanza? Quizá fuese por ese sentimiento de impotencia que escondía en mi interior. ¡Si hubiese conocido a aquel hombre hacía unos años, mi hijo y mi marido aún seguirían vivos! Su voz sonó grave arrancándome de mi momentáneo ensimismamiento.

—Si por un momento he roto vuestras reglas, perdonadme, doña Isabel. Os aseguro que no era mi intención. Ahora que Camilo está aislado y el orden restablecido, sólo necesito que me ayudéis.

Mirándole a los ojos, no pude más que rendirme a su demanda y romper con mis contradicciones.

—Qué tengo que hacer.

Al tiempo que me dedicaba una señal, me guió a la estancia contigua donde reinaba el silencio. Allí me rogó que releyese detenidamente su traducción del libro de Moreau sobre Jenner.

—Sé que lo conocéis, pero estudiadlo como si fuesen los mandamientos de la ley de Dios. Allí os habla de plazos de incubación, intervenciones, síntomas, etcétera. En definitiva, de todo lo que necesitáis saber. Después de ello, salid a buscarme otros veintidós niños. Los necesito urgentemente para proseguir con mi expedición, ya que como comprobaréis en sus páginas, una vez vacunado el último de los niños que traje de Madrid, dispondremos de menos de dos semanas para encontrar a otro portador que guarde el valioso preservativo de la enfermedad en su cuerpo.

Me gustó que hablase en plural porque de algún modo ya me consideraba un miembro más de su equipo. Nunca me había caracterizado por ser impulsiva pero no sé por qué, aquella vez acepté sin pensarlo más, apretando el pequeño libro contra mi pecho.

Apenas lo abrí, el doctor Francisco Xavier Balmis salió como alma que lleva el diablo rumbo a no sabía dónde. Por su acelerado proceder, pensé que debía de ser un hombre tan práctico como enemigo de los pormenores.

Nada más quedarme a solas, dejé el libro a un lado, encendí la vela de la palmatoria, tomé pluma y papel y comencé a redactar diligentemente una lista con los niños que allí en la inclusa pudiesen atender a sus necesidades. Por lo que ya sabía, los inoculados debían ser niños sanos, tener entre ocho y diez años; y sobre todo como requisito indispensable no debían haber padecido la viruela, ni estar ya vacunados de este mal.

Considerando que no tenían mayores a quien preguntar por sus pasados males, las pequeñas cicatrices que la enfermedad dejaba serían las únicas que los delatarían como no aptos. Según aquello, el mayor problema con el que me encontraría al seleccionarlos sería que no podría dejar ni una pulgada de su piel sin rastrear. Más que nada porque alguno podría haberla padecido de forma tan leve que sólo un agujerito bajo el pelo de su cabeza lo delataría.

Entre la elaboración de las listas, las cuentas y la lectura del libro que Balmis me había entregado, aquel día no salí de mi celda hasta el anochecer para ayudar a las hermanas a acostar a los pequeños y disponerme de nuevo a cumplir con mi noche de guardia.

Al llegar, me alegró la sorpresa de un silencio casi sepulcral en los dormitorios. Como cada noche en la penumbra me acerqué muy despacio a la cama de Benito y después de cerciorarme de que ningún otro niño me veía, le di un beso en la frente y le hice la señal de la cruz. Había llegado el momento de descansar.

Tumbada ya sobre el jergón y a pesar del cansancio de todo el día en jaque, no pude conciliar el sueño. Con la mirada fija en las caprichosas manchas de humedad del techo, no hice otra cosa que pensar. ¿Por qué el destino me había traído a Balmis? ¿Por qué habiendo cientos de inclusas en España, justo se había detenido en la mía?

Según lo poco que había conseguido averiguar hasta entonces, el doctor había sido elegido por el mismo rey Carlos IV de entre varios insignes médicos para dirigir esa complicada expedición y sólo eso debería avalarlo, sobre todo porque, según estaban las cosas, cualquier aventura rumbo a los virreinatos podría convertirse en una odisea. Más cuando el plan primordial era convencer a todos de dejarse inyectar el pus de una enfermedad para prevenir otra mortal.

No lo tendría fácil. Primero, por la desconfianza que las novedades traen en muchos conformistas acomodados; y segundo, para encontrar a huérfanos abandonados que cumpliesen a rajatabla con sus condiciones. Aquello sería como hallar una aguja en un pajar, ya que la mayoría estaban desnutridos, débiles y enfermizos, y eso sin contar con que más de la mitad ya había sobrevivido a la enfermedad. Los diminutos cráteres de sus caras lo demostraban.

El persistente insomnio me obligó a encender de nuevo la palmatoria para hacer la ronda por sus dormitorios. Con los requisitos que me pedía habría una docena. Apunté sus nombres en un trozo de papel para no equivocarlos.

A la mañana siguiente, cuando cansada y ligeramente defraudada fui a decírselo a Balmis, no lo encontré. El doctor había partido hacia Madrid junto al pequeño Camilo y los otros niños ya vacunados para devolverlos a su orfanato de origen. Al resto los dejaba para proseguir la cadena hasta su regreso. Una vez en la corte, Balmis terminaría con los pocos trámites burocráticos que le quedaban pendientes de la firma y aprobación del Consejo de Indias para comenzar el viaje definitivamente.

Fueron un joven practicante y un enfermero de su equipo los que me informaron de ello. Se me presentaron como Antonio y Francisco Pastor Balmis, y al preguntarles sobre un posible parentesco con el doctor me dijeron que eran sus sobrinos; los hijos de su hermana Micaela.

Al demostrarles mi indignación ante tan precipitada partida, me tranquilizaron asegurándome que el doctor ya había pensado en lo costoso que sería localizar niños viables. La Coruña era demasiado grande para buscarlos allí. Su frontera con el océano Atlántico la convertía en un próspero puerto cuajado de almas buenas, malas, sanas y enfermas que con su roce y transitar harían prácticamente imposible encontrar entre ellas cuerpos vírgenes de un antiguo contagio.

Los sobrinos de Balmis me aseguraron que la solución sólo estaba en tener fe, abrazarse a la esperanza y comenzar a buscar en los lugares más recónditos de Galicia. Su tío había pensado en todo, y conociendo la reticencia que aquellas gentes podrían tener para confiarnos a sus niños, había dejado una bolsa cargada de monedas para espolear sus voluntades si fuese menester.

Salí al claustro a calmarme antes de regresar. Aquel hombre era imposible. La noche anterior me había convencido haciéndome creer indispensable, y ahora desaparecía sin ni siquiera despedirse. ¿Cuándo pensaba decírmelo? Cada vez me daba más la sensación de que el doctor era demasiado introvertido como para compartir nada. Los secretos no son malos siempre que sean inherentes a uno mismo pero... ¿aquello? La noche anterior me pide que busque niños y a la mañana siguiente sus colaboradores me dicen saber que no los encontraré en las cercanías inmediatas. ¿No debería haber empezado la conversación del día anterior por ahí? Fuera lo que fuese, tanto secretismo no podía ser bueno para dirigir a un grupo de personas a punto de comenzar la aventura más peligrosa e incierta de sus vidas.

Los hechos se precipitaron cuando ya estaba decidida a admitir todo lo impuesto por Balmis sin presentar una sola queja a sus sobrinos. De repente oí desde la calle la voz de uno de ellos urgiéndome.

—¡Señora rectora! ¡Daos prisa, que el tiempo apremia!

Al asomarme le vi sentado en el pescante de una carreta y posando la mano sobre un almohadón que había a su lado como ofreciéndome asiento. Preferí arrinconar mi enojo rogándole que esperase un momento para empacar un par de cosas. Asintió resignado.

A los cinco minutos estaba sentada sobre aquel mullido almohadón junto a Francisco Pastor con un pequeño atillo sobre mis rodillas. Sólo contenía una camisa limpia, una toquilla, un cepillo y algo de ropa interior. Lo mínimo imprescindible para el corto viaje que había prometido a las monjas no demorar.

Con una leve inclinación de cabeza, fustigó los lomos de los caballos.

—¿Hacia dónde? —me preguntó con determinación a

la vez que aceleraba la marcha. Dudé un segundo. La verdad era que no sabía por dónde empezar, ni adónde dirigirme. Ni siquiera me habían dado tiempo a pensarlo detenidamente.

—¿No ha dejado indicación al respecto el doctor que todo lo prevé?

Nada más pronunciar esas palabras, me arrepentí. Por otro lado, agradecí al joven que a mi lado estaba que sólo se encogiese de hombros.

Agobiada por el desconcierto, recordé que no hacía mucho el obispo de Santiago de Compostela nos había escrito solicitando plazas para unos niños que no tenían sitio en su desbordada inclusa. Entonces le había contestado lamentando mi falta de espacio, pero quizás y con suerte aquellos pequeños seguirían en Santiago a la espera de una plaza en un lugar más holgado. De ser así, sabía que no me pondría demasiados impedimentos a la hora de entregármelos.

Para poder partir tranquila, ya sólo necesitaba un documento que me autorizase a dejar por unos días el orfanato del que era rectora y decidimos pasar a solicitarlo de camino. Por suerte, Ignacio Carrillo de Niebla, el capitán general del reino de Galicia, nos recibió sin cita previa nada más oír el nombre de Balmis y allí mismo me firmó las credenciales para ausentarme.

Su predisposición fue tanta que cuando ya nos íbamos, sin pedírselo siquiera, se comprometió a actuar conforme lo había hecho la hacienda de Madrid con los primeros niños de Balmis: donaría ocho reales a cada pequeño gallego que consiguiésemos.

Bromeó al respecto diciendo que al fin y al cabo, proveniente de un arca u otra, todo iría a cargo del erario público y que nuestros niños eran mejores que los de la capital. Consideré francamente estúpida su observación, pero en beneficio de nuestra causa no quise contradecirle.

Ya a las afueras, mecida por el traqueteo del carro, pedí a Dios que me facilitase las cosas porque una semana de plazo no era demasiado.

4

SANTIAGO

También la piedra, si hay estrellas, vuela.
Sobre la noche biselada y fría
creced, mellizos lirios de osadía;
creced, pujad, torres de Compostela.

GERARDO DIEGO,
Ante las torres de Compostela

Divisábamos las cúpulas de la grandiosa ciudad compostelana cuando el silencio de nuestro parsimonioso transitar me trajo ciertas dudas. Pensé que mi compañero de viaje, a pesar de su juventud, bien podría aclarármelas. Su parentesco con Balmis quizá le hubiese anticipado lo que la experiencia le había negado, y nadie mejor que él para describirme los aspectos más personales del doctor. Pero antes de afrontar el tema tendría que ganarme su confianza. Al fin y al cabo sólo me conocía desde hacía pocos días.

Atraje su atención posando mi mano sobre su antebrazo. Él no dudó en dedicarme una mirada de complacencia al sentirla.

—¿Seríais capaz de guardarme un secreto?

Como uno de mis niños, embriagado por la curiosidad abrió los párpados hasta arquear las cejas. Tuve que disimular una sonrisa ante la evidente expectación y continué entre susurros.

—Me siento una ignorante y no me atrevo a recurrir a nadie más.

Juntando las riendas en una mano, aprovechó la libre para darme unas palmaditas tranquilizadoras.

—Vos diréis.

Continué segura ya de haberle embaucado.

—He leído, memorizado e incluso interiorizado el libro sobre Eduard Jenner pero aún me quedan dudas por resolver que no me atrevo a plantear a cualquiera, no vayan a poner en entredicho mi capacidad para esta empresa.

Estirándose como un pavo real antes de desplegar sus plumas, se dispuso a disipar cualquier duda aun antes de haber escuchado la pregunta.

—Decidme, Francisco, ¿por qué tenemos que transmitir la vacuna de brazo a brazo? Sé que transportar vacas en un barco es voluminoso y demasiado costoso como para no servirnos de alimento. Supongo que conseguir especímenes que porten la enfermedad es aún más difícil, pero...

Pensé en alto.

—¿Por qué sólo con niños? ¿No hay otra manera de conservar la linfa?

El enfermero se regodeó.

—La hay. Empapando la linfa portadora en hilas de algodón o guardándola entre cristales sellados con cera; pero después de haberlo intentado en muchas ocasiones, se ha comprobado que con demasiada frecuencia el calor y la humedad de otras latitudes la corrompen y eso, señora mía, es algo que mi tío no se puede permitir.

No cabía duda de que aquel joven, aparte del cariño que un sobrino podía tener por un tío, confiaba plenamente en el jefe de la expedición como profesional. Su devoción hacia Balmis le animó a describirle como si fuese el espejo en el que deseaba reflejarse. Procurando no dejarme embaucar por su idealización, le dejé hablar a destajo de las hazañas de su pariente.

Como yo sospechaba, Balmis estaba a punto de cumplir los cincuenta años. Desde muy niño había observado trabajar a los hombres de su familia como cirujanos-barberos y su vocación por la práctica de la medicina ya enraizaba en su corazón apenas cumplidos los diez.

A los diecisiete ingresó en el Hospital Militar de Alicante para ampliar los conocimientos que había recibido de una forma casi innata observando el quehacer diario de los hombres de su familia, primero de su abuelo y después de su padre. Para gran orgullo de este último, su hijo Francisco Xavier demostró desde el primer curso ser uno de los más aventajados alumnos. Tanto, que en el tercer curso su inquieto afán de aprendizaje le pidió aún más. Mucho más de lo que las clases del hospital le brindaban y fue eso precisamente lo que le empujó a solicitar su ingreso en la Armada.

Sujetando las riendas bajo su pierna, Francisco Pastor se agachó para buscar el botijo que llevaba embotado a los pies del pescante. Sólo cuando rehusé, lo alzó él para beber. Limpiándose el hilillo de agua que había resbalado por la comisura de los labios, golpeó con decisión el tapón de corcho de su boca, tomó aire y continuó.

—Sí, doña Isabel. Así es como mi tío en vez de pensar en las mujeres de los burdeles y las botillerías de Alicante igual que la mayoría de sus compañeros, pasó sus años de universitario obsesionado por ser el primero de su promoción.

»Pronto, sus sueños se hicieron realidad llevándolo a las costas del norte de África. Él sabía que a bordo de un barco en combate nadie le pondría cortapisas para salvar a los heridos o enfermos que a sus manos llegaran. Allí, nadie rechazaría su ayuda por creerle demasiado joven o inexperto, al revés; serían tantos los que le requerirían que no daría abasto. La dureza de las condiciones de vida a bordo de un barco en guerra y la necesidad absoluta de improvisación fueron su mejor escuela.

»Después de seis años, por fin vio recompensados sus esfuerzos con el título de cirujano del ejército y tuvo la oportunidad de pedir otro destino para dejar a un lado aquella vida y dedicarse a algo que hacía tiempo le rondaba la cabeza y que aún no podía curar. Coser, amputar u operar ya no albergaban para él ningún secreto. Terminada la intervención quirúrgica, la salvación del paciente dependía de su fortaleza, la correcta cicatrización y la ausencia de una infección que gangrenase sus miembros.

»Después de respirar y vivir la guerra en toda su intensidad, se dio cuenta de que no es más que una circunstancia accidental provocada por la ineptitud o ambición de unos gobernantes. Para él, había otra causa de mortandad mucho más voraz y difícil de controlar. Una que cuando llegaba siempre lo hacía sorpresivamente. Eran las epidemias, que mataban más rápido y con mayor saña que el enemigo mejor pertrechado, y pensó que debía de existir algo con que prevenirlas.

Sonreí.

—Quimeras inalcanzables excepto en la mente de un joven alocado.

Francisco negó un tanto contrariado por mi comentario.

—Mi tío jamás ha soñado con imposibles, os lo aseguro. Lo que pasa es que es el hombre más amplio de miras que he conocido. Fue por aquel entonces cuando empezó a plantearse dejar el ejercicio activo de la cirugía para dedicarse a la investigación. Si de algo estaba convencido era de que el mal siempre tenía un remedio posible, si no para curar, sí para mitigar su dolor. Por eso mismo se propuso fervientemente encontrar la manera de erradicar esas funestas dolencias fuera como fuese y tardara lo que tardase. Quizá la solución estuviese en las plantas, semillas o flores aún desconocidas que esperaban a ser descubiertas.

»Al poco de empezar a leer todos los tratados que sobre la materia existían, advirtió que aquella ocurrencia suya no tenía nada de novedosa. Desde tiempo inmemorial el hombre había intentado encontrar en la naturaleza los secretos de sus remedios y de hecho casi siempre lo había logrado. Por otro lado y sin remontarse tantos siglos atrás, eran muchos los que desde el descubrimiento de América hablaban de las extrañas especies que allí había. Casi todas habían viajado a España en pequeñas macetas, la gran mayoría habían sido rebautizadas con nombres más pronunciables que los que les dieron en su lugar de origen; pero desgraciadamente a las que no eran comestibles (como lo eran la patata, el tomate o el maíz) no les encontraron más cualidades que la de ornamentar jardines como el Botánico de Madrid. Fueron muy pocos los que de verdad se afanaron en catalogarlas como era debido o en experimentar con ellas para comprobar si tenían otra utilidad efectiva.

Le interrumpí.

—El último en zarpar hacia las Indias desde La Coruña con el firme propósito de clasificar toda clase de especies fue un científico prusiano llamado Alexander von Humboldt. Creo recordar que hará ya casi cuatro años de eso y aún no ha regresado, pero alguien me comentó que había logrado enumerar más de seis mil especies aún sin catalogar y todo gracias a que Su Majestad le costeó el viaje.

Suspiré; mi acompañante pareció no haberme oído. Y es que no estaba dispuesto a dejar que otro científico, por muy conocido que fuese, robase el protagonismo a su maestro.

—Eso está bien, pero de nada servirá el bautizar a un millón de especies si no se les busca una utilidad.

A punto estaba de rebatirle cuando aceleró la palabra impidiéndomelo.

—Como os decía, doña Isabel, después de pasear por las facultades de Medicina de media España y participar en mil debates, el doctor Balmis llegó a una conclusión. ¿Cómo se iban a detener en eso si aún seguían enzarzados en la vieja discusión de qué enfermedades les contagiamos a los indios al llegar a América o cuáles fueron las que ellos nos transmitieron? Eran controversias eternas en las que los médicos españoles se obcecaban desde hacía casi tres siglos sin llegar nunca a una conclusión, y eso precisamente era lo que les distraía mientras que en el resto de Europa eran ya muchos los biólogos y médicos-cirujanos que viajaban a remotos lugares en busca de remedios nuevos; pero... ¿por qué? ¿Por qué unos pueblos caían presos de un mal y otros no? ¿Qué era lo que hasta entonces los protegía? Mi tío ansiaba respuestas que sólo viajando lejos podría obtener, pero necesitaba un buen padrino, un mecenas dispuesto a luchar por él, y el destino quiso que éste se cruzase en su camino.

Paró un instante, comprobó que aún le escuchaba atenta y prosiguió:

—Su oportunidad llegó cuando conoció al marqués del Socorro en un baile en Madrid. Éste había sido durante muchos años gobernador y capitán general en Venezuela, y fue él el que precisamente le habló por primera vez de cómo había intentado erradicar una mortal epidemia de viruela. Quién sabe, probablemente fue el causante de que el interés de mi tío se centrase en esa enfermedad en particular. A través del marqués consiguió licencia para formar parte de la que sería su primera expedición. Tan interesante fue lo que encontró, que en el transcurso de la siguiente década repetiría otras tantas. A partir de entonces, la ciudad de México se convirtió en su segunda casa y Carlos III, el padre del rey, le concedió el retiro de Disperso.*

Aproveché un silencio para saciar mi curiosidad.

—Aparte de su espíritu aventurero, ¿consiguió descubrir algo?

Abriendo mucho los ojos, me contestó de inmediato.

—Como suele ocurrir, no fue justo lo que buscaba, pero igualmente resultó gratificante. Después de experimentar con cientos de semillas, arrobas de Mangüey, palos de guayacos, extrañas raíces, pólenes y demás mejunjes para nosotros desconocidos, al fin dio con el mejor remedio para el mal del morbo gálico. Aunque parezca extraño, eran remedios muy utilizados por los curanderos de aquellas tierras. Se trataba de la begonia y el agave, que son dos plantas que si no llegan a curarlo, sí mitigan sus efectos. ¡Os imagináis, prescindir para siempre del mercurio como remedio!

Me encogí de hombros porque era de las pocas enfermedades que no afectaban a mis pequeños. Francisco continuó:

---

* Dicho de un militar: que voluntariamente y con permiso previo se encuentra disgregado del cuerpo al que pertenece.

—Al regresar a España, le costó tanto que le creyesen que sólo el conseguir una oportunidad para demostrarlo en la academia fue un verdadero calvario. Al final, los más reticentes e incrédulos tuvieron que tragar con piedras de molino y ahora son muchos médicos los que se guían por su tratado para remediar el mal venéreo o escrofuloso, como decimos los doctos, y recetan a los enfermos el consumo de las raíces de estas plantas en la misma cantidad y dosis que Balmis aconseja.

Intenté romper aquel monólogo.

—Supongo que, como todos los grandes remedios, ha de ser muy difícil conseguir esas raíces y que, si las hay, deben de ser muy caras.

—¡Nada de eso! El descubrimiento de Balmis fue tan desinteresado que el mismo rey, al comprobar su efectividad, mandó al intendente del Jardín Botánico de Madrid plantar estas dos plantas en buena parte de su tierra. Más que nada, para estar prevenidos ante la demanda que de aquellas plantas se pudiese avecinar en cuanto se hiciese público el hallazgo. ¡Menos mal!, porque las peticiones llegaron de todos los puntos de España y hoy, nueve años después, muchos huertos las cultivan y venden a cualquiera.

Qué ingenuo, pensé. ¿A quién se referiría por «cualquiera»? Mientras seguía con su verborrea, el recuerdo del cadáver de la madre muerta de Benito me asaltó como si de un retrato vivo y tangible se tratase. Visualicé su viscoso chancro y el del alguacil y pensé en todos los que aquejados de aquel mal agradecerían aquel remedio. El descubrimiento sin duda servía ya a una gran parte de la humanidad, pero como siempre, aún quedaban muchos desfavorecidos que jamás lo catarían. Ahora comprendía el porqué del ascenso de Balmis, el motivo por el que le nombraron cirujano de cámara de Su Majestad y por qué le eligió el Consejo de Indias director de la real expedición de la vacuna. Aquello le daría unos ingresos mayores a los 6.000 reales que hasta el momento tuvo de asignación y su desinterés le honraba al pretender invertirlo todo en esta misión. El sobrino de Balmis se mostraba tan entusiasmado hablando del doctor que apenas me dejaba intervenir.

—Recordad sin falta, doña Isabel, que os enseñe un cuaderno que adquirí en la librería de Barco en la Carrera de San Jerónimo de Madrid la última vez que estuve allí. En él se identifican perfectamente estas plantas por la fineza de sus estampas. Ya veréis vos misma que mi tío es un verdadero artista. Creo que aquéllos fueron los veintiséis reales mejor invertidos de mi vida. Además, si cuando lo veáis hay alguna que os guste en particular, siempre podréis encargarla aparte por cinco reales, ya que en la librería de Aguilera junto a la ronda de Atocha las venden por separado.

De no saber la admiración que el sobrino tenía por su tío, cualquiera hubiese pensado que iba a comisión en las ventas de aquel libro. Quise reconducir la conversación tirándole de la lengua.

—¿No creéis que son demasiadas virtudes y muy pocos defectos para un solo hombre?

Francisco Pastor Balmis se sintió incómodo y quiso defenderle chasqueando la lengua.

—No es sólo mi amor de sobrino o las ganas que pueda tener yo de corresponder a sus favores lo que me inclina a elogiarle, porque os aseguro que su valía está de sobra probada. No sé si habréis oído hablar de hombres tan insignes como Antonio Gimbernat, Leonardo Galli o Ignacio Lacaba; todos son miembros de la junta de cirujanos de cámara y ellos fueron los que le eligieron de entre varios candidatos como el idóneo para esta empresa. Ni siquiera tuvo que recurrir a un acicate poderoso que lo defendiese porque es un doctor de valía y no de favor.

Con un breve silencio, alzó la mirada mientras repensaba lo dicho.

—Si hay algo que le ha podido ayudar, quizá sea la casualidad del destino al caer enferma de viruela la hija de Su Majestad Carlos IV. Entonces mi tío acababa de traducir del francés al español el tratado histórico de la vacuna de Jacques Louis Moreau de la Sarthe, y al leerlo el monarca no quiso a otro para salvar a su pequeña.

Calló repentinamente, como si con aquel comentario le hubiese hecho de menos.

—Me habláis de él como un hombre entregado por entero a la medicina y no hay duda de que ha conseguido triunfar, pero decidme: ¿no hay nada más que le preocupe en la vida?, ¿no tiene familia?

—La mía es la única, y a decir verdad desde que inició su carrera nos ha visitado en contadas ocasiones. Todos quedaron atrás en Alicante.

Podría haber dado por zanjada mi curiosidad, pero Balmis sabía de mis más profundos dolores y yo no sabía nada de él. Seguiría aprovechando la ingenuidad de su sobrino.

—¿Sabéis si ha habido alguna mujer en su vida? ¿Alguna relación que no terminase en matrimonio?

—Quizás en México. Aquí no conocemos a ninguna.

—¿Hijos?

—¿Cómo ha de haberlos si no hay mujer?

Preferí no contestarle al darme cuenta de que él no tenía contacto con tantos hijos sin padre como yo.

—¿Cómo es?

Se le iluminaron los ojos.

—Es meticuloso, se exige a sí mismo tanto que los demás nunca nos encontramos a su altura. Es constante, esperanzador y trabaja con tesón porque sabe que son armas para conseguir lo que la suerte no proporciona. Pero sobre todo es optimista ante cualquier adversidad.

No pude reprimirme.

—No lo parece.

—No os dejéis guiar por las primeras apariencias. En el terreno afectivo ha sido siempre un hombre más bien solitario y eso quizá le ha podido perfilar como hosco, pero no lo es en absoluto. Os lo aseguro, siempre piensa en los demás. Miradme a mí, la última vez que vino a vernos a Alicante para comunicarnos su nombramiento como director de la real expedición a principios de julio, se mostró tan ilusionado que despertó en mí este espíritu aventurero que hasta entonces no creí tener. Le pedí acompañarle y aquí me tenéis. Removió Roma con Santiago para traerme a pesar de mi inexperiencia.

No pregunté más. Visto lo visto, la próxima vez que le viese procuraría profundizar en aquel hombre encerrado en sí mismo. Quizá le juzgué mal al dejarme llevar por las primeras impresiones. Probablemente tanta soledad fue lo que le cinceló la timidez y la desconfianza en las entrañas haciéndole parecer desagradable.

5

LOS DESPERDIGADOS

*Una cifra vigilante y sigilosa
va por los arrabales llamándome y llamándome,
pero qué falta, dime, en la tarjeta diminuta
donde están tu nombre y tu calle y tu desvelo,
si la cifra se mezcla con las letras del sueño,
si solamente estás donde ya no te busco.*

JULIO CORTÁZAR,
Objetos perdidos

Sorteando a multitud de peregrinos, subimos hacia el casco viejo. Nada más detenernos frente al arzobispado salté de la carreta como si la reciente historia de Balmis me hubiese puesto alas en los pies. Un segundo después tocaba a la campanilla.

No había dejado de balancearse cuando nos abrió un monaguillo que debía de estar apostado tras la puerta. Le tendí las credenciales y esperamos pacientemente sentados en un banco del zaguán a que el arzobispo nos recibiese. Sus arrastrados pasos no tardaron en sonar al final del pasillo.

Don Bernardo traía una copia de la real orden que el ministro de Gracia y Justicia, José Caballero, había mandado publicar en la *Gaceta de Madrid* haciendo referencia a la expedición. Sin saludarnos siquiera procedió a leérnosla en alta voz a modo de saludo.

Excelentísimos Señores: Deseando el rey ocurrir a los estragos que causan en sus dominios de las Indias las epidemias frecuentes de viruelas, se ha servido a resolver que se propaguen a ambas Américas, y si fuera posible a Filipinas y a costa del real erario, el precioso descubrimiento de la vacuna preservándolos de las viruelas naturales. Asignando para ello como director de la expedición marítima a Francisco Xavier de Balmis con una asignación de dos mil pesos fuertes de sueldo anualmente y hasta que finalice la misión.

Levantó la vista del papel en cuestión y nos miró un segundo sobre las gafas, murmuró mientras buscaba lo que le interesaba y, al hallarlo, continuó:

Siendo lo más esencial y difícil de esta empresa la conservación del fluido vacuno con toda su actividad en tan dilatados viajes, ha resuelto SM que lleven los facultativos un número proporcionado de niños expósitos que no hayan pasado la viruela para que así arribe a América la primera operación de brazo a brazo continuando después por los cuatro virreinatos e instruyendo a todos para practicarla.

En cuanto cerró la gaceta le pregunté.
—¿Nos ayudaréis?
Arqueó las cejas sorprendido.

—¿Cómo voy a negarme a ayudaros sabiendo que todo el reino ha acatado esta orden sin rechistar? ¿Cómo voy a ignorar una real orden que vela por la salubridad de todos los hombres de la tierra y que lo único que busca es erradicar de una vez para siempre la enfermedad más mortal que conozco?

Me reí ante la exageración.

—¿De verdad creéis que es tan grandiosa la empresa?

Esta vez me dirigió una mirada de reproche.

—Señora, sé de buena tinta que se han mandado órdenes como ésta a decenas de ciudades. El comandante general de las islas Canarias fue el primero en recibirla y después todos los virreyes del reino sin olvidar a los más aislados gobernadores de Vera Cruz, Yucatán, Puerto Rico, La Habana, Caracas y Cartagena de Indias. ¡Si hasta nuestro máximo delegado en Filipinas tiene una copia!

Bajó la cabeza con un leve movimiento de negación.

—Doña Isabel, a pesar de que intuyo una entrega total en su labor, creo que vos aún no os habéis percatado de la verdadera envergadura de la empresa. Por primera vez en mucho tiempo, el rey está dispuesto a correr con todos los gastos de la vacuna. ¿No es algo admirable?

Asentí a pesar de la molestia que me causaba su premeditada forma de juzgarme.

—Seguidme, no hay tiempo que perder.

Le obedecimos sin rechistar. La verdad es que nunca había pensado en aquello con tanta grandeza. Acostumbrada a mi pequeño orfanato, solía preocuparme tan sólo por los problemas cotidianos y mi espacio se reducía a su edificio y las calles colindantes. Imaginar a Balmis surcando los mares cargado de salvación para medio mundo me produjo una satisfacción inmensa. ¡Y pensar que sin comerlo ni beberlo me había visto involucrada en semejante bondad! Si todo salía según él esperaba, probablemente el ayudarle a conseguir los niños necesarios para su primer viaje sería una de las cosas más importantes que haría en mi tediosa vida, pero... Una descabellada idea me asaltó de pronto. ¿Y si pudiera ir a más? ¿Y si pudiese acompañarle? Cuidaría a los niños como la madre de la que carecen y conocería mil lugares. Quién sabe si incluso me quedaría en alguno de ellos como tantos gallegos de los que allá fueron. Aunque... vaya estupidez, una mujer entre tanto hombre. ¿Cómo iban a aceptarme en ese barco si ni siquiera se habían planteado llevar niñas a bordo? ¡Con lo que aquello nos hubiese facilitado la búsqueda!

Opté por mantener la cabeza despejada y la boca cerrada en pos de don Bernardo. Éste caminaba apoyado sobre un báculo y arrastraba su cojera a través de las callejas empedradas de Santiago rumbo al Hospital Real junto al que estaba el hospicio. Debía de ser muy popular, porque a cada paso alguien le saludaba.

Para mí, su eminencia había idealizado al rey en sus propósitos, ya que no sería lo mismo si su hija, la infanta María Luisa, no hubiese caído enferma hacía cinco años de viruela. Sólo a resultas de ello había hecho vacunar al resto de sus hijos, y es que nadie comprendía el dolor de un mal hasta que no lo sufría en sus propias carnes. Carlos IV no era el primer miembro de la realeza que padecía la cercanía de esta letal enfermedad: el recuerdo de la muerte del príncipe Baltasar Carlos —hijo y heredero de Felipe IV—, el de Luis I —después de haber reinado en España tan sólo 299 días—, el del infante Don Gabriel —hermano del rey— o el del mismo Luis XV de Francia seguían vivos en muchos.

Una vez en el Hospital Real, el arzobispo se despidió de nosotros tan precipitadamente como nos había saludado, dejándonos en las buenas manos del capellán.

—Él mejor que nadie os ayudará a encontrar a los niños más propicios de entre todos los que tenemos bajo nuestra custodia.

Aquel hombre de mejillas sonrosadas se mostró eufórico desde el mismo instante en que cerró la puerta despidiendo a su superior.

Era tan bajo que cualquier niño de apenas diez años alcanzaría a ver su tonsura, y tan rechoncho que la papada se unía a la molla de su cogote colgándole por detrás del cuello como una pequeña capucha de pellejo. Pensé que aquel hombre tenía que comer mucho más de lo debido dada la escasez de alimentos que padecíamos en las inclusas.

Al darse la vuelta, sus ojos reflejaron una gran ilusión.

—¿Imagináis un mundo sin nadie marcado por la viruela? Siempre ha afectado a todos al margen de su estamento y ahora resulta que serán justo estos niños dejados de la mano de Dios los que llevarán la salvación al mundo.

Me molestó que fuese precisamente él quien acusase a Dios de su cuestionable olvido, pero era una frase hecha y no dije nada porque no hacía falta mucha agudeza para ver que aquél no andaba sobrado de inteligencia.

Bamboleándose en el caminar como todos los obesos que no lograban unir las piernas, le seguimos mientras él continuaba empeñado en atribuirse parte de la gloria.

—¿Os dais cuenta de que si de verdad conseguimos proteger a toda la humanidad de este mal, en un futuro no muy lejano las nuevas generaciones carecerán de un referente palpable de los estragos que la viruela produce en los cuerpos? Tendrán que limitarse a imaginar lo que fue su cicatriz en damas tan nobles como la reina Isabel de

Valois, la esposa más querida de Felipe II, o en Isabel de Borbón, la mujer de Felipe IV. Los hombres del futuro ya no tendrán que cuidar de aquellos que, habiéndola sobrevivido, quedaron para siempre deformes, ciegos o faltos de juicio.

Jadeó al subir las escaleras, pero ni siquiera la falta de aire le callaba. Estaba a punto de terminar con mi paciencia cuando por fin tiró de una inmensa llave que pendía de su cinto y abrió un cuarto.

Prácticamente se desplomó sobre la silla que había tras la mesa principal. Con gran esfuerzo abrió uno de los combados cajones de su derecha para sacar una caja llena de lo que parecían historiales de ingreso.

Mi joven acompañante, sin esperar una indicación al respecto, tomó asiento a mi lado dispuesto a comenzar de inmediato la selección. Ansiosos extendimos las manos a la vez para que nos entregase la caja sin más dilaciones, pero aquel parlanchín no parecía tener tanta prisa como nosotros. Rascándose la tonsura continuó inmerso en sus más que exasperantes conjeturas.

—Que yo recuerde, desde la epidemia de 1762 no hemos sufrido más su asesina visita, pero aun así no encontraréis un gallego por estos lares que no tema a su fantasma ya que éste nos sigue amenazando con casos aislados. ¿Sabéis vos que todos los días muere alguien de viruela en Galicia? ¡Bendito sea Dios, que nos envía este remedio de su mano!

Posando la mano sobre la caja, no pude contener mi desesperación.

A punto de estallar de furia por su falta de sensibilidad, mantuve fija la mirada sobre ese gran montón de papeles temerosa de lo que mi instinto me indicaba. Cortante y seca le interrumpí:

—Dios deja de su mano a los niños, Dios nos enviaba

el remedio y Dios ¡quiere que nos facilitéis lo más rápido posible las cosas! ¿Por qué me sacáis papeles? ¿No íbamos acaso a ver a los pequeños?

Ajeno a nuestra enojosa decepción, me contestó con una sonrisa abierta:

—Doña Isabel, ¿de verdad pensáis que los tengo aquí a todos? Hace ya meses que os escribimos haciéndoos partícipe de la falta de espacio en el hospicio y solicitándoos ayuda. Como comprenderéis, al recibir una negativa por vuestra parte y la de los demás hospicios tuve que buscar otra solución. Sólo pude repartirlos por diferentes aldeas donde algunas familias caritativas se ofrecieron a darles el cobijo y el sustento necesarios.

Bajó la cabeza antes de proseguir:

—Además, de nada os serviría ver a los niños que tengo aquí porque están todos vacunados.

Le miré sorprendida e incapaz de contener ya mi arrojo.

—¡Me estáis diciendo que aquí no hay niños provechosos con la prisa que tenemos!

Rascándose la barba, sonrió otra vez el descastado. Era como si disfrutase poniéndonos cortapisas.

—Para bien nuestro y mal de vuestra búsqueda, hará seis meses que un médico catalán llamado Francisco Piguillem nos visitó. Acababa de terminar su peregrinaje en la catedral de Santiago para dar gracias a Dios por su buena fortuna después de casi tres años trabajando en la exitosa propagación de la vacuna de Jenner por Cataluña.

»Una vez hubo oído misa, confesado y comulgado para cumplir con todos los requisitos del jubileo y la obtención de la indulgencia plenaria, vino a esta casa de misericordia y en un solo día vacunó a todos los niños con la linfa que traía en cristales de Puigcerdà y Tarragona.

Me desinflé incapaz de rebatirle.

—¿No queréis niños sin vacunar? Pues siento deciros que aquí no nos quedan. Sólo podréis encontrarlos entre los que distribuimos antes de la llegada de aquel médico.

Sabía que Piguillem en Cataluña y Jáuregui en Madrid habían sido los primeros en divulgar la vacuna por toda España, y me alegraba de ello, pero ignoraba que hubiesen llegado hasta allí. ¡Aquello nos tomaría mucho más tiempo del que teníamos! Conforme se alejaban de las ciudades, los caminos en Galicia eran más angostos y escarpados, y según pude apreciar en un primer momento todos aquellos niños repartidos no estaban que se dijese muy accesibles.

Animada por el jovial sobrino de Balmis y después de la inicial decepción, nos quedamos toda la noche a la luz de una lámpara de aceite seleccionando a los posibles candidatos.

Me sobrecogió la cantidad de fichas que había cruzadas de abajo arriba y de derecha a izquierda por una línea roja, porque significaba que aquellos niños habían muerto. Me estremecí al calcular que sólo el año anterior en ese orfanato habían enterrado a un 60 % de sus inquilinos. ¿Cómo es que aun así andaban desbordados? Preferí alejar esos sepulcrales pensamientos de mi mente para concentrarme en la tarea.

Al amanecer, partimos procurando disimular nuestro desengaño con un documento donde el capellán explicaba por qué necesitábamos llevarnos a los niños. Como estaba dirigido a muchos analfabetos, pusimos especial cuidado en que lo redactaran de una forma sencilla. Para más aval llevaba el sello del arzobispado y la firma del mismo párroco. Ilusos, pensamos que así los padres de acogida no pondrían demasiadas objeciones y colaborarían sin rechistar con la causa.

Con la lista en una mano, un mapa en la otra y las gafas sobre la punta de la nariz intenté trazar mentalmente la ruta más corta y fácil. Así, en primer lugar nos dirigimos a San Manuel de Rivadulla. No fue difícil identificar la destartalada vivienda que buscábamos de entre las cinco que había.

Llamamos a la aldaba, convencidos de que sus moradores nos recibirían con los brazos abiertos al leerles las cartas que llevábamos, pero aquella gente vivía prácticamente aislada del resto del mundo, tanto que jamás habían visto un sello arzobispal o unas credenciales reales y eso los convertía en criaturas ermitañas y poco sociables. Sentados a su mesa y con mucha paciencia les explicamos todo, pero a ellos aquello poco les importaba. Su desconfianza era clara y no estaban dispuestos a ponernos las cosas demasiado fáciles porque la única verdad que entendían era que el acceder a nuestra petición significaba prescindir de un par de manos para el trabajo.

Mientras discutíamos frente a un jarro de leche y un plato de lacón con grelos, el pequeño Juan Antonio nos miraba con expectación. En su rostro no había un atisbo de temor. El pequeño estaba a cargo de María Batallán, una mujer tan rolliza como testaruda, y de su marido Ventura Couxo, un hombre enjuto que junto a ella parecía aún más enclenque. Cansada de intentar hacerles entrar en razón, hube de amenazarlos advirtiéndoles de las duras consecuencias que el incumplimiento de aquella orden les traería. Tuve la suerte de que los otros tres hijos del matrimonio ya estuviesen crecidos para cumplir con las labores de Juan Antonio, y al final cedieron. Nunca sabré si por temor a mis amenazas o por librarse de una boca más a la que alimentar. De todos modos sabía que hubiese sido mucho más difícil si aquel pequeño en vez de acogido hubiese sido hijo consanguíneo o adoptado.

Lo cierto fue que a mi nuevo ángel custodio no pareció importarle demasiado dejar esa casa. Ni siquiera se molestó en despedir con un beso a los que hasta entonces habían sido sus casi hermanos y padres; ellos tampoco hicieron amago ni siquiera de abrazarle, y es que el cariño no se finge. Estaba claro que sólo le echarían de menos a la hora de trabajar.

Oí su voz por primera vez justo cuando su hogar se perdió de vista en el primer recodo. Allí parados y dubitativos frente a una encrucijada de caminos sin indicación alguna me tiró de la manga.

—Por allí se va a San Isidro de los Montes.

Sentándolo sobre mi regazo le susurré.

—¿Y qué es lo que hay allí que tanto te interesa?

Sonrió.

—Mi amigo Jerónimo María vino conmigo desde Santiago, pero nos separaron y se quedó a vivir allí en el molino con Tomasa y el Alberto.

Rápidamente saqué la lista y allí estaba.

—¿Quieres que vayamos a por él?

Entrelazando los dedos de su mano como si rezase, asintió con aire de súplica. Nos desviaba del trazado en el mapa pero me fue imposible negarme. El sobrino de Balmis no necesitó que le dijese nada para dirigir la carreta hacia San Isidro. Aquellos padres, menos míseros que los primeros, al ver las credenciales nos guiaron sin rechistar a donde el pequeño, tiznado entero de blanco, estaba cargando sacos de harina sobre una carreta. Al ver a su amigo se abrazaron con tanta fuerza que parecían querer fundirse el uno con el otro. Sus risas y juegos nos acompañarían hasta la siguiente parada. Pero... ¿adónde? Empezaba a angustiarme al leer una y otra vez la escasa lista de nombres, cuando Tomasa nos gritó desde el zaguán como si acabase de recordar:

—¡En San Esteban de Cos, mi prima Antonia y su marido Pedro Roel tienen a un niño llamado Juan Francisco! No hace mucho que tuvieron que vender la casa y han de irse. ¡Quizás os lo entreguen ahora que ni siquiera tienen campo que labrar!

Agradecida por la información, le saludé al viento mientras que los pequeños quedaban con la mirada fija en aquel molino de adobe y teja sin ser conscientes de que probablemente sería la última vez en sus vidas que verían humear su chimenea. El sonido de la corriente a través del caz y de sus ruedas de eterno girar se fue silenciando según nos alejamos.

Al recoger a Juan Francisco, la misericordia me hizo entregar unas monedas a la que le había servido de madre hasta entonces. Ella las metió inmediatamente en un cacharro de barro escondido al fondo de la alacena. Parecían pobres de solemnidad y sin embargo pronto nos dimos cuenta de que cuanto más nos adentrábamos en los montes, más miseria y más reticencia a entregarnos a los niños encontrábamos. La pregunta que nos hacían siempre era la misma: si se los llevan, ¿quién va entonces a cosechar, arar y ordeñar el ganado?

Transitando entre los maizales sembrados de patatas y los bosques de eucaliptos que flanqueaban nuestro estrecho sendero, pensé que de haber recibido la vacuna, alguno de esos padres no hubiese dudado en venderla a buen precio. No sería extraño porque ya eran muchos los falsificadores y buhoneros charlatanes que andaban dando en los mercados gato por liebre sin pensar en las consecuencias que podría padecer un supuesto vacunado que en verdad no lo estuviese.

Precisamente de camino hacia aquella aldea nos habíamos cruzado con uno que llevaba un inmenso pasquín colgado en un lateral de la carreta enumerando los amuletos, preservativos, licores y antídotos que tenía para sanar cualquier tipo de enfermedad. En definitiva, curas maravillosas que se alimentaban de la esperanza ajena. Desalmados sin escrúpulos que se aprovechaban del dolor de otros.

En Santo Tomé, Ana e Ignacio nos trajeron a un niño llamado Florencio que tenían a su cargo. Aunque la voz de nuestra presencia se fue corriendo, fueron muy pocos los que acudieron a nuestro encuentro y de entre estos pocos, sólo pudimos dar por válido a Jacinto. Este niño de Santiago de Parderoa sería el quinto y último que pudimos recoger antes de cumplir los plazos estimados para nuestro regreso a La Coruña.

Aquella noche me derrumbé. Cinco, sólo teníamos cinco niños que sumados a los doce de La Coruña hacían un total de diecisiete.

El sobrino de Balmis vino a verme, estaba tan preocupado o más que yo. Los dos sabíamos que necesitábamos al menos veintidós niños o la expedición nunca podría zarpar con las máximas garantías. Sentada sobre un muro cubierto de musgo que había a la vera de un camino, no pude más que aprovechar el descanso para desahogar mis penas con el joven que me acompañaba.

—Cuando acepté esta empresa, nunca pensé que sería tan difícil.

—Nadie dijo que lo fuera —me animó el sobrino de Balmis—. Si algo he aprendido de mi tío, es que nada se consigue sin esfuerzo. No deberíais preocuparos tanto.

Le miré indignada.

—¡Es que si en una semana sólo hemos logrado inscribir a cinco niños, necesitaríamos al menos otros siete días para, con mucha suerte, completar la lista!

Fue entonces cuando sacudió la bolsa ante mis narices.

—Lo que hemos conseguido ha sido por las buenas y lo que hemos gastado ha sido por propia voluntad. En estos lugares no hay nada que no pueda solucionar un buen puñado de monedas, os lo aseguro. Si no hay más huérfanos, dispondremos de niños de padres conocidos.

—¿Me habláis de comprar niños?

Negó con la cabeza.

—Eso sería esclavitud. No, os hablo más bien de pagar un favor a unos padres de familias demasiado numerosas como para poder alimentar a todos sus vástagos. Ellos nos prestarán a sus hijos a cambio de ocho reales y la promesa de darles una buena educación y vida una vez nos hayan servido en la expedición. Es duro, pero el sacrificio de prescindir de uno para siempre posiblemente salve de la hambruna o la muerte por inanición al resto de sus hermanos, y ellos lo saben.

Le miré sorprendida.

—¿De verdad lo creéis?

Asintió convencido.

—Balmis, como buen previsor, ya se temió que esto pudiera suceder y me dijo que podríamos dar nuestra palabra a los padres si algo se enconaba.

—¿Y si aun así no lo conseguimos?

—Sería extraño.

Recé para que el joven practicante tuviese razón, y Dios me debió de escuchar porque en sólo dos días tuvimos a la partida de niños que nos faltaban a pesar de que las despedidas fueron mucho más dolorosas que las anteriores. Mientras las madres se aferraban a ellos con lágrimas en los ojos, los padres acongojados tragaban su angustia intentando separarlos y terminar lo antes posible con aquel doloroso trance. Los niños, nada faltos de cariño como los anteriores, temían su viaje a lo desconocido y no lo disimulaban. El dolor era tan grande que prometí a cada una de aquellas madres que velaría por ellos como si fuesen mis propios hijos. Las más sumisas me lo agradecieron con harto dolor de su corazón, pero otras aprovecharon mi oferta para desquitarse. Aún recuerdo la respuesta de una en concreto. Frente a mí y con los ojos inyectados en sangre me culpó de su triste despedida.

—¡Qué fácil es prometer cuando sois vos quien se lo lleva! Decís que lo cuidaréis como a vuestro propio hijo. ¿Acaso sabéis lo que es condenar a uno de los frutos de vuestro vientre para salvar a los demás? ¡Me siento como un animal que niega la leche a un cachorro para amamantar al resto! ¡No me vengáis con mandingas!

Quise contestarle como era debido; decirle que, dentro de lo malo, era una mujer con suerte. Que aún tenía cinco hijos más en los que volcar su amor y que era una privilegiada porque yo quedé huera de maternidad y hombre en sólo una semana y nadie me dio a elegir; pero preferí callarme y perdonarla porque la comprendía y el mal de muchos sólo es consuelo de tontos.

Nuestra entrada de nuevo en el hospicio de La Coruña fue triunfal y Balmis vino a recibirnos con gran algaraza. Después de inspeccionar personalmente a todos los niños nuevos, nos dio su enhorabuena y me pidió que le acompañase a su despacho. Fue allí donde se sinceró.

—Doña Isabel, todo ha salido a pedir de boca y estamos listos para zarpar. Durante estos días he conseguido las credenciales, los instrumentos, los libros, los reales y, gracias a vos, los niños. Ahora me falta una sola cosa.

Le miré expectante sin musitar palabra. Me miró fijamente a los ojos.

—No sé si sabréis que camino de Madrid, con todos los niños que ya nos habían servido y que me disponía a devolver a su casa cuna, se nos murió uno en Lugo.

Las palabras se me escaparon recordando al más débil de todos.

—¿No sería Camilo?

El doctor Balmis asintió pesaroso.

—Es el primer niño que pierdo y albergo la esperanza de que sea el último. Al menos me queda el consuelo de que quedó muy demostrado que no murió de viruela sino de una hinchazón en el estómago provocada por un apéndice infectado. Intenté extirpárselo, pero ya era tarde.

Su dolor sonaba verdadero a pesar de la frialdad de su carácter. Quise consolarle.

—Lo siento de verdad, pero no dudo de que ése era su final pues contó con uno de los mejores cirujanos a su disposición. Sólo os puedo dar un consejo. No lo penséis más y centrad vuestra atención en los que aún os quedan. Al menos eso es lo que yo procuro en situaciones similares.

Busqué su mirada de nuevo.

—La muerte de Camilo me ha hecho pensar mucho en las necesidades que estos niños puedan tener, y por eso, doña Isabel, he decidido que nos acompañéis en la expedición. Seréis la única mujer del barco, pero no creo que eso os asuste.

Se me hizo un nudo en el estómago y el silencio que precedió a mis palabras sonó eterno.

—Dadme un tiempo para decidir.

Balmis chasqueó la lengua.

—No lo hay. Salimos al amanecer.

Su tono se tornó súplica.

—Vos sois la mujer que necesito para que vele por los niños. Os he observado y sé que los sabéis tratar. No os engaño, las condiciones del viaje no serán del todo placenteras, pero precisamente por eso creo que os necesitamos más. El sueldo no será alto, pero estará justamente equiparado con los cuarenta reales de vellón que yo cobro, los veinte de mi segundo, los doce de los practicantes y los diez de los enfermeros. ¿Os parecería bien cobrar ocho?

Paró un segundo para ver mi reacción antes de continuar:

—Estaréis rodeada de hombres de mar, de la medicina y de niños, pero sé que eso no os angustia en absoluto porque a esta tierra sólo os ata el recuerdo del dolor. ¡Venid con nosotros! ¡Conoceréis nuevas tierras al tiempo que con vuestros cuidados colaboraréis con la mayor expedición que España ha organizado desde la de Malaspina!

Una fuerza incomprensible me impulsaba a creer todo lo que él me decía sin necesidad de debatirlo. Fue entonces cuando pronuncié mis pensamientos.

—Mañana... Apenas tendré tiempo para empacar, despedirme de las monjas y del resto de los niños. Y además... ¿qué hay de mis credenciales?

Esta última excusa disfrazaba mi aceptación. Balmis sonrió al cerciorarse de ello. Por primera vez rompió el distanciamiento que entre nosotros había dejándose llevar por el impulso y me tomó de las manos.

—Os juro que no os arrepentiréis. Por el resto no habéis de preocuparos porque a excepción de sus pertenencias más personales, los hatillos de los niños ya están dispuestos a los pies de sus camas.

Nervioso, se rebuscó en el bolsillo interior de la casaca y con pulso ligeramente tembloroso sacó mi pasaporte.

—Aquí os entrego las credenciales firmadas a vuestro nombre. Las hermanas del hospicio os esperan esta noche en el refectorio para despedirse de vos.

¡Cómo podía permitirse ese doctor que apenas me conocía disponer de mi vida a su antojo! Sin darme tiempo a contestar enmendó su falta.

—Os pido que no me toméis por un metomentodo. Son meros trámites que me he permitido ejecutar sin vuestro permiso por el acuciar del tiempo. Ahora bien, si no estáis de acuerdo lo comprenderé. De un modo u otro, mañana os espero a las ocho de la mañana en el puerto con los niños. Tenéis una noche para pensar detenidamente si queréis embarcar. Yo me limitaré a deciros que las oportunidades en la vida sólo se presentan una vez y es de ingenuos cobardes desaprovecharlas. ¡Pensadlo, doña Isabel, porque si todo sale bien, vos probablemente seréis recordada por los anales de la historia!

Vanidad de vanidades, pensé. Como si aquello me importase. Una vez sola noté cómo mis latidos se habían acelerado y mi respiración desbocado. Apenas había pronunciado una frase de queja y aun así ya sentía bajo las plantas de mis pies la madera de la cubierta del barco. Aquel hombre sin duda sabía cómo convencer sin perder un minuto divagando.

6

BALANDRO DE SALVACIÓN

30 de noviembre de 1803

> *Lánzase el argonauta a su destino.*
> *Ondas del mar, en plácida bonanza*
> *llevad ese depósito sagrado*
> *por vuestro campo líquido y sereno;*
> *de mil generaciones la esperanza...*
>
> MANUEL JOSÉ QUINTANA,
> *A la expedición española*
> *para propagar la vacuna*
> *en América bajo la dirección*
> *de don Francisco Balmis*

Allí estaba la corbeta *María Pita*, propiedad de los astilleros Tabanera y sobrinos. ¡Al menos el recuerdo de otra mujer viajaría conmigo! Con sus ciento sesenta toneladas de peso, sus tres mástiles y todo el trapo de sus velas adrizado. Aquel barco no era ni mucho menos el más grande del puerto, pero sí el más hermoso en su fin como balandro de salvación.

A Balmis no le había sido fácil convencer al armador Manuel Díaz Tabanera para que nos alquilase el barco, entre otras cosas porque éste sabía que no disponíamos de muchos más barcos a los que acudir, y como experimentado negociante intentó exprimirnos. Al final, el doctor había conseguido rebajar el ingente precio inicial a 4.000 reales por el flete y 40 pesos fuertes más al mes durante el tiempo que durase el viaje. La firma de este contrato simbolizaba la imposible marcha atrás.

Miré a mi alrededor antes de pasar lista a mis pequeños ángeles, que en fila de a dos se habían colocado de menor a mayor estatura. Todos sin excepción, acatando mi orden de silencio, alzaban nerviosos la vista a lo más alto de los mástiles al tiempo que se daban codazos los unos a los otros sin poder creer aún que aquel balandro sería su próxima morada. Como un ejército de tamborileros dispuestos a iniciar la marcha, vestían orgullosos el uniforme que les habían destinado cargando a su espalda un hatillo con el resto de sus enseres. Poco antes de salir había inspeccionado cada uno de esos fardos para asignar el más idóneo según la talla de calzado y vestimenta a cada uno de los niños. Cada bulto iba numerado y según se los iba entregando les fui responsabilizando del buen uso y custodia de su contenido.

Aquél fue el mejor regalo que jamás hubiesen recibido. Nunca habían tenido o soñado con tanto. En cada hatillo había dos pares de zapatos, seis camisas, un sombrero que en aquel momento llevaban calado, tres pantalones con sus respectivas chaquetas de lienzo y otro pantalón más de paño para los días más fríos. Para el aseo personal, tres pañuelos de cuello, otros tres de nariz y un peine; y para comer, un vaso, plato y un juego completo de cubiertos. Ellos sabían que debían cuidar de todo aquello con verdadera diligencia porque desde aquel día y hasta el que nos despidiésemos, una vez a la semana pasaría revista y si algo les faltase recibirían su correspondiente amonestación. Comencé a pasar lista.

—¡Vicente Ferrer!
—Presente.

Conocía bien a aquel pequeño porque procedía de mi orfanato.

—¡Pascual Aniceto!
—¡Aquí!

Le acaricié la cabeza sonriendo porque aquel pequeño ocupaba la primera fila. A sus tres años aún tenía lengua de trapo. Luego vinieron los demás.

Contestaron uno a uno después de oír su nombre: Martín, Tomás Melitón, José Jorge Nicolás de los Dolores, Antonio Veredia, Francisco, Antonio, Clemente, José Manuel María, Domingo Naya y su hermano Andrés, José, Vicente María Sale y Bellido, Juan Antonio y Manuel María. Dejé para el final a los de las aldeas, que siempre andaban juntos: Juan Francisco, Cándido, Florencio, Jerónimo María, Jacinto; y cómo olvidar a mi predilecto, aunque no lo demostrase: Benito Vélez.

Los menores tenían tres años y los mayores nueve. Aleccionaría a estos últimos para que me ayudasen con los primeros como suelen hacer los hijos de una familia numerosa.

Todos juntos —ellos más los miembros de la tripulación y los miembros de la misión— sumaríamos casi sesenta almas. Demasiadas para tan poco espacio, pero eso era algo que sin duda Balmis también habría previsto. Comprendí entonces que como la única mujer del barco no tendría ni ápice de intimidad.

Al principio del portalón, su capitán don Pedro del

Barco me saludó con un marcado acento vasco que delató su procedencia. Luego supe que era vizcaíno, concretamente de Somorrostro. Su cara me sonaba, quizá de haberlo visto trajinando en mis largas caminatas por el puerto.

—Nos conocemos.

—Puede ser que nos hayamos cruzado alguna vez, ya que he estado destinado en la Comandancia de Matrículas de esta ciudad durante algún tiempo y sólo hace diez días que estoy al mando del *María Pita*.

En ese momento sonó un fuerte golpe a proa. La polea que allí pendía para acarrear los bultos desde el muelle a las bodegas se había desatado y una gran caja había caído desde unos dos metros de altura estrepitosamente sobre la cubierta. El capitán salió corriendo hacia allí para comprobar los desperfectos.

Era un hombre canoso, enjuto y tan desaliñado que si no fuese por su chupa parecería un miembro más de la marinería. Un joven marinero barbilampiño debía de haber sido el causante de semejante desaguisado porque tres de sus compañeros le insultaban a mansalva. Nada más aparecer el capitán, se hizo el silencio.

Al preguntar, el mayor de todos se quejó señalando al joven.

—¡No sabe ni hacer un nudo como Dios manda! Capitán, aún estamos a tiempo de desembarcarlo.

—¡Vas a ser tú el que ahora decida a quién enrolar! Calla y termina de cargar que yo me lo llevo. ¡Tiempo tiene de aprender!

Contrariados por tener que seguir bregando con un par de brazos menos continuaron mientras el capitán asignaba otra tarea al joven. Debía guiarnos a nuestro sollado.

Por popa, los dos sobrinos de Balmis comprobaban sumamente preocupados el alcance de los desperfectos en el contenido de la caja que acababa de caer. En el arca más reluciente, protegida por un grueso candado, iban los doscientos doblones que el erario público había entregado a Balmis para los gastos de la expedición. Su llave pendía del cuello del doctor. En otra caja había un montón de instrumentos que habían traído de la real botica de Madrid, una máquina neumática fabricada por el conocido responsable del gabinete de máquinas de San Isidro, don Zeledonio Rostriaga, que según comentaron había cobrado la considerable cantidad de 5.680 reales por hacerla; además de cuatro barómetros y cuatro termómetros.

En la tercera, de similar tamaño a la anterior, guardaron muy bien protegidos por vendas los dos mil pares de vidrios que utilizarían para conservar la linfa que no reutilizasen de inmediato y la parafina para sellarlos. Para el final dejaron las cinco cajas de libros de Moreau de la Sarthe que el mismo Balmis había traducido del francés al español. En ellos se explicaba minuciosamente el procedimiento que habían de seguir para vacunar con las máximas garantías. Tenían pensado repartirlos entre los médicos, cirujanos, practicantes o enfermeros que fuesen adiestrando en el camino. Ésa sería sin duda una de las huellas que iríamos dejando en nuestro transitar, indispensable para que nuestra visita fuese perdurable y efectiva. Aparte, yo como casi todos llevaba mi particular cuaderno de bitácora en blanco para llenarlo de experiencias.

Nada parecía haberse estropeado cuando Benito me azuzó. Aún estábamos en el portalón y los niños ardían en deseos de embarcar.

Sonreí, rascándole la cabeza.

¡Qué impaciencia! ¡Si vais a acabar hastiados de

barco! Esperad al menos a que nos digan adónde tenemos que ir.

A excepción del hijo de un pescador viudo que naufragó, la mayoría de ellos ni siquiera habían subido a una barquita.

El joven marinero causante de tantos estragos llegó en ese momento para dirigirnos. Me sorprendió la blancura de su piel, su juventud y sobre todo su voz atildada. Por la inexperiencia que había demostrado, sin duda era un simple grumete.

Al ver el lugar donde pretendían aposentarnos se me encogió el corazón. Aquel agujero de apenas metro y medio de altura olía a un almizcle de brea, salitre y humedad que mareaba. No era olor a mar sino a aguas estancadas lo que se respiraba. Algo imposible de solucionar con los dos únicos tambuchos que servían para iluminar y ventilar aquella ratonera.

A excepción de unos arcones atornillados al suelo, no había más mobiliario que unos sacos vacíos pendidos del techo. Los niños, alegres como estaban hacía un segundo, enmudecieron.

Con un hilo de voz me atreví a preguntar.

—¿Y los catres?

El joven me miró sorprendido al tiempo que se dirigía a uno de los sacos. Descolgó una anilla de las dos que los sostenían y la colgó en otro clavo.

—No son catres, sino coys. En estas hamacas dormiréis bien y el balanceo de la corbeta os acunará. Además, cuentan con la ventaja de que no tienen chinches.

—¿Y piojos? —preguntó Benito despellejándose el cuero cabelludo de la nuca a base de rascarse.

El grumete sonrió.

—Ésos, que yo sepa, no anidan en los colchones.

El resto rio a carcajadas al comprender que sus jergones eran columpios. Para ellos aquello era un juego, para mis riñones ya veríamos. Antes de salir, el joven marinero tomó al más pequeño de todos y lo subió para balancearlo.

—Arrumbad vuestras pertenencias en los arcones y preguntadme lo que queráis. Me llamo Juan, pero todos me llaman Juanillo. Para el capitán, el espacio y el orden son inquebrantables en este barco. ¿Tenéis alguna duda más?

¡El incauto dio pie a todos los pequeños para romper su obligado silencio! Inmediatamente los veintidós niños le rodearon y el joven se sintió halagado. Contestó ufano a todas y cada una de las preguntas sin importarle que algunas fueran sumamente absurdas.

Al terminar nos llevó a popa a enseñarnos dónde se hacía de vientre. Un madero atornillado haría las veces de letrina. ¿Cómo iba yo a utilizar aquello a plena luz del día y rodeada de hombres? Preferí no quejarme al respecto sospechando que aquél no sería el único inconveniente con el que toparía por mi condición femenina. Me haría con un cubo y sanseacabó.

A mediodía se calmó el trasiego de nuestra llegada. El barco avituallado, las cajas arrumbadas en las bodegas y la marinería fumando a la espera de la orden de soltar amarras. Para matar el tiempo me armé con una cuchilla dispuesta a afeitar la cabeza a los niños para terminar con la infesta de parásitos, cuando la voz de Balmis me obligó a dejarlo para más tarde. Quería presentarme a todo su equipo a pesar de que ya conocía a la mayoría. Como los niños, ellos también iban uniformados según su condición.

Antonio Gutiérrez Robledo y Manuel Julián Grajales

eran los médicos cirujanos. A primera vista me parecieron muy jóvenes para el cargo, pero no dudé ni un segundo de la acertada elección de Balmis. Me dirigí a Grajales.

—Gran carrera lleváis vos cuando a vuestra edad podéis portar esos distintivos. Perdonad mi curiosidad pero... ¿a qué edad conseguisteis el título de cirujano-médico?

—El 25 de junio pasado me licencié como tal en el Colegio de Cirugía Médica de San Carlos.

Asentí cuando Balmis le respaldó posándole la mano en el hombro.

—Grajales no sólo es un buen médico. Como yo, también ha estado en América, conoce a sus gentes y sus costumbres, y sin duda nos servirá de gran ayuda.

Le tendí la mano. Luego supe que aparentaba menos edad de la que en realidad tenía. Había nacido en Sonseca, en la provincia de Toledo, hacía casi veintinueve años.

Detrás de estos dos me señaló a los practicantes. A su sobrino Francisco Pastor Balmis —a quien yo ya llamaba Paco— era al que mejor conocía ya que me había acompañado en la aventura de Santiago; junto a él estaba Rafael Lozano Pérez, que se destocó al tiempo que me hacía una leve inclinación de cabeza. Tras ellos, respetando el escalafón, esperaban para tenderme la mano los tres enfermeros: eran Basilio Bolaños, Pedro Ortega y el hermano de Paco, Antonio Pastor Balmis. El último acababa de llegar con Ángel Crespo, el hombre que nos serviría de secretario y se encargaría de tomar nota de todos los acontecimientos que viviésemos. Pasado el tiempo fui yo la que acabé cumpliendo con los deberes de contable y cronista de nuestra futura hazaña, pero no me importó ayudar a ese joven inexperto.

—Me alegro de conoceros, señores.

Algunas de sus sonrisas no fueron del todo sinceras.

Yo hacía horas que me había percatado de que mi presencia en aquel barco no era por todos bienvenida, pero preferí no darme por aludida. Una vieja tradición marina decía que para tener una buena travesía, no debían entrar en los barcos ni sombrillas ni sotanas ni, en los más retrógrados, mujeres, algo que habían tenido que eliminar desde que familias enteras viajaron a las Indias. Conté mentalmente a los miembros de la expedición.

—Pero... ¿no éramos diez, doctor Balmis?

Antes de contestarme, miró contrariado al dique para ver si alguien se acercaba, pero, a excepción de un par de niños jugando entre las redes de los pescadores, no había un alma.

—Éramos y somos. Doña Isabel, si conocéis bien el puerto quizá me podríais acompañar a buscar al descarriado.

Me mostré reticente.

—Señor, aunque sé dónde podría estar, no son lugares que yo frecuente.

Balmis entendió de inmediato lo que le insinuaba.

—No habéis de entrar si no queréis, sólo necesito que me guiéis. El capitán está ansioso por soltar amarras y no me gustaría hacerle esperar.

Sin contestarle siquiera, empecé a bajar por el portalón. Él me siguió en silencio cuando la voz de Pedro del Barco nos interrumpió.

—¡Por si acaso llevad con vos a Juanillo! Conoce a tal punto cada botillería y prostíbulo de este puerto que bien podría guiaros con los ojos vendados.

Me extrañó mucho que fuese precisamente aquel marinero barbilampiño el más avezado de su tripulación en esas lides, pero no discutí.

Al llegar a El Escabechao, preferí esperar afuera mientras Balmis y el joven grumete entraban. Aquel lugar de inmundicia me producía náuseas. Todos los vicios del hombre se amontonaban en el sentido más literario de la palabra.

Allí sola, frente a aquellas dos puertas batientes, sólo fui capaz de aguantar media docena de lascivas insinuaciones antes de decidirme a entrar. ¿Cómo aquellos borrachos podían confundirme con una mujerzuela? Ni siquiera el que me sacara el crucifijo por encima del alzacuello de lana negra consiguió amordazarlos.

Una vez dentro, me detuve hasta que mi vista se acostumbró a la penumbra. Detrás, las puertas continuaron batiéndose a mi espalda. No pude evitar una arcada porque hasta las paredes rezumaban un nauseabundo tufo a resaca. Al dar el primer paso, tropecé con uno de los ebrios que alfombraban el lugar.

—¡Señora, no son horas! ¡Estoy cerrando! —me espetó la voz cascada de un hombre a pocos metros.

Por su tono debía de estar sordo, así que le contesté del mismo modo.

—¡Busco al doctor Balmis!

El tabernero me señaló una esquina con gesto disconforme antes de agacharse a coger por los pies al borracho con el que había tropezado para arrastrarlo al exterior. Allí yacían tumbados y en fila a plena solana otros cinco, que de no permanecer aferrados a sus botellas podrían haber pasado por muertos.

Balmis y Juan intentaban poner en pie a otro hombre alzándole por las axilas. Por su uniforme de cirujano real, debía de ser el que nos faltaba en la expedición. Al salir topamos con el tabernero que, palmoteándose las manos, jadeaba satisfecho de haberse librado del peso del último fardo antes de cerrar el candado de los portones. Su despedida me sonó extraña.

—¡Adiós, María, que Dios te bendiga!

Balmis ni lo escuchó. El pequeño grumete bajó la cabeza para taparse la cara con la visera de su gorra y yo fui la única que alzó la mano para no hacerle de menos, aunque levemente contrariada porque sin duda también él me había confundido con alguna de sus descastadas conocidas. Durante el trayecto intenté ver el rostro a nuestro particular beodo, pero me fue imposible porque las greñas le tapaban la cara y a excepción de un gruñido y los posteriores ronquidos no emitió palabra alguna.

Al cruzar el portalón, lo arrojaron como el que tira un desperdicio junto a unos cabos e inmediatamente comenzaron las maniobras de desatraque. Mientras unos escalaban por uno de los mástiles con sorprendente agilidad para soltar el trapo, otros quitaban las rateras y los más fuertes se hacían con la estacha que desde el muelle largaron los de tierra.

Los pequeños sostenían su impulso admirados por la maestría con la que los hombres de mar hacían y deshacían nudos, recolocando los cabos a una velocidad vertiginosa. El trapo de las velas flameó al son del balanceo de nuestra majestuosa corbeta y la proa comenzó a caer. De repente la brisa se hizo viento y no pude más que imaginar al dios Eolo soplando con los carrillos a estallar. El balanceo del barco cesó, el casco se escoró ligeramente y el trapo de las velas se infló para darnos velocidad.

Fue entonces cuando los niños, aprovechando mi ensimismamiento, se escaparon en todas direcciones. Unos a intentar imitar a los juaneteros que trepaban por las jarcias, otros a popa a ver la estela y los más traviesos liderados por Benito a proa a subirse al mascarón para volar sobre las olas como las gaviotas. Horrorizada, corrí a detener a estos últimos en primer lugar. Tardé un tiempo en calmarlos haciéndoles ver el peligro que corrían con semejantes majaderías. Me escuchaban con atención, cuando tras ellos vi cómo el último hombre en embarcar recuperaba lentamente la conciencia; por su expresión la resaca debía de estar torturándolo con todo su peso. Con dos palmadas di por terminada la charla y dejé marchar a los niños.

El susodicho se levantó despacio y sujetándose la cabeza se acercó a donde yo estaba. Una vez a mi lado, me miró de reojo con aire confuso y se asomó a la borda, supongo que para ubicarse. Los lejanos acantilados de la costa gallega nos despedían entre la bruma.

A la espera de que recuperase por completo la conciencia no dije nada, simplemente me limité a observarlo. Aquel hombre cerró los ojos e inspiró como queriendo retener en los pulmones los últimos aromas a tierras y bosques que nos llegaban. Su aspecto era lamentable. Enclenque y rubicundo, tenía la tez del color de una aceituna. Me pregunte por qué Balmis habría elegido a ese ser enfermizo como su segundo cuando lo que más necesitábamos era personas fuertes en el barco. La travesía sería larga y las condiciones de vida a bordo del *María Pita* así lo demandaban. Me tendió la mano.

—José Salvany.

Su aliento apestaba a destilería pasada. Ignorando su amistoso gesto no pude contenerme.

—Sé quién sois. José Salvany, nacido en Barcelona hace veinticinco años. Licenciado desde hace cinco en el Real Colegio de Cirugía de esta ciudad y cirujano del real sitio de Aranjuez desde hace menos de cuatro meses. Me sorprende vuestro rápido ascenso, dadas vuestras maneras. —Le miré a los ojos por primera vez—. Esta mañana os encontrabais tan mal que el mismo doctor Balmis tuvo que dictarme vuestra ficha de embarque.

Ante mi reprimenda, optó por disimular rascándose la cabeza con la misma mano que me había tendido. La excusa fue inmediata.

—Lo siento, os aseguro que no soy así. La verdad es que apenas he tenido tiempo para celebrar mi nombramiento en esta expedición y fue justo ayer cuando decidí hacerlo. Aunque no lo creáis, soy casi abstemio y eso es lo que sin duda hizo que me emborrachara con apenas dos pintas. Os ruego que me disculpéis.

Sus maneras eran correctas a pesar de su presencia desastrada y aunque la primera impresión que tuve de él no había sido demasiado halagüeña, ahora se enmendaba. Procurando ser agradable, esta vez fui yo quien le tendió la mano que no dudó un segundo en corresponder.

—Supongo que sería absurdo evitar el saludo ahora que no tenemos escapatoria.

Mi comentario le hizo mirar a babor, a estribor y más allá de la cubierta en lontananza.

—Soy Isabel de Cendala, y hasta esta mañana he sido rectora del hospicio de La Coruña. Hoy he dejado mi antiguo trabajo para acompañaros.

Frunciendo ligeramente el ceño, intentó mirarme a los ojos a pesar de la claridad. Éstos resultaron ser de un azul tan agrisado que parecían dos gotas salpicadas del mismo océano que nos rodeaba.

—Cuando me informaron de que una mujer vendría con nosotros, me alegré por los pequeños.

Su voz sonaba pastosa, tragó saliva y no pudo evitar una mueca de amargor. Consciente de la sed que debía de tener, me acerqué a la barrica, tomé un cazo de agua y se lo entregué. Se bebió todo de un sorbo derramando la mitad sobre su pecho para servirse otro de inmediato. Lo hacía con tanta fruición, que al cuarto cazo un marinero no pudo más que soltar el cabo que adujaba para gritarle indignado.

—¡Seguid, seguid, que lo mismo conseguís terminar con vuestra ración de agua en un solo día! ¡Después no vengáis suplicando a los demás que compartamos, que en la mar lo que hoy abunda mañana escasea!

Confuso y sumamente alterado por el tono estridente del susodicho, se posó la mano sobre la oreja sin comprender a qué se refería.

Esperé a que el marinero se alejase para quitarle el cacillo. Al sentir el fugaz contacto de mi piel sobre la suya, clavó su mirada en el envés de su mano. Estaba claro que aún no había recuperado la capacidad de pensar con nitidez. Pendí el cacillo en un cáncamo que había clavado junto a la barrica en el palo mayor.

—No os preocupéis, que por falta de agua no ha de fracasar esta expedición, pero hay que intentar cumplir con las estrictas reglas del capitán. Y una de las premisas más importantes es respetar escrupulosamente el racionamiento que por hombre y día nos toca. No hacerlo sería como robar a los demás. Con la borrachera os habéis perdido muchas cosas, pero en muy poco tiempo os pondré al día.

Asintió con un viso de arrepentimiento en el rostro. Balmis me había dicho que había elegido a aquel joven de entre otros cien por poseer uno de los más brillantes expedientes académicos; y por ser abnegado, trabajador y desinteresado. Estas cualidades eran las más destacadas en los expedientes que sus superiores habían escrito sobre él durante los cuatro años que había servido voluntariamente en el tercer batallón del regimiento de infantería de Irlanda.

Como seguía entrecerrando los párpados en un intento de verme al contraluz, le tomé de los hombros para darle la vuelta y cambiar posiciones. A sotavento el pelo se le alborozó; después de dos intentos de sujetárselo con la mano optó por coger una cinta que llevaba anudada en la muñeca y se amarró una coleta. Su cabello no podía estar menos cuidado. Era tan fino y liso, que aun queriendo jamás podría habérselo rizado para hacerse calotas, rabats o bucles a lo rinoceronte como los que estaban al uso. No pude sino darle un consejo.

—¿No deberíais ir ahora a presentaros a Balmis?

En un intento frustrado por adecentarse las faldas de la casaca, se despidió de mí con una leve inclinación de cabeza, inconsciente aún de que en aquel espacio tan pequeño los saludos y las despedidas eran meros formalismos avocados a su desaparición. Le observé alejarse dispuesto a recibir la reprimenda que el jefe de la expedición le tenía reservada.

7

LA SOLEDAD DEL MANDO

A Balmis respetad. ¡Oh, heroico pecho,
que en tan bello afanar tu aliento empleas!

MANUEL JOSÉ QUINTANA,
*A la expedición española
para propagar la vacuna
en América bajo la dirección
de don Francisco Balmis*

Según las fichas de embarque que había rellenado, al día siguiente el doctor Balmis cumpliría cincuenta años y pensé en sorprenderle regalándole una tarta. En un principio al cocinero no le hizo mucha gracia que una mujer metiese las zarpas en su hornillo, pero la machacona insistencia de los pequeños ilusionados por el festín acabaría derrotándole.

A escondidas, aprovechamos la noche para no ser descubiertos. En silencio, todos me ayudaron a mezclar la harina con la manteca, a aplanar la masa con una botella y a rellenarla de membrillo y miel. El resultado artístico fue obra de su creatividad infantil al modelar el pastel con forma de un barco con todo lujo de detalles. Su mástil, su vela y hasta su nombre eran la viva réplica de la *María Pita*.

Madrugamos todos para esperar en cubierta al jefe de nuestra expedición. Los rostros de los veintidós pequeños rezumaban alegría y es que por primera vez en sus vidas en vez de recibir entregaban, y el hecho de que el obsequio estuviese confeccionado por sus propias manos aún los enorgullecía más.

Salvany fue el encargado de ir a avisarle. Debía sacarle con cualquier excusa de su camareta sin felicitarle siquiera, no fuese a fastidiar la sorpresa. Benito, pegado al tambucho, escuchaba con sigilo. Los demás, formados y uniformados de gala, esperaban impacientes la aparición del hombre que los había sacado de la inclusa para hacerles héroes en el transcurso de un viaje que jamás soñaron. Los dos más pequeños a la cabeza de la formación sujetaban el pastel. Estaban tan nerviosos que temí por la integridad del dulce. La expectación evitaba sus parpadeos. De repente Benito pegó un brinco y el paso firme de las botas de Balmis se escuchó en los últimos peldaños.

Sin darle tiempo a decir nada, le tendieron el pastel. Confuso y poco habituado a recibir la más mínima muestra de cariño, el doctor lo tomó sin saber muy bien cómo actuar. Fue el momento en que los pequeños dieron la entrada de una canción a los demás. Era el minueto de Boccherini al que los tunos de la Universidad de Santiago le habían puesto letra para cantar las noches de ronda por las tabernas de la ciudad compostelana y que muchos conocían porque felicitaba a los comensales.

La primera estrofa sonó a música celestial manando de las gargantas de mis ángeles; la segunda, grave como una gran tempestad de voz marinera; y el estribillo, como el certero dardo que fue a dar de lleno en el corazón de nuestro homenajeado. Balmis, allí de pie con el pastel entre las manos, hizo verdaderos esfuerzos para contener su emoción mientras duró la canción. Al terminar no supo sino dedicarme una mirada fugaz. Acudí presta a su demanda.

—Señor, ¿qué os parece si lo repartimos?

La cara de los pequeños se iluminó. Él, aún envarado, sólo pudo mirar sobre las cabezas de la multitud que tenía frente a sí para hacer un recuento rápido. Después miró de nuevo al manjar. Me adelanté a su seguro e inapropiado comentario.

—Ya sé que apenas toca a una migaja por cabeza, que no podemos mediar el milagro de los panes y los peces, pero dejadme a mí racionarlo que de eso sé mucho. Por poco que sea todos lo agradeceremos.

Su aturullamiento se percibió en su única palabra.

—Sea.

Resuelta, me senté en la silla que utilizaban los que andaban de guardia, posé sobre mi delantal el pastel y saqué la pequeña navaja que siempre llevaba en el bolsillo ya fuese para cortar una cinta, la carne en salmuera o rasurar las cabezas de los pequeños. Frente a mí no tardó en formarse una cola y poco a poco con la mano fui dando un pequeño cachito a cada uno de los que acudieron. Los niños más que morderlo lo roían para prolongar su sabor. El mascarón de proa hecho de hojaldre se lo reservé al capitán Pedro del Barco, y el nombre moldeado por los pequeños dedos de los niños al mismo Balmis. A mí no me tocó nada, pero no me importó porque mi paladar se endulzó como si hubiese engullido el pedazo más grande.

José Salvany quiso prolongar el festejo tocando con la

mandolina la misma melodía. Al oírle, todos comenzaron a bailar. El pequeño Benito vino de inmediato a levantarme de la silla. Terminado el reparto guardé la navaja y salí a saltar con él. En una de esas vueltas mi mirada se quedó clavada en el doctor Balmis porque era el único que no bailaba. Ni siquiera tenía a nadie alrededor. Pensé en cómo interrumpir el baile para acudir en su auxilio, pero aquel hombre insociable no me dio tiempo porque aprovechando el jolgorio ya bajaba las escaleras rumbo a su camareta. Me dio verdadera pena no haberle detenido pero tampoco iba a dejar que sus maneras introvertidas amargasen el precioso momento a los demás.

No le volvimos a ver hasta el atardecer, hora en que solía supervisar el estado de los dos pequeños portadores de la vacuna. Pintaba un hombre solitario cuando le conocí, mas nunca pensé que fuese a ser tan celoso de su intimidad. Quizá tanta intromisión le abrumó, no lo sé, lo cierto es que con tanto celo se perdía lo mejor de la vida, pero eso era algo que nadie excepto él podría remediar.

Pasaron un par de días cuando el mar comenzó a encresparse. Ya hacía horas que los marineros se habían encomendado a la Galeona* para que la travesía por el cabo de San Vicente fuese tranquila; y por el estado de la mar debieron de hacerlo con fervor, ya que a excepción de unos borreguillos coronando las olas y un balanceo un poco más acusado, nada nos importunó.

Aproveché que el cielo lucía despejado para sentarme sobre la teca de la cubierta a la sombra del trapo a zurcir

* Virgen del Rosario, patrona de los hombres de la mar hasta que la del Carmen ocupó su lugar.

algunos de los calzones de los niños. La madera del suelo absorbía todo el calor del sol y su tacto era sumamente placentero.

Andaba ensimismada en esa nueva sensación cuando el silbato del contramaestre me alertó. Si algo había aprendido durante los escasos días de travesía era a distinguir un tono de otro. Aquél, si no me equivocaba, ordenaba maniobra general para virar. Eso significaba que en menos de un minuto debía tener controlados a todos los niños. Cogí el bastidor y el cesto de costura y me puse de pie. Al hacerlo sentí cómo el pequeño Benito me tiraba una y otra vez del mandil insistentemente. Incapaz de ignorar su demanda, me agaché a preguntarle qué le ocurría. No le hizo falta articular palabra porque el tono de sus mejillas —amarillento como el del trapo de las velas— hablaba por sí mismo. Un sudor frío se reflejaba en su frente y tenía la mano posada en el estómago. Al abrirle los párpados para observar sus pupilas, no pudo contener una arcada huérfana de líquido hediondo. En un instante intuí que la segunda no tardaría en aparecer. Con agilidad lo tomé por la cintura para asomarle a la borda. Como era de esperar, regurgitó como un descosido.

No podía soltarle a pesar de la angustia que me provocaba que cualquiera de sus compañeros pudiese entorpecer el trabajo de los marineros que tras de mí y a toque de silbato corrían de un lado a otro de la goleta completando la maniobra. Sabía que si alguno topaba en medio de su faena con un pequeño, no dudaría en patearlo para apartarlo sin contemplaciones, al menos así me lo habían indicado después de varios desencuentros. Pero por mucho que lo lamentase, Benito me necesitaba más. Sentía cómo su estómago se apretaba espasmódicamente bajo mis manos obcecado en escupir todo su contenido y no podía hacer otra cosa que sujetarle el flequillo para que no se lo salpicase. Alzando los ojos al cielo, le rogué a Dios que no fuese una disentería. Cuando terminó, el rubor de sus mejillas regresó, el sudor de su frente se fue secando con la brisa y el ritmo de su corazón fue acompasándose. Sólo entonces permití a mis temores disiparse. Lo único que a primera vista tenía era un mareo monumental.

Al darme la vuelta para ir en busca de un poco de agua, topé con el grumete Juanillo que me traía a otros tres niños buscando el mismo remedio a su malestar.

Mientras Benito se hacía un ovillo entre los cabos para dormirse después del esfuerzo, el joven tripulante me ayudó a repetir faena con los demás. Una vez se hubieron calmado, quise darles de beber. Fue entonces cuando la grave voz del capitán me sorprendió.

—Menos mal que se encontraban a sotavento.

Escupió hacia fuera mirando el gargajo.

Sin intuir ni siquiera que trataba de aleccionarme proseguí dando de beber a los pequeños. Me interrumpió de nuevo.

—Si no queréis encontraros en la misma tesitura de aquí a media hora, os aconsejo que no les deis más agua. Así sólo lograréis que sus estómagos se revuelvan de nuevo.

Su gran mano me tendía una manzana y de nuevo mi expresión de extrañeza le arrancó una carcajada.

—No me miréis con esa cara de besugo y obligadlos a comer sólido aunque se nieguen.

Sin musitar palabra la tomé para ponérsela en la boca a Benito, pero éste tragó saliva y apartó el rostro asqueado. El capitán Pedro del Barco rio de nuevo y se fue dejando una cuba con trapos a su grumete. No hizo falta que le dijese nada porque Juanillo inmediatamente se puso de rodillas a limpiar los restos del viscoso fluido que habían quedado adheridos a la cubierta.

—Hacedle caso, doña Isabel, porque raras veces se equivoca —me aconsejó con un poco más de delicadeza que su superior—. Con este vaivén, las olas de la mar se dibujan en nuestras entrañas y eso es lo que provoca el malestar.

Me sinceré mirando aún las espaldas del capitán.

—Es tan rudo... En estos casos yo siempre les doy agua para que no se deshidraten.

El grumete acarició la cabeza de uno de los pequeños.

—Hay muchos remedios en tierra que aquí no sirven y éste es uno de ellos. Sólo obligadlos a comer manzanas hasta que se encuentren mejor y ya veréis cómo pronto sus estómagos encuentran sosiego.

Después de limpiarlo todo, se levantó dispuesto a seguir con sus faenas.

—¿Qué es sotavento? —le pregunté.

Casi pude oír su suspiro antes de contestarme.

—Hacia donde va el viento. Es útil saberlo para arrojar lo que sea por la borda sin temor a que regrese.

Tenía tanto que aprender y me daba tanta vergüenza demostrar mi ignorancia que siempre agradecía sus sencillas explicaciones. Aquel muchacho era tan diferente al resto de la marinería... Era sensible, cariñoso con los niños, y en vez de tratarnos como a polizontes incómodos no perdía una oportunidad para brindarnos su ayuda. No había que ser demasiado observadora para darse cuenta de que siempre caminaba solo por cubierta porque todos le rehuían. Para ganárselos intentaba ser más tosco, pero ni los lapos, los desgarbados andares, los tacos o los golpes le salían naturalmente.

Poco a poco el constante roce con el grumete me hizo

olvidar la delicadeza de su constitución. Sin buscarlo llegamos a una rara camaradería, ya que a él le gustaba estar a mi lado y a los niños junto a él. Y es que Juan era un ser extraño que sin proponérselo alteraba de un modo u otro a todos los de su entorno. El capitán era uno de los más inconstantes hacia él y es que igual que le daba hoy una de cal, mañana le despertaba con otra de arena. La de arena se agradecía, pero en la de cal solía rozar la vejación porque acostumbraba ensañarse con el joven delante de sus compañeros aliñando su desagradable reprimenda con los vítores de éstos.

Según el plan de derrota* faltaban dos días para llegar a Canarias cuando otro problema más vino a quitarnos el sueño. Ahora casi todos estaban mareados y conforme evolucionaban las pústulas de los dos custodios, al día siguiente tendríamos que proceder a sacar la linfa de sus granos antes de que supurase por sí misma. Era algo inevitable, ya que ni el tiempo se podía parar ni la enfermedad alargarse.

Balmis me solicitó que para entonces tuviese dispuestos a los seleccionados advirtiéndome que deberían ser los más sanos. ¡Así, sin más! ¿Es que el jefe de nuestra expedición no navegaba en el mismo barco como para saber en qué circunstancias nos hallábamos? Aquel hombre andaba tan absorto en su propio afán que se olvidaba de lo más importante. ¿A cuál íbamos a elegir si prácticamente todos continuaban mareados como atunes?

Aquella noche me quedé dormida por un instante. Al recuperar plenamente la conciencia me di cuenta de que el

* Planificación de ruta.

panorama seguía siendo desolador en nuestro sollado. No sabía cuánto tiempo había dormido pero no debía de haber sido mucho, dado que nada había cambiado desde que mis párpados fueron vencidos por el sueño. Salvany me había sustituido en el agotamiento y ahora era él quien corría de un coy a otro portando un cubo entre las manos cada vez que oía una arcada. La cara de nuestro segundo médico tampoco resultaba muy halagüeña. Si era verdad que la brisa marina había borrado de sus mejillas aquel tono macilento que portaba al embarcar, ahora también lo era que el moreno de sus mejillas había desaparecido.

Despacio, me acerqué a ayudarle.

—Doctor Salvany, deberíais descansar para ayudar al doctor Balmis mañana en la vacunación.

Repentinamente y como si lo hubiese olvidado, abrió los ojos.

—¿Mañana?

Me corregí a mí misma al comprobar cómo el rojo tono del amanecer se filtraba por los ojos de buey. Sin duda con el trajín los dos habíamos perdido la noción del tiempo.

—Para ser exactos, debería decir «hoy», ya que el color del orto nos acosa.

Sacudiendo la cabeza como sin terminar de creerme, se acercó a los coys de la esquina donde los infectados yacían separados por una cortina para que los demás no sufriesen un contagio incontrolado. Tomó el brazo del más pequeño poniéndose las gafas que pendían de la cadena de su casaca y se inclinó hasta casi pegar la nariz a su piel. Frunciendo el ceño negó con la cabeza, disconforme.

—Cómo ha pasado el tiempo. Los primeros días se me hicieron eternos y sin embargo ahora parecen volar.

La voz del joven grumete nos interrumpió.

—Ya os dije que sería así.

—Es cierto —musitó Salvany—, pero siempre pensé que aquello no eran más que palabras de consuelo para combatir las eternas horas de tedio.

Aún incrédulo concentró la atención de nuevo en el pequeño custodio para verificar que lo ya comprobado no era una pesadilla, y un viso de espanto se dibujó en su rostro antes de mirarme a los ojos.

—Isabel, decidme. ¿Quién creéis que podrá ser el siguiente? Llevan casi dos días sin probar bocado y están tan débiles que el riesgo de que contraigan alguna otra enfermedad al ser vacunados se multiplica.

Salvany no me revelaba nada nuevo. Me hubiese gustado ayudarle en esa difícil elección, pero estaba cansada, demasiado cansada como para cargar con la responsabilidad de una elección equivocada. Si hacemos dueño del preservativo a un niño que a posteriori pudiese morir, sólo nos quedaría un portador viable y el peligro de fracasar en nuestra misión se multiplicaría por dos. No, definitivamente no iba a ser yo la que eligiera al siguiente ángel para vacunar.

—Vos sois el médico, yo sólo estoy aquí para velar por la alegría y el buen cuidado de estos niños.

Mascullando entre dientes, tapó el cubo que tenía en las manos con un trapo mugriento. Se lo tendió al grumete para que se lo llevase y suspiró paseando entre las hamacas sin saber en cuál detenerse. Su consternación me produjo tanta lástima que fui incapaz de mantenerme al margen. Tomando aire, procuré adoptar un tono lo más animoso posible.

—¡Venga, José! No dejaremos que esta nimiedad nos derrote. Ayudadme a sacarlos a cubierta. Creo que el olor de esta estancia y el agobio de la estrechez en este hacinamiento han conseguido embotarnos las ideas. ¡Observad!

Con decisión señalé al bulto que se formaba en los coys donde aproximadamente posaban los pequeños sus traseros y le guiñé un ojo antes de alzar la voz aún más para que todos me oyesen. Sin comprender nada Salvany se encogió de hombros. Me desesperé ante su atontamiento.

—¡El balanceo ha cesado! ¡La mar debe de haberse calmado y con ella el cielo se habrá despejado! Saquémoslos afuera. Tumbémoslos en cubierta. ¡Quién sabe! ¡Si dentro de un rato se encuentran mejor, quizá le pida permiso al capitán para que les deje subir al primer tramo de la cofa!

Como pretendía con la pantomima, la sola posibilidad de aquella aventura hizo que muchos comenzasen a moverse mucho más animados. Las primeras manos en aparecer de entre esas crisálidas de trapo fueron las de Benito, que con tímida fuerza empujaron hacia abajo la lona para asomarse. Su expresiva mirada aguardaba expectante la aceptación de Salvany.

No había acabado de asentir cuando a varios ya les colgaban las piernas dispuestos a saltar para salir por su propio pie. Salvany sonrió posándome la mano sobre el hombro. No era cierto que el balanceo hubiese cesado del todo pero, como yo esperaba, a muchos mis palabras les habían hecho olvidar su mareo.

—Como veréis, doctor, en algunas ocasiones la sola ilusión puede curar. Os aseguro que en media hora podréis elegir de entre varios a los candidatos.

Atrayéndome hacia sí en un amago de abrazo, me zarandeó.

—Isabel, sois única. Vuestros métodos serían tachados de dudosos en cualquier manuscrito de medicina, pero he de reconocer que son indudablemente efectivos.

Hizo un silencio con sus ojos clavados en los míos. Estaba tan cerca que sentí el calor de su respiración en mi cuello. Separándome despacio de él para no parecer desagradable, procuré que el acelerado latir de mi corazón no se reflejase en mi voz.

—No, doctor. Creo que no son mis métodos sino la manera de aplicarlos. Todo es contagioso en la vida: la enfermedad, la tristeza y la alegría. Por eso debemos huir despavoridos de todo mal para atraer el sosiego.

Salí dejando bajo su supervisión tan sólo los dos niños vacuníferos. Ya afuera, los demás se tumbaron al raso. Envueltos en mantas para preservarlos de la humedad, contamos estrellas que aún no habían desaparecido. Juanillo les enseñó a distinguir en pleno firmamento el lucero del alba. No se durmieron hasta que esta estrella fue la única visible en el rojizo amanecer.

El templado clima hizo que muchos de los pequeños prescindieran de las mantas que hasta hacía unos días les sirvieron de abrigo. Como su ángel guardián, me dormí junto a ellos, hasta que el sol, ya en el cénit del horizonte, fue despabilándome poco a poco. Consciente de ello, dejé que su caricia me tostase ligeramente las mejillas mientras mis perezosos párpados aún cerrados se deleitaban tamizando su claridad. Incluso el tintineo de los grilletes golpeando contra los mástiles parecía tañer una serenata tardía acunándonos en el perdido regazo de la mar. No abrí los ojos hasta que una sombra se interpuso entre mi paz y su dueño.

La mirada de reprobación de Balmis me empujó a levantarme de un salto.

—¿Ya es la hora?

Balmis me ignoró por completo para seguir con la mirada anclada en los cabos adujados que me habían servido de almohada. Tragué saliva al comprobar que allí mismo, a mi lado, mi acompañante más cercano en el dormitar no era un niño sino un hombre al que su jefe inmediato despertó de un ligero puntapié.

Como yo, Salvany pegó un brinco antes de calzarse las gafas sobre el tabique de la nariz. No quise ni imaginarme la escena que hacía un segundo debíamos de formar los dos juntos, el uno pegado al otro y rodeados de niños. Pero... ¿cómo había llegado a mi lado? Sólo recordaba haber estado mirando estrellas hasta su desaparecer en la claridad del día.

Volviendo sobre sus pasos, Balmis se dirigió hacia la enfermería.

—Salvany, ya lo tengo todo dispuesto. Ahora sólo me falta que vos y doña Isabel traigáis a los niños. Espero que hayamos terminado antes de arribar a puerto.

Incapaces de musitar una palabra, nos sentimos avergonzados y divertidos a la vez ante la comprometida situación. De inmediato nos dispusimos a acatar las órdenes. A nuestro lado, los niños abrazados entre sí parecían un amasijo de piernas, brazos y diminutas cabezas retozantes. Viéndolos arropados por la placidez más absoluta, nadie hubiese dicho que tan sólo unas horas antes fuesen como volcanes arrojando toda su erupción. Volcanes como el Teide, que ya a lo lejos se divisaba en el horizonte coronando la isla de Tenerife.

Ante las prisas, intenté recuperar la compostura.

—José, ¿habéis pensado ya en quiénes serán los siguientes? Decídmelo para no despertarlos con demasiada brusquedad.

Aún parecía dubitativo.

—Unas veces José, otras Salvany, las más doctor. A ver si os aclaráis, doña Isabel, y me llamáis siempre del mismo modo. Así al menos sabré a qué atenerme.

Aquella confianza me obligó a tragar saliva y evité una respuesta insistiendo en nuestro cometido.

—¿Qué os parecen esos dos?— los señalé convencida—. El primero es el hijo de un pescador ahogado, que por afinidad con su difunto progenitor apenas se sintió indispuesto. El otro es uno de los que trajimos de una de las aldeas cercanas a Santiago. Es fuerte y aunque se ha mareado, está rollizo. No creo que le haya afectado el perder algún gramo de peso en los días pasados.

Agachándose, se dispuso a darles unas palmaditas en la cara para despertarlos. Yo les tomé de las manos y los llevé a popa para frotarlos bien con agua y jabón antes de conducirlos a la enfermería.

Mientras, Salvany fue a recoger a los vacuníferos. Atrás quedó mi pequeño Benito junto al resto de sus compañeros de aventura durmiendo apaciblemente. Así esperaba que se mantuviesen hasta la hora del almuerzo. Suspiré aliviada porque aquella vez había sido fácil esconder a Benito para que no entrase en la terna. Así, al no haber sido aún útil a la causa, seguiría siendo necesario para la empresa y nadie pensaría en deshacerse de él para que cediese su lugar a otro futuro portador.

Pensé en varias ocasiones en hablar con Balmis del influjo que aquel niño en especial ejercía en mí, pero el carácter cada vez más hosco del jefe de la expedición y mi temor ante aquel nuevo sentimiento que atentaba contra mi determinación de no vincularme a ningún pequeño en especial eran dos razones lo suficientemente poderosas como para postergar aquella confidencia.

La palabra «adopción» susurraba en mis pensamientos cada vez más alto a pesar del temor que me producía. No era extraño, ya que hacía días que las pesadillas me asaltaban pensando en su despedida. Al despertar siempre me repetía: ¡Isabel, no tienes preferidos! ¡Isabel, ninguno es mejor que otro!

8

LAS ISLAS AFORTUNADAS

10 de diciembre de 1803

> *Son islas afortunadas,*
> *son tierras que no tienen lugar,*
> *donde el Rey vive esperando.*
> *Pero si andamos despertando,*
> *calla la voz, y sólo es el mar.*
>
> FERNANDO PESSOA,
> *Islas afortunadas*

Haciendo caso omiso a las quejas de los dos niños seleccionados para la siguiente transfusión de linfa, me afané más que nunca en frotar sus cuerpos. Aquellos ingenuos gruñían pesarosos por el aseo sin detenerse a pensar ni un segundo el porqué de aquella limpieza repentina y exhaustiva. Su mejor defensa era precisamente ese párvulo desconocimiento que impedía abrir hueco al miedo en sus corazones, y es que quien no conoce no puede temer.

Entre friega y friega me sentí ligeramente culpable por

aprovecharme de la confianza que depositaban en mí y pensé que no sería mala cosa aclararles de una manera sencilla el porqué de esa situación. Procuraría no dramatizar ni darle demasiada importancia; no fuesen a asustarse causando el efecto contrario al deseado.

Les expliqué que a pesar de lo que pudiesen pensar, el doctor sólo les haría un arañazo como el que la púa de un rosal suele provocar, pero debí de hacerlo francamente mal porque en vez de escucharme se obcecaron en zafarse de mí a manotazos. Una vez limpios los vestí con unos calzones y una camisola. En cuanto comprobaron que la tortura del baño había terminado sonrieron y me siguieron como mansos corderos a su pastor.

Nada más entrar, el doctor Balmis me taladró con la mirada. Junto a él, Salvany ordenaba por pares sobre una mesa algunos de los cristales que trajeron en las cajas. Al lado en el suelo tenían ya desembalada la máquina neumática que le serviría para sellar la linfa sobrante de las pústulas. Él sabía que el calor y la humedad del sur muy probablemente restarían sus propiedades al preciado líquido, pero si cabía una posibilidad de garantizar la consecución de nuestra expedición en el caso de que por cualquier contratiempo perdiésemos a todos nuestros ángeles custodios, sólo era ésa.

Recordando nuestra comprometida situación de hacía un rato durmiendo juntos en la cubierta, evité mirarle y simulé ante nuestro director una total indiferencia. Y aunque él actuó de similar manera, el reproche de los pensamientos de Balmis se hacía casi audible.

Deseosa de terminar lo antes posible, me senté en una silla para tomar al primero de los niños en mi regazo. Le levanté la manga del brazo derecho y se lo tendí al doctor, que ya esperaba con la lanceta infectada del pus de los anteriores entre sus dedos. Balmis aprovechó que el galleguito se giraba para mirarme sorprendido, y con sorprendente agilidad le abrió cuatro arañazos en su antebrazo. No pareció dolerle, ni siquiera gritó. Simplemente quiso protegerse con la otra mano y a tiempo estuve de detenerle. Tomando unas vendas le cubrí las pequeñas heridas y le expliqué que desde ese preciso momento tendría que permanecer aislado como sus predecesores. El segundo, al ver que el primero no se quejaba y deseando portar un brazalete de vendas igual que su amigo, se dejó hacer.

Nada más terminar oímos el correr de la cadena de fondeo. Anclábamos cerca de una escollera que habían construido en el puerto de la bahía de Santa Cruz de Tenerife. El capitán Pedro del Barco decidió que ése sería el lugar idóneo comparándolo con el puerto de Garachico, donde el fantasma del recuerdo de muchos barcos yacía encallado en los bajos de lava sólida que la erupción de hacía menos de un siglo había dejado al fundirse con la mar. Además, ese puerto estaba mucho más cerca de la ciudad de La Laguna, que era la que tenía mayor índice de población y eso era lo que realmente buscábamos.

No nos importó que la capital estuviese en el interior porque según nos dijeron todos sus habitantes bajaban con frecuencia al puerto para abastecerse de los caprichos que cualquiera pudiese desear y no tuviesen en la isla. Esa bahía era el punto más importante de conexión entre las islas del archipiélago y el mundo exterior. Las afortunadas además formaban un puente invisible que unía España con las Indias y prácticamente todos los navíos mercantes y militares que se dirigían hacia las colonias fondeaban allí. La bahía era un verdadero hervidero.

Al son de los remos de las barcazas y en silencio nos fuimos acercando a la costa. Esperanzados, centramos nuestra atención en todos y cada uno de los viandantes procurando localizar entre aquel hormiguero humano a nuestro comité de bienvenida.

Justo enfrente, un grupo de personas parecía estar mirándonos. A la cabeza de todos ellos pudimos distinguir un uniforme. Después de avanzar un cuarto de milla más, ya no nos cabía la menor duda: aquel hombre debía de ser el comandante general de Canarias, el marqués de Casa-Cagigal, que junto a su familia, amigos y demás autoridades nos esperaba ansioso.

Balmis se puso de pie para que ellos también le pudiesen distinguir como el doctor al mando de la expedición. No había recuperado aún el equilibrio cuando los hombres del comandante dispararon salvas de bienvenida y el gentío comenzó a gritar vítores al tiempo que sacudía sus pañuelos al aire. Ladeando un poco mi sombrilla, quise ver más de aquella acogedora isla.

Según me contaron, durante siglos sus habitantes habían sido atacados con frecuencia por piratas de toda índole, por eso los castillos de San Cristóbal, San Juan y el del Paso Alto protegían la entrada a la bahía y el acceso a La Laguna. El eco de los cañonazos que hirieron al temeroso almirante Nelson frente a sus costas hacía tan sólo seis años aún latía en sus tímpanos.

A un lado del puerto estaba la playa de la Carnicería, escoltada por el barranco de los Santos, y casi a continuación se divisaba otra pequeña calita donde descansaban varadas muchas barcas de pescadores.

Ya atracados en un pequeño pantalán, fue el mismo marqués de Casa-Cagigal el que me tendió la mano para ayudarme a saltar a tierra firme e inmediatamente después saludar a Balmis. Al dar un paso adelante, sentí como si la tierra se moviese bajo mis pies. De manera inconsciente me tambaleé temerosa de perder el equilibrio y la casualidad quiso que fuese precisamente Salvany el que me sostuviese por la cintura hasta detener el tambaleo. Sin ni siquiera darle las gracias y ya centrado mi peso en los dos pies, me separé de él en el acto. El doctor, incómodo por mi desagradecido proceder, quiso darme una explicación.

—Sólo intentaba que no tropezaseis. Es el mareo de tierra, se os pasará.

¿Es que no habíamos tenido suficiente con el de la mar que también existía el de tierra? Sonrojada, puse un espacio mayor entre los dos. Aquel hombre se estaba convirtiendo en mi particular velador de sueños y traspiés. Me enervaba porque invadía mi intimidad sin permiso, pero al mismo tiempo me reconfortaba saber que estaba a mi lado. Desde la mañana de nuestro dormitar conjunto, su mera presencia me alteraba pero... ¿hasta el punto de marearme? La verdad es que no entendía nada. Era como si aún estuviésemos a bordo y aquella isla flotase cual cascarón. Como si, por primera vez en mucho tiempo, no fuese dueña de mis sentimientos.

Procuré sostenerme con más dignidad mientras que el máximo representante del rey continuaba saludando al resto de la expedición. El marqués resultó ser un hombre tan afable como educado y me pareció desde el primer momento sumamente creativo. Tanto, que en la primera cena a la que nos invitó nos deleitó con un recital de sus propios poemas. Me sentí identificada con ellos porque la mayoría hacía referencia a los dramas que muchos vivíamos debido a los vertiginosos cambios de la nueva sociedad. A los postres, alzamos las copas en un brindis por el éxito de nuestra expedición y la ayuda que él estaba dispuesto a prestarnos. Pensé que siendo el hombre más importante de aquella isla no le sería difícil. Nos lo había demostrado ya aposentándonos en las insignes residencias de sus oficiales.

Ya instalados, supe por la mujer de mi casero que el general había hecho pegar pasquines en forma de edicto en todas las villas, aldeas y ciudades de la isla ordenando a todos sin excepción que de inmediato acudiesen a la casa de la pólvora. Allí avituallaríamos una gran estancia para proceder a las vacunaciones masivas de todos los guanches que acudiesen al llamamiento.

Aquel edificio tenía una extraña forma. Era de planta rectangular excepto en los dos lados menores, donde se hacía circular. En su techo tenía una hermosa bóveda de medio cañón encalada que me recordó a la que coronaba nuestro comedor del hospicio de La Coruña.

Todas las mañanas subía con los niños a la azotea de la real aduana y apostaba a un par de ellos para que nos mantuviesen informados sobre los barcos y barcazas que pudiesen venir, ya que llegaban a mansalva y no queríamos que nos encontrasen desprevenidos. La mayoría, y según el registro que elaboraba personalmente, procedía de La Palma, Gran Canaria, Fuerteventura o Lanzarote; y los que menos, de El Hierro y La Gomera.

Después de haber sido vacunados, muchos venían con la intención de conseguir un pasaje en alguno de los mercantes que cada semana partían rumbo a Santo Domingo, La Habana, Veracruz, Puerto Rico, Louisiana o Texas.

Con frecuencia se oían los gritos de los dos voceros contratados por el comandante general: aconsejaban a los analfabetos que no hubiesen podido leer los pasquines que viniesen a visitarnos. En cuanto oían que la vacuna era gratuita, hasta los más reticentes acudían a nosotros como moscas a la miel, y es que para muchos aquello era una novedad: no querían perderse lo que hasta el momento había estado reservado a los ricos. Fue tanta y tan efectiva la ayuda que recibimos que a los veinte días habíamos vacunado a más de ochocientas personas tan sólo en La Laguna. Pero nosotros debíamos partir y la labor iniciada debía continuar.

La obsesión de Balmis por que entregásemos un manual de la vacuna de Jacques Louis Moreau de la Sarthe a cada uno de los médicos que conocimos era evidente. Con ello pretendíamos que la práctica de la antigua variolización quedase por completo prohibida en un futuro, y a partir de entonces sólo podrían vacunar los médicos debidamente facultados para ello. Además, no debían cobrar ni una moneda por ello. Si lo hiciesen, atentarían contra el principio filantrópico y desinteresado que nos movía.

Un regidor decano y un procurador general elegido por mayoría se encargarían de que no faltasen los medios necesarios que procuraría el erario público para seguir con la labor. Trabajarían en la casa de vacunación que el mismo capitán general dispuso para nosotros y decidió no desmantelar. Sería sólo la primera de todas las que propusimos para el archipiélago. Si ellos conseguían ir al mismo ritmo que nosotros, calculamos que en un año no quedaría un alma proclive a la enfermedad de la viruela en todas las islas afortunadas.

Aleccionados todos, soltamos amarras el día de Reyes de 1804. A las nueve jornadas de navegación, de nuevo el miedo a una elección equivocada nos acongojó. Hacía días que aparte de los dos niños vacunados, tenía aislado a otro. No a causa de los mareos, la gastroenteritis o los parásitos intestinales, no. Su mal era mucho más contagioso y mortal. Había intentado acallar sus constantes toses con cariño, dándole de beber infusiones y evitando que estuviese en horizontal a base de un montón de almohadones que metí en la cabecera de su coy, pero todo aquello no sirvió de nada. Lo que en un principio parecía un simple catarro pronto se agravó y el indicio de una segura tisis se perfiló en el tortícolis, la destemplanza de su pulso y la ronquera de su voz. No tuve más remedio que informar al doctor Balmis la noche en que los esputos que escupió cayeron en mi pañuelo sembrados de coágulos de sangre.

La enfermedad se lo llevó en muy pocos días y mi dolor se multiplicó cuando los subordinados de Balmis le solicitaron que abriese el cadáver para impartir una clase práctica de cirugía.

Al saber de sus intenciones me dirigí a su camareta dispuesta a detener semejante ignominia como fuese.

Allí estaba el pequeño cadáver desnudo y tumbado sobre una arqueta. Mi buen Salvany colocaba el instrumental que iban a utilizar para la autopsia sobre una pequeña mesa supletoria, mientras que Balmis con un carboncillo llenaba de dibujos su blanca piel. Aunque supuse que aquello serviría para su posterior clase, no quise saber más. La indignación me pudo.

—Ese niño es mi responsabilidad. Vos me lo entregasteis y por ello me niego a que experimentéis con él. ¿Qué vais a hacer? ¿Abrirlo en canal? ¿Hurgar en sus entrañas? ¿Amputarle sabe Dios qué miembros? Y todo para qué. Nunca será igual operar a un cadáver que a un niño vivo. ¿Habéis pensado qué pasaría si alguno del resto de los niños por un casual llegase a verlo? ¡No quiero ni pensarlo! Dejadme hacer y quitad a vuestra gente esas absurdas ideas de la cabeza.

Separando ligeramente al doctor y sin esperar su contestación, me dispuse a amortajar al pequeño para echarlo al mar. Balmis, sin ninguna delicadeza, me agarró con fuerza de la muñeca para detenerme.

—Isabel, vuestra misión es velar por los vivos para que no mueran. Una vez que lo han hecho, son cosa mía. Retiraos inmediatamente. Por éste ya no podéis hacer nada, os lo aseguro.

Me abracé al frío cuerpo con fuerza y desesperanza.

—No, señor —insistí aun a riesgo de provocar su ira—. Este pequeño recibirá cristiana sepultura en la mar como ha de ser porque lo que vos pretendéis, doctores, es sabido que la religión lo prohíbe y la naturaleza lo aborrece. ¿De verdad creéis que ese horroroso espectáculo enseñará mucho a vuestros ayudantes? ¿De verdad compensa?

Apenas abrió la boca para replicarme, le interrumpí de nuevo.

—Me enrolé en esta expedición para luchar por sus vidas, no para facilitaros la disección de sus párvulos cadáveres. Sé que en las escuelas de medicina es un uso habitual en las enseñanzas de los futuros cirujanos, pero esto es un barco, no un colegio de cirugía y menos un hospital general, y este equipo según me contaron son médicos salvadores y no descuartizadores. Hacedme el favor y no convirtáis esta sala de vacunación en una de esas aulas donde los más sanguinarios se deleitan observando las costuras de las pieles muertas. Creo que lo único que sacan en limpio es convertir el recuerdo de un cuerpo humano en un despojo remendado.

Cabizbajo, me seguía escuchando. Mi súplica ya fue clara.

—Si no lo queréis hacer por mí, al menos hacedlo por el resto de los pequeños. Pensad en ellos y en lo que por sus ingenuas mentes puede pasar si atisban o simplemente intuyen lo que estáis haciendo con el que hasta ayer era su amigo. ¿Acaso no hace años que vos dejasteis este tipo de cirugía para dedicaros tan sólo a la investigación?

No sé exactamente lo que mis últimas palabras le revelaron, pero el caso es que no insistió más. Con mucho cuidado y en silencio se dispuso a guardar el instrumental que momentos antes había sacado Salvany de su caja. Como haciendo inventario, fue pidiendo a José una por una cada una de las piezas.

—Trocar, llave de trépano, sierra, cuchillos corvos, tenazas, tijeras, bisturí y escalpelo.

La voz de José le interrumpió justo cuando los huecos forrados de terciopelo del primer cajón se completaron.

—¿Suspendemos entonces la operación?

Balmis se limitó a mirarle con reproche. La voz del doctor siguió pidiendo instrumentos para el último cajón.

—Cinta para el garrote, pico de cigüeña, sacabalas para escarbar, algalia, descarnador, coronas, exfoliativo, perforativo y el tirafondo.

Yo conocía cada uno de esos nombres. Los había aprendido en una de esas tardes tediosas de travesía por si acaso tuviese que ayudar a operar. Comprobado el contenido completo, cerró la caja, limpió la placa de bronce que sobre la tapa llevaba grabado su nombre y me dirigió una mirada despectiva que nada me importó después de haber conseguido lo que quería.

—Vos sois, doña Isabel, peor que una mosca coj...

Sostuvo su lengua. Tras él salieron los demás miembros del equipo pertrechados cada uno con su respectiva faltriquera de instrumentos quirúrgicos y mascullando quejas.

Allí quedé yo frente a mi pequeño para intentar devolverle con la mayor dignidad posible su aspecto original. Lo primero que hice fue borrarle todas aquellas líneas que surcaban su cuerpo. Le vestí y justo cuando le cerraba la mandíbula entró Benito súbitamente. Inspirando, di gracias a Dios por haberme dado fuerza para convencer al doctor de su desistimiento y tiempo suficiente para adecentar al pequeño antes de que apareciese mi preferido. Los acelerados latidos de mi corazón se fueron pausando.

Estaba tan acostumbrado a bregar con la muerte que sin decir nada me ayudó a terminar de envolverlo en el sudario y a atarlo con un cabo todo alrededor. Quedó empacado como un fardo capaz de soportar el más largo viaje. Juanillo, el grumete, llegó cargado con la plancha que le serviría de trampolín.

A falta de sacerdote que oficiase los funerales, el capitán Pedro del Barco leyó una lectura del Antiguo Testamento, los niños cantaron un tedeum y todos a una levantaron el extremo de la plancha para que aquel hatillo alargado resbalase hacia el mar. Fui incapaz de llorar a pesar de que el gaznate se me llenó de sal.

—Al aceptar embarcarme en esta empresa, me prometí a mí misma no perder a uno solo y ahí va el segundo.

La voz de Balmis me sonó más fría y distante que nunca.

—Hacedme el favor y no os carguéis con más responsabilidades de las que ya tenéis. El que murió en Lugo camino de regreso a Madrid no era de vuestra incumbencia.

Apreté las mandíbulas antes de alejarme. Si lo que aquel hombre pretendía era consolarme, tenía una manera muy desacertada de lograrlo.

Los niños corrieron a popa para ver cómo aquel paquete de ingenua mortandad se hundía en las profundidades del océano. No se separaron de ella hasta que desapareció en medio de la estela. Para ellos la muerte no era más que un viaje, al menos eso era lo que yo siempre les decía para consolarlos, y una vez más me enojé conmigo misma por ser la primera descreída de mi mensaje. La pequeña mano de Benito vino a asirse de la mía.

—¿Se ha ido al mismo lugar que mi madre?

¡Si al menos Dios me hubiese otorgado un don de la fe más arraigado! De nuevo mentí e intenté convencerme de mi mentira.

—Sí, Benito, probablemente ahora está abrazado a su madre, que como la tuya le ha estado esperando hasta hoy.

En ese momento, la casualidad quiso que las nubes del cielo dejaran asomar entre sus huecos un rayo de sol, que como los que iluminaban los cuadros de los santos marcó el lugar aproximado donde el pequeño había sido engullido por las olas. Con el ceño fruncido, mi pequeño ángel me espetó.

—Es injusto. ¿Por qué él y no yo?

Sin saber qué contestarle, me agaché a abrazarle contra mi pecho. Como siempre, se dejó apretar antes de contestarse a sí mismo sonriendo.

—Yo lo sé. ¿Tú no?

Negué antes de besarle en la frente. Subió la cabeza para mirarme a los ojos.

—Es porque quiere que tú me cuides en vez de mi madre.

Se me hizo un nudo en el estómago antes de preguntarle.

—¿Y tú cómo lo sabes?

Contestó convencido:

—Porque al dejarme apareciste tú y ella me lo ha susurrado en sueños. Como siempre dices, ella nos ve desde el cielo y sabe todo lo que has hecho por mí. Ahora sólo falta que quieras ser mi madre. ¿Quieres serlo?

Como buena gallega, le contesté con una pregunta.

—¿Y qué hacemos con los demás, Benito?

Alzando la mirada al cielo pareció pensarlo un solo segundo.

—Que se busquen otra y, si no la encuentran, nosotros juntos los ayudaremos a encontrarla.

Si de verdad pudiese hacerle ver que las cosas no eran tan fáciles. Si le pudiese reconocer de verdad que él era mi preferido entre todos sus compañeros de fatigas. Rascándole la cabeza le dejé en el suelo incapaz de desmentirle la gran verdad que sus sonrosados labios acababan de pronunciar.

Todo en la vida era recíproco y si yo había soñado con adoptarlo, él también lo había hecho. Los dos sabíamos que no sería difícil conseguir que el párroco que lo bautizó en La Coruña escribiese una nota al margen de su partida bautismal identificándome como su madre adoptiva. Así y por siempre el libro parroquial me reconocería como su única madre. Aquel hombre me conocía bien y nunca dudaría de mis buenas intenciones para con Benito. Una simple carta suplicándole mi deseo bastaría. Yo misma, por falta de espacio en el hospicio, me había visto obligada a entregar niños y niñas a gentes nada fiables por el simple hecho de haberse comprometido a cuidar de ellos.

Como quien no quiere la cosa, Benito por fin me había dado el envite que mi decisión necesitaba. Definitivamente le adoptaría, pero no se lo diría hasta el momento más oportuno.

9

PASIÓN PROHIBIDA

Puerto Rico, 9 de febrero de 1804

> *Yo volaré; que un Numen me lo manda,*
> *yo volaré: del férvido océano*
> *arrostraré la furia embravecida,*
> *y en medio de la América infestada*
> *sabré plantar el árbol de la vida.*
>
> MANUEL JOSÉ QUINTANA,
> *A la expedición española*
> *para propagar la vacuna*
> *en América bajo la dirección*
> *de don Francisco Balmis*

La calma del mar era absoluta. El trapo de las velas flameaba al socaire tan huérfano de viento como nuestros niños de padres. La humedad penetraba en nuestros poros haciéndonos sudar constantemente y aún era más insoportable en los días de calma chicha cuando ni una brizna de viento soplaba. A los que no habían conocido otro clima que el gallego aquello les abotargaba.

Absorta en el infinito del horizonte pensaba en cómo la convivencia había limado las asperezas y la desconfianza que en un principio nos guardábamos los unos con los otros había desaparecido, cuando sentí la osada presencia de una mano posada sobre la parte baja de mi nuca.

El día anterior el calor había sido tan angustioso que hasta la mantilla y el sombrero con los que solía protegerme me sobraron. Me los quité recogiéndome el pelo en un moño con la esperanza de que la brisa aligerase mi sopor. Craso error, porque las consecuencias fueron justo las contrarias y el astro rey se cebó con aquellas zonas de mi piel que normalmente le ocultaba. El cogote me ardía y aquella caricia inesperada me escoció.

—Lo siento.

Procuré sonreír sin darle importancia.

Sacando un pañuelo de su bolsillo, Salvany limpió las gafas que llevaba prendidas del cuello y me miró la piel más de cerca. Me pareció distinguir un atisbo de rubor en sus mejillas.

—Tengo un ungüento en el botiquín que sin duda os aliviará.

Procuré restarle importancia.

—Es igual.

Apretando con un dedo sobre mi piel, insistió.

—No lo es, esta quemadura no os ha debido de dejar pegar ojo esta noche y el cansancio es el peor enemigo del buen humor. ¿Qué vamos a hacer hoy si nuestra única dama nos priva de su sonrisa?

¿Me estaba cortejando? Desde que salimos de Canarias, en más de una ocasión le había sorprendido mirándome fijamente, y él, al verse descubierto, siempre desviaba su atención disimulando. Y es que José poco a poco había ido abandonando su cascarón protector. ¿Sería porque aquella pequeña goleta nos unía sin remisión? Para entonces la brisa marina había tostado su piel y el justiciero sol descolorido aún más su rubia cabellera. Así el clima marítimo había conseguido borrar de su semblante aquel aspecto enfermizo que tenía el día que le vi por primera vez borracho en la cantina del puerto de La Coruña.

—Tenéis que cuidaros si queréis asistir a los demás.

Acariciándome la parte dolorida, antes de retirarme quise echar una ojeada a los niños. Andaban tranquilos y entretenidos jugando a las tabas. Por si acaso, le pedí a Juanillo que no les quitase la vista de encima.

Ya en el camarote de Salvany tomé asiento en la única banqueta que había. En cualquier otro lugar nuestra situación habría sido tremendamente comprometida dado que una mujer como Dios manda nunca ha de quedarse a solas en un cuarto con un hombre, no obstante aquél no era cualquier lugar. Intenté dejar la puerta abierta para no dar la oportunidad a insidiosos comentarios, pero el tope estaba roto y al primer vaivén ésta se cerró estrepitosamente aislándonos del resto de la tripulación.

Salvany sacó de su maletín un frasco de pomada, hundió los dedos en ella y me pidió permiso con la mirada para untármelo. Cierta vergüenza me obligó a bajar la vista, consciente de que ya sería inevitable nuestro contacto. Desatando mi corpiño lo aflojé para poder tirar de la camisa y ensanchar su escote hasta el inicio de mis hombros.

Con sumo cuidado, Salvany fue extendiendo el ungüento muy despacio. Sus caricias sobre la parte alta de mi espalda me produjeron un extraño y descontrolado escalofrío que fue apoderándose de todo mi cuerpo.

Con la mirada aún baja, comprobé angustiada cómo todo el vello de mi antebrazo se erizaba y todavía fue peor cuando al cruzar los brazos bajo mi pecho noté que no sólo éstos estaban tiesos, pues también mis pezones se empitonaron. Y es que desde que me quedé viuda ningún hombre me había tocado hasta entonces. Al menos de aquella manera.

Ladeándome ligeramente, busqué mi toquilla para esconder todo aquello que no quería hacer evidente..

—¿Buscáis algo? —me preguntó al percibir mi tensión.

Esperanzada de que no notase mi congoja, procuré que la voz no me temblase.

—Mi toquilla. Tengo un poco de frío.

Según pronunciaba esas palabras me di cuenta de que, en caso de hallarla, nunca me la podría echar sola sobre los hombros sin soltarme la embocadura de la camisa y dejar al descubierto mi pecho.

—Está aquí, colgada sobre el respaldo —me contestó separándose unos centímetros—. Os la podría dar pero tengo las manos demasiado pringadas. Aguantad un poco que termino enseguida e intentad relajaros. Tenéis los músculos altos de la espalda tan duros como el granito.

Si lo que pretendía era tranquilizarme, aquello había terminado por ponerme aún más nerviosa. En silencio comenzó a masajearme la nuca. Cerré los ojos intentando acorralar aquellos sentimientos para empezar a disiparlos. Por un lado mi tentación deseaba fervientemente que José continuase, que no cesase nunca, que siguiese expandiendo esa pomada hasta sobrepasar los límites de aquella quemadura que nos había servido de pretexto. Por el otro, la prudencia y la arraigada castidad me frenaban.

Sentí cómo el borde de mi camisa resbalaba hasta la altura de mis codos. No hice nada para evitarlo, ya que mi contenida entrega seguía ocultando mis vergüenzas. Voluntariamente, mis brazos cruzados sobre el pecho fueron aflojando su abrazo a pesar de todo lo que aquello pudiese desvelar.

Al entreabrir los ojos pude ver nuestra imagen en el espejo. Yo medio desnuda; él deleitándose con pasión en aquel remedio que tanto me aliviaba. Sentí pudor ante tan bella escena y fue entonces cuando se atrevió a mirarme fijamente a los ojos a través del reflejo. Sostuve su mirada haciendo un leve amago de cubrirme, mientras José ya me acariciaba los antebrazos.

Agachándose un poco pegó sus labios a mi oído. Detrás como estaba de mí, no podía verle de cuerpo entero, pero su respiración sonaba excitada.

A punto estaba de susurrarme algo cuando una voz nos interrumpió. Todo el calor de nuestros cuerpos se hizo hielo en un segundo. Era Balmis.

—¿Qué sucede aquí?

Nos separamos el uno del otro como si fuésemos dos niños descubiertos en plena travesura. Salvany trató de disimular pegándome unas gasas al pringue de la espalda. Su voz sonó insegura.

—Señor, estoy aliviando las quemaduras de doña Isabel.

Al acercarse a comprobarlo me subí la camisa hasta el cuello manchándola de pomada. Incapaz de pronunciar una sola palabra, esperaba que el rubor no me delatase.

Sin remilgos ni licencias de ningún tipo, Balmis me descubrió de nuevo, quitó las gasas y comprobó la veracidad de la dolencia palmoteándome con fuerza la zona dolorida. ¡Siempre tan rudo! Musité un quejido.

—Espero, doña Isabel, que hagáis lo posible para que este ardor no se repita, porque las consecuencias pueden ser tan graves como vuestro desembarco inmediato en el siguiente puerto. Y vos, Salvany, acompañadme a la sala de vacunación, que tenemos que inocular a otro niño.

Al salir los dos me quedé pensativa. ¿Cómo podía haberme dejado llevar por semejantes sentimientos? Si Balmis me había permitido embarcar era precisamente porque estaba convencido de que serviría a la causa como cualquiera de sus hombres sin plantear ningún problema por mi condición de mujer. Sabía que me había defendido en la corte. Que lo había hecho a ultranza frente al capitán del barco que se negaba a embarcarme por ese temor, y yo ¿cómo le correspondía? Traicionándole a la menor oportunidad. No era mi intención.

Dios sabía que cuando quedé viuda me prometí a mí misma no volver a enamorarme o sufrir por un hombre. Aquello me había sorprendido débil, sola y desprevenida.

Antes de levantarme para correr a preparar a los niños, me propuse no dejarme llevar por el corazón, por muy necesitada que estuviese de cariño. Las necesidades egoístas se curan precisamente dando a los demás lo que a uno le falta y eso es lo que haría. Desde ese preciso momento, cuando la tentación me llamase me abrazaría a mis pequeños con todas mis fuerzas. Ellos ya me habían salvado en alguna ocasión de esos desatinos incontrolados y no me fallarían esta vez.

Al entrar en la sala, ninguno de los dos doctores me miró. El terror me invadió al ver quiénes eran los niños elegidos como los siguientes eslabones de la cadena de vacunación. Pastor, el enfermero, con sumo cuidado desinfectaba una a una las pústulas ya vacías de los niños hasta entonces portadores. Éstos habían cedido su preciada linfa a la lanceta mientras que otros dos aguardaban. ¡Uno de ellos era mi particular ángel custodio! Benito, que con el brazo extendido me miraba asustado.

Días antes habíamos acordado cuáles serían los siguientes, y Benito no estaba en la lista. Es más, aprovechando que el equipo médico estaba reunido al completo, les supliqué un trato de preferencia para mi pequeño y al final acordaron no infectar a Benito hasta haber terminado con el resto de los expósitos de La Coruña, pero... ¿por qué ahora en apenas unos minutos Balmis había cambiado de opinión? ¡Si ésa era la manera que tenía de castigarme por mi desliz con Salvany, estaba claro que aquel hombre no sabía ejercer el mando! La pena era desmesurada comparada con la falta cometida. ¡Si ni siquiera me había dado tiempo a enmendarlo!

¿Cómo iba a decirle a Balmis que era mi niño por mutuo acuerdo? Si precisamente me aceptó por no tener parientes a quien añorar o sentirme vinculada. Si hasta entonces nunca había tenido preferidos.

Incapaz de defraudar al jefe de la expedición por segunda vez en un día, corrí a abrazar a Benito por detrás mientras Balmis le arañaba la piel con aquella lanceta infectada de pus. Cuando terminaron, el doctor me miró a los ojos.

—He cambiado el orden de los niños en esta cadena para que aprendáis a no encariñaros con nadie en especial en este barco.

Le odié con todas mis fuerzas. Aquel hombre sin familia, hijos o mujer que le quisiesen parecía regodearse en su soledad deseando la de todos los demás. Lo que no sabía era que allí donde desembarcase a mi Benito, yo me quedaría.

El resto de la travesía fue una verdadera tortura. Al principio procuré no cruzarme con Salvany, pero independientemente de dónde estuviese mi cuerpo, mis pensamientos volaban una y otra vez a su encuentro. Más que adultos parecíamos adolescentes encelados con un amor prohibido. Ante el creciente deseo, pronto comprendí lo efímera que podría resultar aquella absurda situación ya que no era mucho el espacio que teníamos para desandar lo andado e imposibles las probabilidades de desaparecer.

Cada día se nos hacía más difícil despistar a nuestro corazón pero el espíritu de sacrificio de José y mi completa entrega al cuidado de los pequeños nos ayudó a lograrlo. Teníamos mucho que ganar pero también mucho que perder y el miedo resultó un efectivo acicate. Mantener las distancias sería la única manera de atenuar el rencor que Balmis nos profesaba. Tácitamente y en silencio acordamos arrinconar esos dulces sentimientos en favor de nuestro trabajo. Yo albergaba la secreta esperanza de que no fuese definitivo pero nunca me atreví ni siquiera a insinuárselo. Quizás al pisar tierra firme pudiésemos de algún modo abrazar la libertad sin renunciar a ese amor que tanta falta nos hacía a ambos.

Incapaz de hacer otra cosa, me esmeré en el cuidado de Benito, ya que la vacuna le dio calenturas y dolor de cabeza. Al cuarto día, justo cuando las pequeñas manchas de la viruela hicieron su aparición, resultó mejorar de las otras dolencias. Andaba tan descontenta con el mundo en general, que aborrecí el día en que esas máculas empezaron a crecer porque pronto la enfermedad tocaría a su fin.

Sólo una idea me rondaba la cabeza. Desde que quedé viuda y mi hijo murió, la vida no me había brindado una oportunidad semejante para alcanzar la felicidad y no pensaba desperdiciarla. La muerte esta vez no era la amenaza y, exceptuándola a ella, me sentía capaz de luchar con cualquiera que intentase frustrar la probabilidad de abrazarla de nuevo; incluido Balmis. No pensaba renunciar a Benito, como tampoco pensaba renunciar a Salvany. Sabía que la travesía duraría en torno a un mes y ahora que estaba a punto de cumplirse el plazo, no veía el momento de llegar a Puerto Rico. La angustia de la estrechez se me hizo verdaderamente insostenible, y la obligación del silencio, claustrofóbica.

Para evadirme, a menudo soñaba con la idea de encontrarme a José a solas caminando por un puerto, una calleja o un frondoso bosque.

Con tres días de retraso conforme a la fecha esperada, por fin el vigía gritó. Aquel 9 de febrero, allí en lontananza se dibujó una sombra en el horizonte. Era la isla de Puerto Rico. Las tinieblas se hicieron aún más oscuras cuando comprobamos que ni un alma nos aguardaba en el muelle.

Era como si a nadie le importase nuestra llegada; peor aún, parecían ignorarnos a propósito. ¿Tan rápido habían olvidado las nefastas consecuencias de la última epidemia de viruela? ¡Si hacía menos de un año que había matado sin tregua en las cercanas ciudades de Santa Fe y Bogotá! ¿Qué era lo que pasaba? Por la estructura de la bahía, los fareros, vigías y demás población cercana a la costa debían de estar divisándonos pero las campanas no sonaban. ¿Cómo era posible? Llegábamos con un barco cargado de salvación y nadie acudía a abrazarnos para recibir un poco de nuestra medicina. ¡Qué diferencia con la bienvenida que tuvimos en las islas afortunadas!

Confundida por la segura traición de mis ojos, le arrebaté el catalejo al joven grumete. Nada, a excepción de unos niños medio desnudos encaramados a los cocoteros, no había un alma. Sentí las ásperas manos de Pedro del Barco sobre las mías.

—¿Os importa?

Con cierto disgusto le entregué aquel peculiar anteojo. Al fin y al cabo, él era el dueño legítimo del artilugio.

—Capitán, ¿estáis seguro de que hemos llegado a nuestro destino? Mirad que no hay tanta distancia entre las islas del Caribe y quizá por un ligero error de cálculos hayamos arribado a otra isla.

Una taladrante mirada de despotismo fue su única respuesta antes de tenderme de nuevo el catalejo y alejarse.

La tierna voz de Benito vino a importunarme como la perfecta réplica de conciencia. Para entonces estaba cuajado de pequeños granos. Faltaba muy poco para que fuese el protagonista y más valeroso de nuestros custodios. Después de aquello, nada. Para todos, ese niño ya habría servido a la causa y sólo sería una carga similar al resto de los niños ya vacunados a los que debíamos alimentar y aposentar hasta encontrarles un lugar digno donde dejarlos. Me rebelaba ante este temor, y el deseo de mantenerlo a mi lado por más tiempo me servía de acicate para agudizar el ingenio.

El fatídico día que lo vacunamos procedí a aislarle como era menester, pero Benito era diferente a los demás. En vez de creerse el efímero rey de la expedición por unos días y disfrutar con el colmo de atenciones que a los enfermos brindábamos, desconfió. A las pocas horas de su intervención, lo encontré sollozando por su obligado cautiverio. No comprendía por qué tenía que estar encerrado y sin poder ver a sus compañeros de juegos. Le consolé y traté de convencerle de que a nuestra llegada a Puerto Rico tendríamos un gran recibimiento porque gracias a su sacrificio sólo a él le tratarían como a un héroe, ya que la enfermedad que portaba salvaría a otros niños de la muerte. Aquello le sirvió de excusa hasta ese preciso momento en que faltó a su promesa de no salir de la camareta de aislamiento salvo que yo se lo permitiese.

—¿Por qué no hay fiestas como en Canarias? ¿Es que ya no me van a poner una corona de flores? ¿Tampoco tendré dulces?

Fruncí el ceño incapaz de desvelarle la verdad. Lo peor de todo no era la falta de algazaras, aquello podría afectar a los orgullosos, pecado que aquel niño desconocía. Me dolía que justamente él nunca pasase a los anales por haber sido uno de los ángeles custodios de la viruela tal y como le prometí, porque ¡no hay nada peor que ilusionar a un niño con vanas esperanzas!

¿Qué pasaba con los habitantes de aquel lugar? El gobernador general, un tal Ramón Castro, debía de haber recibido hacía ya mucho tiempo las cartas del Consejo de Indias advirtiéndole de sus obligaciones para con nosotros y por lo que parecía se pasaba por el forro de la casaca las órdenes del rey. Había oído que muchos capitanes, virreyes y gobernadores de las colonias al poco tiempo de llegar se amparaban en la distancia y la pérdida de muchos correos de España para obrar según sus propios criterios, pero aquello era demasiado.

Descargué mi furia con el pequeño.

—¿Qué haces aquí? ¡Me prometiste que no saldrías! ¿Sabes lo que sería de nosotros si contagiases a los demás incontroladamente?

Benito borró la sonrisa de su boca, sus ojos oscuros brillaron por un viso de lágrimas, bajó la mirada y se dispuso a regresar sobre sus pasos. El arrepentimiento me sobrecogió antes de que diese dos. Sin importarme que nadie me viese, corrí a abrazarle y sentí la humedad de su lloro sobre mi pecho. Le besé en la mejilla y le aparté el pegajoso flequillo de su frente.

—Son pocos días más. Si aguantas y te portas bien, te contestaré a aquella pregunta que me hiciste.

Limpiándose las lágrimas con el puño de su camisa, me devolvió el beso y a paso ligero se dirigió sin rechistar a su impuesta clausura seguro de que le adoptaría definitivamente.

Me apoyé en la tapa de regala mirando de nuevo a la costa. Al sentir el calor de tan deseada compañía no quise ni siquiera mirar. Su voz me puso aún más nerviosa. Era Salvany.

—Está claro que los indígenas están dispuestos a que la enfermedad se la mande Dios pero se niegan a recibirla de nosotros. La mayoría de ellos son gentes demasiado simples como para aceptar estos novedosos avances de la medicina por mucho que nos afanemos en explicárselo. Quizá por eso no están allí.

Tragué saliva y le contesté intentando mostrar frialdad.

—Razón no les falta, porque tanto vos como yo sabemos que los seguidores de Cristóbal Colón desde hace casi tres siglos les hemos ido contagiando muchas enfermedades que hasta nuestra llegada nunca padecieron. Es lógico que desconfíen, si ya se cuentan por decenas de miles los muertos por gripes, enfermedades producidas por vicios venéreos o viruela. Las crónicas son espeluznantes. Afirman que a veces las epidemias no dejaban sanos ni a los sepultureros. Sus vecinos, al saberlo y temerosos del contagio, esperaban a que no quedara un alma viva para proceder a la quema y derrumbe de todas las chozas de la población en cuestión convirtiendo los escombros de sus viviendas en auténticos panteones familiares.

—¿Sabéis que rebautizaron las enfermedades según el

lugar, el idioma o el mal que los asolase? —me contestó pasándome delicadamente tras la oreja un mechón que se me había escapado del gorro, como si no nos hubiésemos estado evitando desde hacía semanas.

No pude evitar el sonrojo. ¿Qué estaba haciendo? Habíamos hecho un pacto de silencio, de separación, de ni siquiera mirarnos. Lo había respetado hasta entonces pero qué sucedía ahora. ¿Es que no podía esperar a un encuentro fortuito y solitario en tierra sin el peligro de ser descubiertos? Oía su voz sin escuchar realmente.

—Por ejemplo, los aztecas llamaban a la viruela *Huey Zahualt*, que significaba «gran lepra». Los mayas la diferenciaban entre la mortal y la que no llegaba a matar. Apodando a la primera *Kak* y *Ixthuchkak* si el enfermo conseguía curarse con los perjudiciales remedios de sus barberos. ¡Y qué curiosa su particular medicina! Son tan ingenuos, Isabel, que algunos aún creen que los baños de vapor en las lagunas de Temazcalli son milagrosos. Vos y yo sabemos que aquello sólo es un foco de infección y contagio, ¿verdad?

No podía esperar respuesta a tan absurda cuestión. Sabía que aguardaba mi acercamiento, pero antes de seguir adelante a escondidas teníamos que convencer a Balmis de que entre nosotros no existía nada. José persistía a pesar de mi silencio.

—Aunque hay gustos para todos. Según he oído, algunos curanderos les lavan la cara con la primera orina caliente del día. Otros se la hacen beber como una infusión y otros les cubren el cuerpo de emplasto de chile amarillo. No conozco el chile amarillo pero creo que pica mucho más que la pimienta. ¿Os imagináis los aullidos de dolor?

Otra pregunta a la que contestar y otro incómodo silencio. Sólo al oír la campana avisando para el almuerzo le respondí reblandecida por su insistencia.

—José, hacedme un favor. No me volváis a dirigir la palabra, al menos hasta que Balmis olvide lo nuestro.

Debí de disimular muy mal mi pesar.

—¿Lo nuestro? ¿De verdad sentís algo por mí? ¡Decidme que sí!

Al tiempo que soltaba mi muñeca de su mano, tragué saliva confiando en que nadie más le hubiese escuchado, me arropé en la pañoleta y bajé a los comedores. A veces se notaba demasiado nuestra diferencia de edad. Quizá los cinco años de experiencia en la vida que le sacaba fueran los que a él le faltaban para aprender a contener su impulso.

Nada más desembarcar, deambulamos de un lado al otro de la escollera en busca de una explicación razonable a nuestro abandono, hasta que topé con un aduanero que entre susurros y ante mi desesperanza quiso sincerarse.

—Señora, os aconsejo que os marchéis por donde habéis venido.

Compadecido ante mi mudo asombro, se cercioró de que nadie pudiese oírle antes de continuar.

—Hacedme caso y decidle al capitán de vuestra nave que leve anclas lo antes posible porque aquí todos saben lo que habéis venido a hacer y han sido advertidos para que nadie en absoluto se os arrime.

Sonreí. Aquel hombre me hablaba como si fuésemos delincuentes.

—Debe de haber un error, señor, porque nosotros no traemos otra cosa e intención que la salvación desinteresada para uno de sus mayores males.

Quitándose la gorra se limpió el sudor de la frente para mirarme a los ojos sin un atisbo de sombra que le tapase.

—Si os referís al mal de la viruela, hace meses que no lo tememos. Exactamente desde que doctor Oller nos trajo la vacuna.

El corazón se me encogió como una esponja de mar disecada. Aquel aduanero me arrancó de cuajo las invisibles legañas de incredulidad. Tragué saliva.

—No creo que sepáis de lo que estáis hablando. Debe de haber un error.

A punto estaba de explayarse cuando un silbido a nuestras espaldas le hizo pegar un respingo. Era su jefe, que de aquel modo alertó su relajada precaución. Mi confidente enmudeció de golpe, se cubrió de nuevo con la gorra y no sé bien si por cautela o por miedo pero puso freno a su inicial propósito. Al percibir mi decepción, masculló sin mover los labios siquiera:

—Si deseáis saber algo más, os aconsejo que pidáis una audiencia al gobernador Castro. Es un hombre soberbio y déspota y dudo que os la otorgue, pero merece la pena intentarlo ya que sólo él puede ayudaros en todo Puerto Rico.

Se alejó dejando que un millón de preguntas sin respuesta quedasen adheridas a la punta de mi lengua. Me hubiese gustado agradecerle la información pero no lo hice, no fuese encima a involucrarle con posibles represalias. ¿Era posible que el tal Oller se nos hubiese adelantado? Incapaz de asimilar aquello, corrí en busca de Balmis para contárselo.

Si la indignación del doctor fue sonada al saberlo por mí, no fue nada comparado con la vejación que sufrimos cuando al fin se nos presentaron dos secretarios del gobernador con la orden de aposentarnos y una carta de citación firmada por el mismo hombre al que había hecho mención el aduanero. ¡Castro nos citaba para una semana más tarde! El enojo se transformó en cólera cuando definitivamente fuimos conducidos a nuestro hospedaje.

Soñábamos desde hacía más de un mes con sábanas limpias, una cama digna y agua suficiente para asearnos, pero... ¿cómo era capaz el gobernador de darnos alojamiento en semejantes dependencias? Mejor hubiese hecho ignorando el mandato regio que le ordenaba recibirnos como a insignes invitados que vapulearnos de semejante manera. Su desidia inicial se hizo insulto según recorrimos aquella casucha destartalada, sin solería, con esteras a modo de puertas y con apenas una docena de catres cuajados de chinches como único mobiliario. ¡Si en España los establos tenían mejor aspecto! Sin embargo, al darnos la vuelta para quejarnos, nos dimos cuenta de que los enviados del gobernador ya habían desaparecido.

Disimulando mi decepción y consciente ya de que al menos una noche tendríamos que dormir allí, intenté animar a todos los que formábamos la expedición filantrópica. Balmis, con el ceño un poco más fruncido de lo habitual, apretó los puños y salió a las calles colindantes a pasear, pensar y serenar su furia. Allí quedamos los demás haciendo camas, barriendo el terrazo e intentando adecentar lo inadecentable al son de una cancioncilla de las que disipan los malos augurios. Porque si habíamos llegado hasta allí cruzando un océano, haría falta mucho más que la simple precariedad de un aposento para amilanarnos.

Al anochecer, mientras el equipo de cirujanos, practicantes y enfermeros terminaban de preparar lo más parecido a una sala de vacunación, yo acomodé a los niños de dos en dos a falta de catres suficientes para todos. La idea de dormir juntos les divirtió. Sólo hubo un hombre que no se dejó embaucar por la aparente serenidad sembrada y fue precisamente nuestro director, que a su regreso pasó la noche en blanco dibujando una huella en la tierra del suelo del corredor con sus silenciosos paseos de ida y vuelta. Su enojo no sería fácil de aplacar.

Aquella mañana me levanté con bastante dolor de cuello y las piernas un tanto hinchadas ya que, a falta de un miserable catre, mal dormía sentada en una mecedora junto a los dos vacuníferos. Benito dormía plácidamente, ya olvidada la decepción de no haber sido recibido como le hubiese gustado. Como cada mañana, antes de nada conté los granos que había desarrollado y comprobé que el fatídico día en que sería despojado del tesoro que albergaba en cada una de sus pústulas había llegado. Tenía un total de veintidós granos en su justo punto y listos para poder transmitir su salvador líquido a todo el que estuviese dispuesto a recibirlo. Pero... ¿quién sería el premiado?

Una vez me hube enjuagado la cara, salí con la esperanza de que alguien hubiese acudido a nuestro encuentro, pero la decepción fue inmediata. Aquella polvorienta calleja seguía desierta. A las dos horas de infructuosa espera, tuve que admitir que nadie a excepción de otros dos de mis galleguitos serían los siguientes vacunados. Al ir a seleccionarlos me encontré con la sorpresa de que Salvany se me había adelantado. Con total tranquilidad, Benito miraba cómo José ahondaba en cada uno de sus volcancillos. Tragándome la tristeza quise animarle.

—¡Qué valiente eres, Benito! Así me gusta, ni un quejido. Ya eres casi un hombre.

El pequeño se irguió de orgullo. Estaba contento porque sabía que después de eso y una vez se le hubiesen caído las costras, por fin podría salir de nuevo a jugar con sus amigos. Bendita ingenuidad que le impedía suponer que aquello le convertía desde ese preciso momento en un lastre inútil para la expedición. Quise guardar para siempre un recuerdo de su sacrificio sellando una gota de su linfa entre una pareja de cristales que adorné con una pequeña cinta color carmesí. Así de mayor tendría un recuerdo claro de esa entrega. Sería una manera tangible de explicarle y recordar el porqué de nuestros motivos altruistas.

Después de terminar con Benito, Salvany me miró a la espera de que le proporcionara otro brazo sano para infectarlo. Aún esperanzada, salí corriendo a la calle, pero allí seguía sin haber ni un alma misericordiosa dispuesta a eludir la orden de alejamiento del gobernador de Puerto Rico y me vi obligada a robar tiempo al tiempo seleccionando a otros dos de nuestros custodios.

Después de aquello e incapaz de permanecer de brazos cruzados ante la injusticia a la que nos estaban sometiendo, decidí poner remedio a las dificultades de comunicación que teníamos: si no podía acceder a los más altos dignatarios, lo intentaría con los indígenas del lugar. Porque al fin y al cabo ellos eran hombres y mujeres tan capaces de recibir nuestra medicina como cualquier otro. Si después de haberlo intentado, aún no los conseguíamos vacunar, al menos zarparíamos rumbo a nuestro siguiente destino con la conciencia tranquila.

Con ese fin pedí a Balmis permiso para contratar a unos traductores que me ayudasen a elaborar unos pasquines en sus propios idiomas. En ellos les explicaba, con la misma simpleza que a mis niños, en qué consistía la vacuna y qué beneficios les traería. Al empezar, los traductores me aseguraron que sería un trabajo en balde porque sólo el cinco por ciento de la población sabía leer. Fue entonces cuando José, siempre rondándome disimuladamente, se ofreció a ayudarme a ilustrar las palabras con sus dibujos y me pareció una idea genial. La sencillez de sus esquemas no tardó en estimular la curiosidad de los indígenas, que nada más verlos clavados en los árboles de las plazuelas y mercados se acercaron con cierta timidez a analizarlos.

Los traductores, apostados en lugares estratégicos, aprovechaban el interés para terminar de convencerlos, y por fin la desconfianza que en un principio nos demostraron empezó a desaparecer.

Cuando al día siguiente nuestra calle empezó a ser tímidamente transitada sólo sentí que no se me hubiese ocurrido antes. No fueron muchos los que se pusieron en la cola, pero nos bastaron para recuperar la seguridad en nosotros mismos y lo consideramos un triunfo cuando supimos que algunos incluso habían venido de aldeas circundantes.

Pero si de verdad todos estaban vacunados como nos dijo el aduanero, ¿por qué acudían? ¿Estábamos quizá vacunando por partida doble? Fue precisamente una mujer en el mercado la que me habló de un muchacho del poblado de Yubucoa que al parecer había sido vacunado por Oller y aun así había caído enfermo. Le conocían como el Porrongo. Si aquello era verdad, nos bastaría para convencer al gobernador del posible fracaso de Oller. Sólo teníamos que probarlo.

10

ILUSIONES TRAICIONADAS

*Mas sigue, insiste en él firme y seguro:
y cuando llegue de la lucha el día,
ten fijo en la memoria
que nadie sin tesón y ardua porfía
pudo arrancar las palmas de la gloria.*

MANUEL JOSÉ QUINTANA,
*A la expedición española
para propagar la vacuna
en América bajo la dirección
de don Francisco Balmis*

Por fin amaneció el día esperado. Confiaba fervientemente en que el jefe de nuestra expedición contase conmigo para acompañarle a la comprometida reunión con el gobernador de Puerto Rico. No tanto por entrometer sino por precaución, ya que el tiempo de espera en vez de sosegarle le había inquinado aún más en contra del hombre más poderoso de aquel lugar.

Hacía dos días que, armándome de valor, le había solicitado acompañarle, pero aún no se había pronunciado al respecto y sin duda intuía mi nerviosismo. Aquello parecía divertirle sobremanera. Era como si se regodease con mi inseguridad manteniéndome in albis. Apenas faltaba media hora para la entrevista y ya había desestimado la opción, cuando irrumpió inesperadamente en el dormitorio de los niños.

Sentada junto a un ventanuco a la fresca de la escasa brisa, zurcía algunas de las chupas de los pequeños con la poca lana que me quedaba. Al verle aparecer vestido de gala junto a José, convencida de que sólo venían a despedirse, desenhebré la aguja, solté la prenda en el cesto de costura y me puse de pie en el acto.

—Doña Isabel, dice el doctor Salvany que os gustaría acompañarnos.

¡Como si no lo supiese! ¡Ahora hágase el despistado!, pensé.

Conteniendo mi lengua, me limité a asentir reiteradamente mientras sin pensarlo me deshacía el lazo del delantal para atusarme en el menor tiempo posible. Apenas lo había arrojado al mismo cesto de los chalecos, el doctor me detuvo.

—Aún no he aceptado.

Tragué saliva intentando improvisar una excusa que terminase de convencerle sin llegar a la súplica. Porque la intuición me seguía alertando de que alguien debía acompañarle para tranquilizar sus ánimos antes de encontrarse frente a frente con el gobernador. De otra manera no conseguiríamos nada. Contrariada, me agaché para volver a vestirme de faena.

—Es una pena, doctor, porque en la plaza me han dicho que el gobernador lleva a misa lo que su mujer le dice y no sería mala cosa que os acompañase para intentar intimar con ella. Ya sabéis, las mujeres sólo se sinceran con...

Detuvo en seco mi verborrea.

—¡Acompañadnos!

Cada día se me hacía más odioso ese tono de superioridad que estaba adquiriendo. Pero aún era más insoportable cuando su poder convertía en un favor concedido las prebendas que nosotros le otorgábamos. ¿Por qué le costaba tanto reconocer mi valía? ¿Por qué jamás pronunciaba la palabra «gracias»? ¿Es que nadie le había explicado que el mando también se puede ejercer enalteciendo a sus subordinados?

Me contesté a mí misma ahogando esos pensamientos: él es así, Isabel, y no quieras cambiar a un hombre con medio siglo de existencia.

Lo cierto era que aquel odioso carácter aún se había recrudecido más desde que descubrió mi flirteo con Salvany y todavía no lograba comprender el porqué de su obcecamiento. Cada vez que José y yo por pura necesidad teníamos que acudir juntos a algún lugar, nuestro director se mostraba más distante y malhumorado.

Sin rechistar siquiera, los seguí hacia la puerta. Allí nos esperaba la calesa del gobernador para llevarnos a su palacio.

Al entrar en la sala nos quedamos perplejos ante la pompa y el boato con el que Castro se nos presentaba. Nunca había estado en la corte, pero pocas cosas podían superar aquella riqueza. Al menos pocas que yo misma me atreviese a imaginar, y es que aquel hombre ejercía de virrey con toda su soberbia emulando al mismísimo rey. Sentado en una silla a modo de trono, ni siquiera se dignó a levantarse para tendernos la mano cuando nos acercamos. Con gesto displicente nos rogó que tomásemos asiento frente a él. Balmis, que ya traía el delta de su entrecejo demasiado pronunciado, no pudo evitar remarcar el gesto al oír sus primeras palabras.

—Por la orden que recibí del Consejo de Indias, sé quiénes sois. Por eso considero innecesarias las presentaciones, pero decidme... ¿a qué venís? Como siempre, tarde y mal. No pretendáis arrebatar la gloria a quien de verdad la tiene porque no nos traéis nada nuevo. Aquí hace más de quince años que José Gálvez, mi antecesor en Nueva España, nos trajo el primer método del doctor Francisco Gil explicando cómo preservar a los pueblos de la viruela y desde entonces siempre hemos estado a la última. Incluso en las más novedosas prácticas para prevenirla.

¡Qué idiotez! Francisco Gil nunca vacunó a nadie, sólo copió lo aprendido en Asia. Balmis fue a interrumpirle poniéndose de pie cuando uno de los zaguanetes al otro lado de la sala pegó estruendosamente con la maza en el suelo. Debía de ser una consigna que ignorábamos para mantener el orden, en todo caso dio resultado ya que don Francisco Xavier tomó asiento de nuevo. Castro, más henchido de vanidad si cabe, prosiguió con su monólogo.

—Hace varios meses que el doctor Oller, preocupado por el silencio del rey ante nuestras reiteradas demandas y acuciado por un nuevo brote de viruela en el pasado mes de noviembre, viajó para hacerse con la vacuna. Sólo a él le debemos que el brote no se convirtiese en otra mortal epidemia. Aunque qué vais a saber vos de eso, si ya hace años que aguardamos vuestra ayuda y no hacéis nada más que mandarnos libros para paliarla. La teoría la conocemos desde hace tiempo, pero nos hacía falta linfa, y de eso no recibíamos nada. ¿Qué pretenden en España? Informar sin proporcionar medios es como poner un caramelo en la boca de un niño para luego arrebatárselo.

Esta vez Balmis le rebatió tan rápidamente que nadie fue capaz de callarle.

—Un caramelo muy difícil de encontrar.

—Difícil sí —le espetó el gobernador—, pero no imposible porque nosotros ya lo tenemos y, como comprenderéis, de nada nos sirve una copia tardía de lo que ya poseemos. Siento deciros que si lo que vos buscáis son gentes sin vacunar habéis ido a fondear en el lugar equivocado porque el doctor Oller ya hace tiempo que vacunó a todos. Los primeros en probar su medicina fueron sus propios hijos Genaro y José María, de tan sólo nueve y diez años, y tanta fue mi confianza en él que las primeras en seguirles fueron mis propias hijas. A día de hoy, el buen doctor ha vacunado a más de 1.557 personas en unas dependencias que le cedí para ello en el piso alto del palacio principal de la plaza de armas.

La desconfianza de Balmis se manifestaba en su mirada.

—¿Estáis totalmente seguro de ello?

—Rotundamente —asintió—, porque yo mismo le di el dinero para comprar la linfa en la isla danesa de Santo Tomás.

—Eso no es garantía de nada —se defendió Balmis—, y muy confiado os veo. Si hubierais visto lo que han visto estos ojos, no hablaríais con tanta ligereza. ¿Acaso no sabéis que son muchos los desalmados que venden linfa de viruela vacuna sin serlo y acaban dando gato por liebre? La mayoría de las veces, el inoculado queda seguro de que está vacunado pero la realidad es que la supuesta vacuna tiende a tornar al individuo confiado convirtiéndole en un pichón indefenso ante el contagio. ¿O es que ignoráis que muchas erisipelas, gangrenas y flemones son producidas por estas falsas vacunas?

En un alarde de desprecio, Castro se repanchingó aún más en su particular trono.

—Si así fuera, Oller no se habría arriesgado a vacunarme a mí, ni a mi familia. ¡Si hasta nuestro obispo Juan Alejo Arizmendi se sometió a ello con sumo gusto!

Balmis se encogió de hombros.

—Quizás estéis en lo cierto, pero ¿de verdad podéis asegurar que ninguno de los vacunados ha contraído la enfermedad a posteriori?

—Pongo la mano en el fuego.

Balmis intentó calmarse.

—Yo no dudo de la cualificación del doctor Oller, mi mismo acompañante el doctor Salvany le conoció en la Facultad de Medicina de Barcelona y sabe que es un gran médico, pero si es como decís, ¿qué impedimento tengo para comprobar la efectividad de su buen hacer?

—¿Es que dudáis de mí?

Se mostró correcto al tiempo que se mordía la lengua por la prepotencia de su interlocutor.

—No, señor, pero esto no es sólo una cuestión de orgullo, ¿o es que no habéis oído hablar de un muchacho llamado José Sánchez? Quizá por el apodo le localicéis mejor: le llaman el Porrongo.

El gobernador sonrió con sarcasmo.

—Como comprenderéis, no conozco a todos mis súbditos.

Balmis continuó.

—Ese joven fue vacunado por Oller en San Juan hace tiempo y, según los de su poblado, al regresar a su casa en Yabucoa cayó gravemente enfermo de viruela. No se lo echo en cara a vuestro protegido porque cualquier médico puede cometer un error, pero ¿no podría acaso haber sido vacunado con una linfa falsa e inefectiva? Tened en cuenta que entre cristales o hilas no tenemos ninguna manera de diferenciarla.

Me sorprendió la cautela con la que el doctor lanzaba sus dardos. Esta vez fue Castro el que frunció el ceño.

—¡Sandeces de los indígenas! ¿Cuánto les pagasteis para que declarasen eso?

Desde donde me encontraba pude ver cómo Balmis apretaba los puños tras la espalda. Ignorando la ofensiva pregunta, continuó con sorprendente calma:

—Olvidad lo que os he dicho hasta ahora. En realidad sólo necesito a unos cuantos niños sanos y sin vacunar para proseguir mi camino, y si de verdad Oller ha vacunado a todos, comprenderéis mi preocupación ya que me será muy difícil encontrarlos. Quizá con vuestra ayuda...

Rebuscándose en la casaca sacó una copia de la orden del Consejo de Indias pidiendo la colaboración de todos en nuestra empresa.

—Según este escrito del Consejo, deberíais haberme esperado antes de vacunar a nadie por orden del rey. No lo habéis hecho y no os lo reprocho dada la necesidad que teníais de protegeros, pero ahora necesito una cosa. —Tragó saliva—. Si no puedo vacunar a nadie, al menos dejadme comprobar que lo que me decís es cierto. Permitidme supervisar la casa de la vacunación que Oller ha dispuesto en la plaza de armas y, si todo es correcto, sólo os incomodaré para que me facilitéis durante nuestra estancia un alojamiento más digno y comida suficiente para toda la expedición.

Calló un segundo, antes de continuar.

—Y si me hacéis el favor, llamad a los párrocos para que busquen a niños sin vacunar en las aldeas circundantes. Si existen aún, sólo ellos serán capaces de encontrarlos en los lugares más apartados. Creo que por su posición, los frailes mercedarios serán los más capaces de localizarlos.

El gobernador no disimuló un solo segundo su contrariedad.

—¡Quién os creéis que sois con vuestras exigencias! Queráis o no admitirlo, el doctor Francisco Oller ya se os ha adelantado, le estoy sumamente agradecido por ello y no pienso dejar que cuestionéis su valiosa labor. Creo, doctor Balmis, que aún no sabéis cómo funcionan las cosas aquí.

Don Ramón Castro se levantó arrastrando el trono. Se tiró de la chupa para esconder la prominente barriga que le asomaba por debajo, se colocó desafiante el cuello de la casaca y dio media vuelta dispuesto a dar por concluida la reunión.

Balmis miró la carta, la dobló cuidadosamente y la alzó al aire.

—¡Sin duda la distancia os ha hecho olvidar a quién le debéis obediencia! ¡Ni el hombre más ignorante hubiera procedido así! ¡El Consejo de Indias sabrá de vuestra inefable colaboración y de cómo atentasteis contra la orden de no comprar la vacuna a los extranjeros!

Su irónica carcajada inundó la estancia.

—¡Amenazas, siempre amenazas! —Ya a punto de salir, se dio la vuelta repentinamente—. ¿Sabéis lo que hago con ellas?

Sin ningún recato ni educación se levantó la cola de la casaca para pasarse la mano por el trasero de sus calzas antes de pegar un portazo.

Esta vez el doctor Balmis arremetió contra los que allí quedábamos enrojecido por la furia.

—Doña Isabel, por lo que se ve aquí no hay gobernadora con la que intimar. ¡Así os libráis de compadecerla por estar casada con semejante mentecato! En cuanto nos sea posible y tengamos a los niños suficientes abandonaremos este lugar. Si no nos los proporcionan, ya los encontraremos nosotros. ¡Disponeos a ello!

Sentí contradecirle.

—Señor, nos será muy difícil sacar a los niños de aquí sin el consentimiento de las autoridades.

Ya desde la estancia contigua oímos otra carcajada que desbocó la indignación del doctor.

—¡Impedimentos! ¡Siempre peros sin solución! Sólo os pido efectividad. ¿De verdad es tan difícil? Dejad de contradecirme, conseguid niños donde los haya, y si no los encontráis, compradlos.

Una vez más, me tragué los mil insultos que pasaron por mi cabeza por no sacar aún más las cosas de quicio.

Salvany percibió mi angustia, pero esperó el momento en que salí a pasear sola para seguirme. Venía a brindarme su ayuda incondicional. A su lado sería más fácil olvidar el menosprecio de Balmis y no le rechacé a pesar del peligro que aquello pudiese entrañar. Disfrutaría de ese ansiado momento de intimidad. Su cariñoso abrazo consiguió apaciguarme.

—Hablemos, Isabel, y ya veréis cómo encontramos una solución.

Quise besarle pero contuve el impulso. Después de mucho pensarlo llegamos a la conclusión de que no nos quedaba más remedio que tragarnos nuestro orgullo. Lo primero sería visitar al mismo Oller para que nos confirmase lo que el gobernador nos había dicho. No hicieron falta más que un par de afectuosas líneas de su antiguo alumno en Barcelona para que nos citase.

Aquella noche, y a escondidas de nuestro director, nos dirigimos con paso firme a la casa de vacunación donde nos esperaba el doctor Oller. Una vez dentro, nos sorprendió la presencia del gobernador junto a él. Al vernos, el famoso doctor ni siquiera se dignó a dejar la pipa que fumaba para tendernos la mano. Tendría unos cincuenta años, la tez amarillenta, el fondo de ojo rojizo y la barriga tan hinchada como un odre a punto de estallar. Pensé en lo buen comedor y bebedor que debía de ser y en cómo aquello debía de influir en su trabajo.

Tomamos asiento al lado contrario de su bufete. Había preparado cuatro copas y una botella de ron sobre una bandeja de plata. Con una inclinación de cabeza me indicó que sirviera y ya me disponía a obedecerle para no enconar más las cosas, cuando Salvany apartó mi mano y lo hizo él mismo.

Oller se mostró tan seguro de sí que consiguió intimidarnos.

—Puedo aseguraros que mi método en nada difiere del vuestro y que la linfa que utilicé fue la correcta, pero dado que no confiáis en mi palabra, acepto vuestro reto. No hacerlo sería temer el fracaso y ésa es una palabra que desconozco.

No fue fácil rasgar el enfrentamiento que nos separaba, pero después de un buen rato de dimes y diretes, media botella de ron y ante nuestra promesa de abandonar la isla en cuanto pudiésemos, cedieron.

A cambio, nos mandarían los niños que necesitábamos y permitirían al doctor Balmis comprobar solamente durante una hora la verdadera e indiscutible efectividad de su intervención.

A la mañana siguiente, Balmis se encontró con la grata sorpresa. No nos preguntó cómo lo habíamos logrado, tampoco nos lo agradeció. Sus ojeras delataban una noche en vela y su silencio la preocupación que le había causado el insomnio. Pero el hecho era que los diez niños que necesitaba para seguir la travesía le esperaban como por arte de magia a la entrada de nuestra humilde casa. Junto a ellos, una servidora aguardaba impaciente a la expectativa de su aceptación. Me santigüé al ver que ni siquiera se acercaba a la camilla que había dispuesto para que los examinase.

Uno a uno los fui llamando. Según lo hacían, se iban tumbando en los jergones desnudos de cintura para arriba como previamente les indiqué que hicieran. Presenté al primero.

—Ramón Correa tiene nueve años y es hijo de Gaspar y Ana María.

Con los monóculos puestos le miró de cerca, asintió y lo levantó para colocarlo a la izquierda del cuarto. Supuse en un primer momento que lo hacía para analizarlo detenidamente más tarde. Continué:

—El siguiente es Juan Eugenio, es el benjamín de todos porque sólo tiene cuatro años.

Cuando le hice la señal para que acudiese, el pequeño se abrazó a su madre con tanta fuerza que fue su padre, un hombre llamado Remigio, el que tuvo que separarlo de su regazo por la fuerza para colocarlo frente a nosotros antes de dar un paso atrás para abrazar a su mujer con lágrimas en los ojos. Una vez que el pequeño tomó asiento al lado del anterior, llamé al siguiente.

—Francisco Furner es el hijo de Estefanía —susurré las siguientes palabras al oído de Balmis.

El pequeño, no mucho mayor que el anterior, entró en brazos de una mujer escuálida y medio desnuda.

—Ella hace la calle y no puede seguir trabajando con él a cuestas.

El doctor me miró inquisitivamente por haberme excedido. Me lo había comentado una y mil veces, pero yo seguía sin asimilarlo. El conseguir a los niños y convencer a sus padres para que nos los diesen sin el menor perjuicio era mi exclusiva labor, y las circunstancias particulares de cada uno no le importaban en absoluto; él ya tenía demasiadas cosas en la cabeza como para sufrir las penas de otros.

Esta vez tuve que ser yo misma la que después de la aceptación de Balmis separase a madre e hijo. El doctor se indignó tanto por la dramática situación que no pudo contener un zapatazo antes de reprenderme.

—Isabel, ¡aquí han de venir ya convencidos! ¡Hacedme el favor de ahorrarme estas escenas! Es más, la próxima vez traédmelos solos.

No había que ser demasiado sensible como para percibir que los que aún quedaban a punto estuvieron de arrepentirse de su decisión temerosos del desapacible carácter de Balmis. Contesté con dulzura y cabizbaja para contrarrestar su arrojo.

—Señor, perdonadme, pero comprended que el niño aún es muy tierno y estos sentimientos no son fáciles de doblegar por muchas promesas que les acompañen. Además —bajé la voz otro tanto—, no tenemos mucho donde elegir. —Sin darle tiempo a contestar llamé a los siguientes eludiendo su filiación—. ¡Esteban Vázquez, José Victoriano y Antonio Ríos!

Balmis observó sin demasiado interés cómo aquéllos acudían y después de apenas mirarlos me tomó del brazo para apartarme.

—¿No son muy pequeños?

—Están a punto de cumplir los cinco pero por eso no os preocupéis.

Al intuir lo que se avecinaba, Salvany vino corriendo justo a tiempo para escuchar a Balmis.

—Parece, doña Isabel, que a estas alturas aún no sabéis lo que necesito. Paso por que sean más pequeños de lo que os solicité, pero ¿habéis visto cómo están? Delgados, débiles y enfermizos. ¡Con éstos no puedo arriesgarme!

Después de todo lo que habíamos luchado, un nudo se me hizo en el estómago y muy a mi pesar sentí el salar de lágrimas de impotencia en mi garganta. José Salvany no pudo más que defenderme.

—Señor, es lo que hay. La he acompañado y os aseguro que ha hecho todo lo posible.

Le miré con agradecimiento a pesar de que el jefe de la expedición podría malinterpretar de nuevo aquello.

—No es un secreto que no perdéis una oportunidad para estar a su lado, José. Pero ¿en serio creéis que podemos zarpar con estos niños?

—Aceptad por lo menos a dos —imploró Salvany.

Balmis recapacitó un segundo.

—¿De verdad pensáis que mi rechazo es por un simple capricho? De acuerdo, nos quedamos con Francisco Furner y con Juan Antonio. El resto sólo traería problemas a la expedición. Haced lo que podáis pero necesitamos al menos otros cuatro para llegar a Venezuela tranquilos.

Dando por terminada la reunión, ordenó a todos los demás que saliesen. De nuevo nos dejaba a nosotros la difícil tarea de decir a esos padres que su sacrificio había sido en balde y la casi imposible misión de buscar más niños. La angustia me atenazaba, y si no hubiese sido por la compañía de José creo que en ese momento hubiese desistido. Al fin y al cabo siempre podría labrarme un futuro en Puerto Rico junto a mi niño, aunque si lo que aquel hombre pretendía era deshacerse de mí tan fácilmente, iba listo. Estábamos al principio de la expedición, me había comprometido y no faltaría a mi palabra tan pronto. No sabía qué hacer ni cómo iba a encontrar más niños fuertes y no vacunados en San Juan, pero me callé. Balmis no tenía hijos y nunca sabría lo que significaba renunciar a uno.

11

IMPLORANDO EN SECRETO

*¿Para quién guarda su tesoro intacto
el avaro infeliz? ¿A quien promete
nombre inmortal la adulación traidora,
que la violencia ensalza y los delitos?*

Leandro Fernández de Moratín,
Epístola a don Gaspar de Jovellanos

Mi querido José me acompañó a enfrentarme de nuevo con el gobernador Castro, ya que más de la mitad de los que nos había mandado no servían. Aquel emperifollado se entrelazó el pelo de la atusada guedeja que a modo de rulo adornaba el culmen de su oreja antes de contestarnos.

—Creo que el obispo Arizmendi dispone de algún niño más que ha localizado en las listas de empadronamiento.

Era como si estuviese esperándonos de antemano y, a pesar de su habitual despotismo, se mostró insólitamente amistoso.

—¡Informad a vuestro superior de que ya tenemos fecha! El día 28 a las doce de la mañana me encontraré esperándole en la sala de vacunación de la plaza de armas junto al doctor Oller, el obispo y el obispo auxiliar de Michoacán para que supervisen y debatan todo lo que quiera. Allí mismo, después de aclarado todo, os entregaremos a los cuatro niños que me demandáis siempre que...

El silencio se hizo eterno, mientras pegaba un sorbo a la copa de vino que tenía a su lado.

—... siempre que inmediatamente después y de una vez por todas desaparezcáis para siempre de mis territorios. ¡No veo el momento de verlos zarpar!

Las carcajadas de los presentes en la sala de reuniones le secundaron en el insulto.

José me apretó la mano con fuerza rogándome prudencia. Tragué saliva, inspiré hondo y le contesté con todo el respeto que un instante antes nos había negado.

—Allí estaremos, señor gobernador. Porque si algo compartimos vuestra ilustrísima y nosotros son las ganas de perdernos de vista.

Las carcajadas continuaban cuando abandonamos la sala. Al comunicárselo a Balmis eludiendo los detalles más desagradables no pareció sorprenderse en absoluto. Con la boca muy pequeña nos dio las gracias. ¡Por fin! Era la primera vez, y es que poco a poco se había acostumbrado a que tanto José como yo le sirviésemos sin reservas. Salvany, aparte de ayudante, como diplomático de ingenio. Yo, además de madre custodia de nuestros niños, como buscadora de infantes, convencedora de padres, seleccionadora y contable. Todo aquello no me importaba porque prefería trabajar a enterrarme en la ociosidad, pero al menos esperaba un leve reconocimiento por su parte.

El lado positivo de todas las trabas a las que nos enfrentábamos era que indiscutiblemente me habían unido mucho más a José. Ahora en vez de eludirnos el uno al otro, buscábamos sin cesar la manera disimulada de evitar a Balmis porque era como si envidiase nuestra amistad, como si en cierto modo se sintiese celoso. ¿Celoso? Yo misma me sorprendí de que aquella palabra brotase de mis pensamientos.

El día 28 por la mañana, mientras Pedro del Barco terminaba de avituallar el *María Pita*, nos dirigimos ufanos a la plaza de armas. Frente a la puerta del consultorio de Oller nos esperaba una muchedumbre. Entramos con cierta precaución, ya que sentimos cómo cada uno de los presentes nos escrutaba con la mirada. Era tanta la expectación que habíamos levantado que me sentí como un bufón de feria a punto de sorprender con su cómica actuación.

La inseguridad se me enganchó en la traquea y el corazón me empezó a latir desbocado. Mirando a derecha e izquierda supe que los dos hombres que me acompañaban no parecían advertir la trampa en la que nos estábamos metiendo. ¡Es que no intuían que en vez de juzgar, éramos nosotros los que íbamos a ser juzgados!

Junto al gobernador estaban sus incondicionales amigos, incluido Arizmendi, el obispo encargado de facilitarnos más niños. Tras ellos, en silencio y como aguardando órdenes, estaba perfectamente formada una legión de indígenas. Al reconocer las caras de los veintinueve que la componían tuve una desagradable corazonada. Balmis y Salvany no parecieron darse cuenta, pero yo sí los recordaba. Eran los pocos niños, mujeres y hombres que habíamos conseguido convencer en el mercado para que volviesen a vacunarse ante la posibilidad de que la primera vacuna de Oller pudiese ser falsa.

Sin saludarnos siquiera, Castro se adelantó tomando a

uno de los más pequeños de la mano y poniéndolo frente a Balmis.

—¿Lo reconocéis?

Al ver que Balmis negaba le susurré al oído.

—Dice doña Isabel de Cendala que es uno de los niños que vacunamos recientemente.

Castro sonrió y sin ningún cuidado procedió a arrancarle la camisa.

—Según creo, vuestra vacuna produce unas pequeñas pústulas en el cuerpo que al tiempo desaparecen. ¿Las veis por algún lugar?

Inconsciente aún de la pantomima en la que estábamos, Balmis se puso las gafas para rastrear la piel del pequeño. Le miró la boca, axilas, manos y tronco sin hallar el más leve indicio de granos. Negó mientras el gobernador le increpaba con una sonrisa de malicia.

—Decidme, doctor. ¿Qué significa esto? Este niño ya había sido vacunado por Oller y la primera vez las tuvo. Hace nada que lo fue por vos y ahora no presenta ningún síntoma. ¿No es eso un signo claro de que la primera vacuna fue efectiva y de que ya era inmune cuando vos le pusisteis las manos encima?

Balmis asintió con pesadumbre aunque se resistió a ceder.

—Eso es en este niño, pero ¿quién nos asegura que los demás también son inmunes?

Oller habló por primera vez señalando al resto de los presentes.

—¡Toda la sala! ¡Ni uno solo de los que habéis vacunado después de mí ha tenido el más leve síntoma! Y para más probároslo os diré que hemos encontrado al Porrongo.

Salió el mencionado para ponerse al lado de Oller.

—¿Sabéis quién es este joven, Balmis?

Se encogió de hombros.

—¡Es aquel de Yabucoa! Vos mismo asegurasteis al gobernador que después de vacunarlo enfermó de viruela. ¿Veis acaso alguna profunda cicatriz de la enfermedad en su cuerpo?

Ante la triste evidencia de nuestra desafortunada acusación, el silencio de Balmis obligó a Salvany a reaccionar.

—Señorías, perdonadnos por el excesivo celo, pero eso no significa nada. Necesitaría inocular a uno de los presentes con linfa de la viruela humana para comprobarlo del todo. Si de verdad está vacunado, no la contraerá. Así es como lo hacía Jenner.

Subiéndose las puñetas de la camisa, el obispo Arizmendi nos ofreció el brazo sin el menor temor. Se hizo el silencio y procedimos a inocularle la mortal enfermedad.

Salimos de allí entre abucheos y acompañados por los cuatro niños que nos faltaban para zarpar. El obispo se había permitido prometerles ciertas prebendas en nuestro nombre sin ni siquiera decírnoslo. Entre la espada y la pared, acepté pagarles los cincuenta pesos que me demandaban por cada uno. El coste era alto, mucho más de lo que podríamos habernos permitido, pero puedo asegurar sin temor a equivocarme que a cualquiera de los miembros de la expedición nos faltaba tiempo para echar mano a nuestras bolsas en el caso de que faltase una moneda. Y es que la balanza entre la generosidad y la falta de peculio solía equilibrarse cuando abundaba la inexistencia de almas caritativas a las que recurrir.

A la promesa de devolverlos sanos y salvos desde Venezuela una vez nos hubiesen servido en nuestro propósito no pude comprometerme sin hablar antes con Balmis. Al verme dubitativa, las madres se abrazaron a sus hijos plañendo y llorando. Fue el mismo Balmis el que al ver de nuevo la angustiosa escena me dio la solución con cierto desprecio.

—Doña Isabel, por Dios, calladlas ya de una vez; decidles que no tardarán mucho en verlos de nuevo.

Le miré sorprendida.

—¿Es que a éstos los vamos a devolver?

Suspiró con aire de superioridad.

—A ver, doña Isabel, contad. Si de aquí nos llevamos a seis niños, sumados a los veintiún gallegos harán un total de veintisiete criaturas. Si aún nos faltan otros dos puertos por tocar antes de llegar a México, decidme, ¿Cuántos pequeños tendremos antes de alcanzar el continente?

Inmediatamente caí en la cuenta. De ninguna manera podría hacinar en el sollado de la *María Pita* a los gallegos, portorriqueños, venezolanos y cubanos.

—¿De verdad tendremos para reenviarlos?

Balmis asintió sin molestarse en mirar los libros de contabilidad. Preocupada por la veracidad de aquella afirmación, fui incapaz de contradecirle y prometí a las madres el regreso de sus retoños cerrando el trato. Y es que desde que asumí las responsabilidades de la intendencia, cada vez que las cuentas no cuadraban o los alimentos, vestimentas, medicinas, vendas o ungüentos se gastaban, era yo la que se veía obligada a transmitir las malas noticias. Algo que eludí con los problemas que habíamos tenido añadidos. Cada noche me sentaba a sumar, restar y suspirar ante aquel gran libro de tapas negras y aún no había informado al director de que en Puerto Rico la privación de caridad ajena me había obligado a gastar cuantiosas sumas que teníamos destinadas a otros puertos.

De los 8.700 pesos fuertes que la real hacienda asumía para sueldos al principio de la expedición, apenas quedaba nada. De los 850 doblones que nos dieron para habitación, la mayoría lo destiné al pago del préstamo de los niños, y de seguir así se me acabarían las ideas para sustentarnos.

Al terminar cerré aquel maldito libro de contabilidad para coger su gemelo. Busqué la página donde anotaba los nombres de los niños que con nosotros venían, sus ingresos, motivos y altas de la enfermería, las curas practicadas y sus evoluciones. Lo hacía tan meticulosamente que recordaba hasta los dientes de leche que cambiaban y cuándo. La última página era la dueña de las defunciones y todos los días la abría en momentos de desconsuelo para asegurarme de que sólo había dos nombres inscritos en ella. Sólo habíamos perdido a dos niños en el transcurso de aquel complicado viaje; como Salvany me decía, estábamos muy por debajo de lo vaticinado por muchos y eso debía enorgullecernos.

Mojando la pluma en el tintero y con trazo disperso escribí el primer nombre: Manuel Antonio Rodríguez, de cinco años de edad e hijo de Juan y Rosa. Juan Ortiz, de once, e hijo natural de María. Cándido Santos, de cuatro años e hijo de Manuel y María. Y por último José Fagoso, que carecía de filiación. Como parecía el más débil de todos, había pedido a mi Benito que cuidase especialmente de él cuando yo no estuviese presente. Él se creció orgulloso de haber sido el depositario de esa responsabilidad.

Terminado el trabajo, dejé mi particular cuaderno de bitácora junto a su gemelo. Cerré los libros de nombres y cuentas y suspiré agotada. Aquel soplo fue el que me sirvió para apagar la vela de la palmatoria que como yo flameaba a punto de agotar su mecha. Con los ojos cerrados procuré disipar los oscuros pensamientos y sonreír convenciéndome a mí misma.

—No te preocupes, Isabel. Mañana Dios proveerá. Lo peor ya pasó.

A la espera de que las barcazas nos fuesen recogiendo en la playa para llevarnos al *María Pita*, me senté sobre un arcón a la sombra de un árbol a bordar las iniciales del nombre de cada uno de los recién llegados en sus uniformes. Así evitaría que unos y otros confundiesen sus prendas dando lugar a discusiones.

Concentrada en mi labor, se acercó Gutiérrez a meter su nariz en el bastidor. Fue entonces cuando supe que su padre era uno de los más reconocidos bordadores de la corte y con todo el esfuerzo de un padre diligente le había pagado los estudios de medicina. Por extraño que pareciese después de tanto tiempo conviviendo los unos con los otros, no había día que no descubriésemos algo nuevo los unos de los otros. Me sorprendió la maestría con la que enhebraba la aguja, y es que como todos los hijos de los artesanos había mamado el oficio.

Y así entre unos y otros quehaceres pasó fugaz la desesperanza de los diez días que aún tuvimos que esperar ya embarcados en el puerto de San Juan a que los vientos soplasen a favor. A lo lejos escuchábamos las mofas de aquellos que desde la costa se reían de nuestro fracaso al no haber contraído el obispo la viruela. ¡Como si le deseásemos algún mal! Al revés, nos alegramos por él y por poder partir habiendo certificado definitivamente lo que ellos aseguraban.

Por fin el día 12 de marzo las velas se desplegaron, las anclas se levaron y las maderas crujieron. Nos movíamos, dejando atrás el dibujo en la mar de una estela de sinsabores.

12

VENEZUELA

20 de marzo de 1804

> *Todo mortal que pise*
> *estos confines, cante*
> *a Carlos bienhechor.*
> *Publique Venezuela*
> *que quien de nuestro clima*
> *lanzó la atroz viruela,*
> *fue su paterno amor.*
>
> Andrés Bello,
> *Venezuela* (poema de gratitud
> al rey de España por haber
> llevado la vacuna)

Lo que debía de haber sido una travesía corta y sin complicaciones se convirtió en un sinvivir, ya que perdimos el rumbo. Bajaba yo en busca del capitán para pedirle explicaciones, cuando topé con el trasero de Benito: pegado a la puerta atisbaba por la cerradura de su camareta.

—¿Qué haces?

Me chistó.

—Sabes que no está bien.

Volvió a chistarme para esta vez dejarme su lugar al tiempo que me señalaba el agujero. Tenía tal cara de pillo que no pude negarme.

Me sobró un segundo para retirar el ojo de la mirilla. Allí al fondo de la camareta, al contraluz de la ventana se observaba la delgada figura de Juanillo tumbado boca abajo sobre la misma mesa que el capitán utilizaba para extender sus planos. Estaba totalmente desnudo y sin musitar una queja aguantaba una tras otra las embestidas que desde atrás le propinaba Pedro del Barco a calzón bajado.

Benito me sonrió al ver mi expresión de repugnancia. Aquel niño debía de haber visto venderse tanto a su madre en las calles que no parecía sorprenderse por nada. Con el corazón en un puño y comprendiendo que aún tenía mucho por enseñarle, le tiré del brazo para alejarle de allí. Se quejó y el capitán debió de oírlo.

—¡Quién anda ahí!

Un segundo después abrió la puerta abrochándose las calzas. Rápidamente busqué una excusa fiable. Procuré no titubear siquiera.

—Señor, según están las cosas allí arriba no creo que lleguemos en el tiempo previsto a la costa. Si esto se prolonga tendremos problemas para conservar el fluido y necesitaré de otro cuerpo para traspasarlo. ¿Sabéis si por casualidad el último marinero que subió es inmune a la viruela? Y si lo es, ¿nos lo dejaríais utilizar en el caso de agotar a los niños?

—¡Preguntádselo a él y no me molestéis más, que estoy ocupado! —masculló pegando un portazo.

Benito me seguía mirando con una media sonrisa. Arrancándole de aquella mirilla me dispuse a hablar con él.

—Quiero que me prometas que no le dirás a nadie lo que has visto aquí. No está bien, y si lo haces le crearás muchos problemas a Juanillo y no queremos que eso ocurra, ¿verdad?

Sin escucharme siquiera, seguía regodeándose en la escena.

—Pero... ¿es que también pueden los hombres?

Incapaz de darle una explicación, opté por silenciar su curiosidad con otra pregunta.

—¿Pues no has visto nunca a los perros? Pero has de saber que para los hombres y mujeres es pecado nefando y que nunca se deben juntar personas del mismo sexo.

—Será nuestro secreto si a cambio tú me prometes que me adoptas —me chantajeó sonriendo aún—. ¿Lo harás ahora que tenemos este secreto tan grande?

Me complació comprobar que esa obsesión podía con la presente.

—Ya te he dicho mil veces que te contestaré a esa pregunta cuando menos te lo esperes. Ya lo estoy arreglando todo, pero mientras pro...

Abrazándome con todas sus fuerzas gritó:

—¡Te lo prometo!

Y subió a cubierta dando saltitos de alegría. Eché mano al bolsillo de mi delantal y comprobé que mi carta seguía allí. Era mi definitiva petición al arzobispo de La Coruña para que me reconociese y apuntase como madre de Benito en los archivos parroquiales. Nada más llegar a puerto se lo entregaría al correo con la esperanza de recibir una copia de su partida debidamente modificada en el menor tiempo posible. Sólo entonces y con el documento ya en mi posesión le haría partícipe de nuestro ya definitivo vínculo.

Comíamos en silencio cuando una voz procedente del cielo gritó la única palabra con la que soñábamos desde hacía días.
—¡Tierra!
Era el vigía que, subido a la cofa, debía de estar señalando un punto desdibujado en el horizonte. Desde nuestro bancal miramos a nuestros superiores deseando que se levantasen para poder hacer lo mismo. Balmis, sentado junto al capitán Pedro del Barco, con sorprendente parsimonia y como si no hubiese oído nada en absoluto, se metió en la boca otra cucharada del potaje que por su rango le habían servido.
¡Dichoso protocolo! Regía el lugar donde debíamos sentarnos, la comida que nos tocaba y hasta el momento en el que podíamos movernos según la ocasión. Los de mi mesa, por ejemplo, sólo teníamos derecho a almuerzo y cena de olla pero no podíamos quejarnos en comparación con la marinería, que únicamente comían cocido una vez al día.
Inquietos, los pequeños comenzaron a patear el suelo. La querencia nos empujaba a saltar del banco para correr a cubierta, pero las normas se debían acatar sin rechistar por muy absurdas que resultasen.
Cuando el capitán y el jefe de la expedición terminaron, los reposteros procedieron a servirles un postre regado con vino que para impacientarnos aún más se zamparon con mayor tranquilidad si cabe. Ante nuestra enervada expectación, me pareció atisbar una media sonrisa en los dos cuando por un instante cruzaron sus miradas. Por fin el capitán se puso en pie y gritó.

—¡Rumbo a tierra!

Su segundo se levantó tan rápido que las rodillas le golpearon la mesa haciendo saltar por los aires todos los platos. Sin frotárselas siquiera, salió corriendo a dar las órdenes oportunas al timonel. En cuanto le siguieron, nuestra sumisión contenida se desbocó de tal manera que nos faltó poco para espolearlos escalera arriba.

Por las cartas y mediciones del capitán aquella pequeña población pesquera no podía ser otra que la Guaira. Eso creímos hasta que desembarcamos y un transeúnte nos advirtió de nuestro error. ¡No estábamos en la Guaira, sino en Puerto Cabello! Un pueblo situado a bastantes millas al norte de nuestro destino y mucho más lejos aún de Caracas de lo que habíamos calculado.

La alegría con la que vino el delegado del gobernador a recibirnos y el placer que nos provocaba la sola idea de estar por fin pisando tierra amiga compensó la frustración inicial. A pesar de no esperarnos, el delegado fue tan jovial y rápido en sus gestiones que al anochecer habíamos vacunado a veintiocho personas con la linfa de los pequeños. Fue como una ráfaga de aire limpio que disipaba nuestras pasadas inquietudes.

Después de los desencuentros en Puerto Rico, aquellos venezolanos resultaron tan acogedores que con gusto nos hubiésemos quedado allí si no fuese porque el incansable Balmis en cuanto percibió nuestro relajamiento nos puso en jaque recordándonos que aquella parada había sido accidental y que donde realmente nos esperaban era en Caracas. De nada serviría desempacar todo el material porque tendríamos que salir como muy tarde tres días después de haber descansado.

Llegado el término, la cola frente a la improvisada barraca de vacunación que habíamos montado a la carrera aún daba la vuelta a la esquina. Por mucha prisa que tuviésemos en llegar a la capital pensé que no podíamos dejar a todos aquellos que a nosotros acudían en manos de la inexperiencia de los dos practicantes que vinieron a aprender la técnica.

Un montón de extrañas ideas me asaltaron de repente. Quizá pudiésemos separar en dos la expedición. Salvany y yo nos podríamos quedar allí unos días más hasta haber vacunado al grueso, mientras Balmis podría adelantarse a ver a su querido gobernador en Caracas.

Me dejé seducir por la ensoñación pensando en unos días con José sin miedo a topar con la recriminatoria mirada de nuestro dirigente.

No sé a quién me encomendé, ni de dónde saqué fuerzas, pero sin pensarlo siquiera dos veces me zambullí en aquella locura para hacer partícipe a Balmis de ella. Nada más escucharme, intuí el riesgo de mi osadía y me apresuré a abrir la sombrilla que llevaba en las manos para ensombrecer el sonrojo de mis mejillas. El doctor Balmis apretaba sus mandíbulas.

—Isabel, ¿desde cuándo teníais pensada esta división?

No supe qué contestar y me amparé en la evidencia.

—Desde que esa interminable fila de gentes crece en vez de decrecer.

Sin girarse a mirar, Balmis llamó a José para comunicarle mi propuesta.

—¿Qué opináis de esto?

Tan tímido como era, fingió estar pensándolo para no argumentar nada. Balmis se impacientó.

—Es igual. Dado que el tiempo apremia, tampoco lo malgastemos en debates. Doña Isabel tiene razón en parte. ¡Grajales!

No alcanzaba a entender nada. ¿A qué venía llamar

ahora a otro de los nuestros? Manuel Julián apareció al segundo y ya congregados los cuatro, Balmis se dispuso a dar órdenes.

—Escuchadme. Para nuestra alegría, los padecimientos que hemos sufrido en Puerto Rico parecen haber terminado. Ahora en vez de tener que ir a suplicar a las gentes su visita son ellos los que acuden a raudales con su fluir desbocado. —Alzó la voz, haciendo partícipes de nuestra conversación a todos los presentes—. ¡Hemos venido aquí a preservarlos de la viruela y no podemos fallarles! Por eso he decidido dividir por unos días nuestra expedición, no en dos como aduce nuestra rectora, sino en tres partes.

Con el corazón encogido y la ilusión aún latente en la garganta, contuve la respiración convencida de que Grajales sería el que comandaría la tercera. Balmis prosiguió con tono altivo.

—En la primera iré yo. Como teníamos previsto, partiré inmediatamente rumbo a Caracas a través de los valles de Aragua para llegar a la capital el Miércoles Santo. Aproximadamente tardaré cuatro días, por lo que tan sólo necesitaré llevar conmigo a un niño. Mi sobrino Paco y el enfermero Bolaños también me acompañarán.

»La segunda parte de la expedición se quedará aquí en Puerto Cabello al mando del doctor Salvany. José no precisará niños porque tiene cristales suficientes para tomar la linfa del último niño y, si no, puede esperar a que alguno de los primeros vacunados se la proporcione. Con vos se quedará...

Pensándolo aún, miró a su alrededor pasando por mi presencia huidizamente. El silencio que hizo me pareció eterno, hasta que por fin se arrancó.

—Se quedará el cirujano Rafael Lozano. Y por último

en la tercera irán Grajales junto a doña Isabel de Cendala. Ellos serán precisamente los que se lleven a todos los niños por mar hacia nuestro frustrado destino. En la Guaira siguen esperándonos y no podemos defraudarles.

¡Eso no era lo que yo le había propuesto! Quizá no me había entendido. No pude evitar interrumpirle.

—Señor...

No me dio tiempo a continuar.

—Sí, doña Isabel, con vos llevaréis a todos los niños gallegos y a los portorriqueños. En cuanto a estos últimos, como ya nos han servido, vos misma os encargaréis de buscarles la manera de devolverlos a sus respectivos hogares.

Protesté.

—Pero...

De nuevo me impidió continuar.

—No hay peros que valgan. Ya me he informado y así como desde aquí estamos a cuatro días de Caracas, a la Guaira sólo tardaréis un día por mar. ¿No me negaréis que eso no es lo mejor para los niños...? ¿O es que vos preferís quedaros aquí junto a Salvany en perjuicio de los pequeños?

Apreté los puños para contener mi ira. ¡Ese hombre era siempre tan suspicaz y sarcástico! Cabizbaja, intenté disimular mi rabia. Negué antes de alejarme pensando sólo en la vergüenza que José debía de estar pasando ante la pública insinuación.

A la media hora de aquello pude oír cómo los carros de Balmis salían por el camino. Me hubiese gustado despedir al niño que se llevaba, pero preferí no hacerlo porque necesitaba tiempo para tranquilizarme.

A las dos horas vino Grajales a comunicarme que ya había encontrado barco: la *María Pita* se quedaba allí y por eso iríamos en un barco más pequeño. Zarparíamos en cuanto estuviésemos preparados. Tras él venía José a despedirse. Me tomó de la mano y me la besó.

—No debéis preocuparos, Isabel, porque si mis cálculos no fallan, el día cinco de abril estaremos juntos de nuevo en Caracas.

Aprovechando la cercanía, le apreté fuertemente la mano para prenderme en su mirada.

—No es eso, José. Lo que me incomoda son las maneras que tiene Balmis de hacer las cosas. Es como si gozase separándonos.

Acariciándome con el pulgar el interior de la muñeca, intentó convencerme.

—Su argumento es tan válido como cualquiera. Es cierto que en vez de a Julián Grajales podría haberme mandado a mí a la Guaira contigo, pero si no lo ha hecho, sus razones tendrá.

Siempre tan sumiso. Balmis no podría haber tenido un mejor y más fiel segundo. Él siempre le defendía y ni siquiera en privado dejaba de excusarlo. En más de una ocasión me había advertido de la inconveniencia de enfrentarnos al doctor, y de nada serviría rebatirlo. Con ese cariñoso apretón de manos, nos despedimos.

El barco que nos habían buscado era un verdadero cascarón. ¡Menos mal que la travesía sería corta! Hacía las veces de guardacostas y se llamaba *Rambli*.

Las autoridades de la Guaira nos esperaban con los brazos abiertos. Nada más llegar al puerto, uno de sus delegados nos condujo a la casa de la Real Compañía Guipuzcoana. Aquel caserón típicamente colonial era uno de los mejores y más visitados del puerto. Desde allí se gestionaba el embarque de todo el cacao y el tabaco que salía hacia España. Para no estorbar el trabajo de los de la compañía, montamos la sala de vacunación en un cuarto que había a la derecha del zaguán.

Aquel puerto se diferenciaba de los que ya habíamos visitado en el Caribe por estar protegido tierra adentro con una hermosa cordillera. Cerro Ávila era precisamente la montaña que nos separaba de Caracas a tan sólo una jornada de distancia. El mar batía con fuerza contra el malecón y lo único que sentí fue no poder disfrutar de una playa lo suficientemente cerca como para sacar a pasear a los niños.

La ciudad, conocida como Huaira, estaba poblada en su mayoría por pescadores indígenas descendientes de los indios araucos, y sus facciones sorprendían mucho a mis galleguitos. A excepción de unas cuantas edificaciones del tipo de la Compañía Guipuzcoana que reflejaban una huella de evolución, el transcurso del tiempo parecía haberse detenido en el año 1589 cuando la fundó el conquistador Diego de Osorio. Mientras esperaban la cola, los pocos que hablaban español se quejaban de los constantes ataques que sufrían a manos de los corsarios franceses.

El Viernes Santo comenzaron las vacunaciones. El primero que apunté en mi libro fue un niño llamado Luis Blanco, de dos años. Tras él, otros cientos llenaron las páginas. De entre todos ellos, recuerdo sobre todo a dos nobles damas que a sabiendas de que estábamos allí viajaron para vacunarse junto a sus pequeños. Su interés era doble, ya que además de prevenirse contra la viruela, pretendían llevar el fluido a Maracaibo. La principal era la mujer del gobernador de esta ciudad, don Fernando Miyares, y al conocerme se empeñó en regalarme un hermoso vestido. Intenté convencerla de que yo no era más que un miembro insignificante dentro de la expedición, pero insistió tanto que al final acepté por no resultar antipática. Al abrir la caja pensé en lo poco apropiado que era para mi estilo de vida, sin saber aún que tendría la oportunidad de estrenarlo en muy poco tiempo. La generosa dama se llamaba Inés Mancebo y era cubana. Su amiga se me presentó como Concepción Palacios Blanco, la mujer del coronel Juan Vicente Bolívar y descendiente de noble familia española.

—Somos Mantuanos.

Me lo dijo con aire de suficiencia, como si yo tuviese que saber qué significaba aquello. Después me dijeron que era así como llamaban a una de las familias más poderosas de Venezuela. Doña Concepción venía con un bebé de apenas unos meses: era el cuarto de sus hijos y se llamaba Simón. Aquellas dos señoras destacaban entre la multitud por su solemnidad. Con ellas traían a una esclava llamada Hipólita que hacía las veces de nodriza del pequeño en cuestión ya que su madre no quiso amamantarle por buscar quedarse de nuevo embarazada lo antes posible.

Ya vacunadas, esperaron a mi descanso para convencerme de que debía probarme aquel lujoso vestido de seda color carmesí. Para ellas era como un entretenimiento más con el que pasar el rato. Un juego en el que al principio no quise participar pero que al final, por su pertinaz insistencia, no pude eludir.

Al despojarme de mi remendado vestido me sentí desnuda de honor. Tuve la impresión de dejar a un lado todo aquello por lo que había vivido durante los últimos meses de mi vida. ¡Cómo podría alguien moverse tan encorsetada! Aun así, al ver mi figura enfundada en aquel sayo dejé que la vanidad me abrazase. Allí, frente al espejo, me sentí por un segundo la reina de aquel paraíso. A mis pies, hecho un gurruño, yacía mi segundo pellejo de faena, mi realidad. Aquel que cubría mi desnudez de las satisfacciones y sufrimientos diarios.

Aprisionada por aquella faja de huesos de ballena sentí ahogarme. Ni siquiera la enagua de lino a modo de ropa interior me liberaba un ápice. Nunca había sido presa de la presunción, tampoco la vida me había permitido aquel devaneo. Mi busto parecía mucho más alto y la cintura un diminuto aro capaz de ser ceñido por las manos de un solo hombre. El nombre de José me vino a la mente y de nuevo añoré el no poder exhibirme de tal manera ante sus ojos.

La más joven de las dos se levantó entusiasmada para colocarme una gran horquilla de carey en un moño a modo de castaña. Me molestaba aquel recogido a la altura de la nuca, pero no me quejé. Con delicadeza tiré de los dos mechones que a los lados de mi cabeza siempre dejaba colgando para taparme un poco las orejas, pero no era cuestión de reconocer mis pocos complejos frente a aquellas desconocidas.

Relegada como estaba a la compañía de los niños y de los hombres de la expedición, al principio disfruté con sus comentarios, aunque pronto me di cuenta de que no teníamos muchos temas en común. Las dos estaban francamente preocupadas por las modas femeninas.

—¿Qué es lo que se lleva en la corte? ¿Qué influencia francesa ha llegado a España? ¿Se siguen peinando con castañas y guedejas?

Me apabullaron con un sinfín de preguntas a las que yo no supe contestar porque aparte de no haber podido nunca costearme aquellas banalidades, jamás me habían interesado demasiado. A pesar de ello no quise desilusionarlas y compartí con ellas lo poco que sabía y había visto en las calles nobles de La Coruña: los corsés ya no se llevaban; las grandes señoras, en vez de lucir aprisionado el cuerpo, habían adoptado la moda de ceñir sólo su bajo pecho con grandes cintas de seda que se ataban a la espalda en ostentosas lazadas —de esta manera, la cintura apenas se dibujaba dejando todo el protagonismo a los escuetos escotes—; los tocados y sombreros habían robado protagonismo a los vestidos (pero yo no iba a ser la que se lo dijese a esas mujeres que a pesar de querer vestir a la última moda, llevaban años de retraso; además, les agradecía igualmente su regalo estuviese o no al último uso).

Tardaron en percatarse de que no era la mujer más idónea para aconsejarles sobre esos menesteres, mas cuando lo hicieron me vi francamente aliviada porque, como buenas diplomáticas, supieron encauzar la conversación hacia otros derroteros.

Al despedirlas, pensé que no me importaba en absoluto vivir como vivía, ni nunca me cambiaría por ellas. Yo necesitaba cuidar de alguien y tener mi mente ocupada en cosas más importantes que trapos, joyas y aderezos.

13

EL COMPLACIENTE VIRREY

¡Madre divina del alado niño!,
oye mis ruegos, que jamás oíste
otra tan triste, lastimosa pena
como la mía.

JOSÉ CADALSO,
Poema a Venus

De camino hacia Caracas sólo pensaba en una cosa: mi reencuentro con José. Al llegar me alojaron con los niños en una residencia diferente a la de Salvany, por lo que no podría verle hasta la cena que aquella noche había organizado el virrey para darnos la bienvenida.

Contra todo pronóstico se me presentaba una ocasión para estrenar el maravilloso vestido que me había regalado la gobernadora de Maracaibo y no iba a desperdiciarla. Con mucho cuidado lo saqué de su envoltorio y me lo puse. Me estaba perfecto, como hecho a la medida. Maquillé un poco mis mejillas, me deshice del delantal y del gorro de puntillas que llevaba siempre para faenar con los niños, y ayudada por unas tenacillas me ricé el pelo en un recogido que arrancaba en cascada de lo más alto de mi cabeza. Sueltos únicamente quedaban los dos mechones de siempre a ambos lados de mi rostro, tapándome las orejas.

Sólo fui consciente de mi espléndido aspecto cuando Benito vino a colocarme una rosa de China a un lado del recogido. Sus ojos relucían observándome. No necesitó decirme nada porque su abrazo casi me parte en dos. Me dejé llevar por aquella extraña sensación, imaginando la expresión de José al verme.

Al entrar, la sala estaba concurridísima. Un montón de damas charlaban al tiempo que se abanicaban; otros caminaban saludando aquí y allá con sus mejores galas; y los más observaban con aire de displicencia a quien aparecía por la puerta principal.

Fue precisamente doña Concepción de Bolívar quien acudió presta a mi encuentro con una copa de coñac en la mano. Elogió el vestido que me había regalado su amiga y apenas transcurridos tres minutos de una conversación bastante insulsa —durante la cual miraba a cualquier lugar menos a mi persona— me dejó con la palabra en la boca para ir a saludar a otro matrimonio que acababa de llegar.

Procurando disimular mi incómoda soledad, comencé a pasear en busca de los míos entre la multitud. Al salir al jardín, bajo un cenador e iluminados por decenas de bujías, pude distinguir en un corro a mi querido Salvany. Sentí que Balmis estuviese a su lado porque aquello me impediría demostrar una vez más mis verdaderos sentimientos. Mis pasos se aceleraron hacia el grupo sin importarme en absoluto la inconveniencia de que allí no hubiese una sola mujer.

Por sus uniformes, eran todos médicos-cirujanos menos el que debía de ser el máximo representante de la autoridad en Venezuela. Al acercarme, fue José quien suavizó nuestro ansiado encuentro precipitándose a presentarme a nuestro anfitrión. Don Manuel de Guevara y Vasconcellos, el gobernador y capitán general de Venezuela, me sonrió. Al hacerle una reverencia me tomó la mano para besarla. Le escoltaban dos hombres a los que tampoco conocía. El primero era don Andrés Bello, rector de la Universidad de Chile, que a sabiendas de nuestra llegada había venido a conocernos. El segundo resultó ser un licenciado y antiguo amigo de Balmis, que atendía al nombre de José Domingo Díaz. Era un cordobés de Encinas Reales, que años atrás, mientras estudiaba la diplomatura en Cádiz, tuvo el privilegio de contar a Balmis entre sus profesores.

Hechas las presentaciones pertinentes, alumno, profesor y demás presentes prosiguieron con la conversación que yo había entrecortado. Fue el gobernador el primero en reiniciarla.

—Desde hace medio siglo, la viruela nos ha atacado sin tregua. Los viejos aún recuerdan cómo aquí en Caracas mató hace casi cuarenta años a ocho mil almas dejándola gravemente despoblada. Pero lo peor fue que la epidemia se extendió cebándose en poblaciones como Pecaya, Cagua, Turmero.

El licenciado le interrumpió:

—Los que más reciente la tienen son los habitantes de Cumaná, Montalbán y Valencia, que aún la padecen. Arraigado el brote más mortal en los valles de Aragua, dicen que ni las zanjas dan ya más de sí para enterrar a los muertos. Ni siquiera en los degredos* tienen ya un lugar libre donde acostarlos.

Por no quedarme al margen quise intervenir en la conversación.

—¿Y no han tratado de conseguir el remedio antes de nuestra llegada, como en Puerto Rico?

Mi pregunta no debió de ser muy acertada porque todos se miraron entre sí. Fue el licenciado el que me contestó.

—¡Claro que sí! Hace dos años y por encargo del gobernador intenté traer la vacuna entre vidrios desde Cádiz pero desgraciadamente el calor del viaje la malogró. Por otro lado, he tratado de buscar vacas enfermas que nos proporcionasen la linfa fresca, pero todo ha resultado imposible. Desgraciadamente para nuestra causa, el ganado venezolano está sano como un roble.

A mi lado y aprovechando que todos fijaban su atención en el licenciado, Salvany me acarició la mano disimuladamente. Sin vocalizar siquiera susurró:

—Estás preciosa.

No me atreví a mirarle; le correspondí apretando la suya antes de separarla. Era la primera vez que me tuteaba. El licenciado pegó un trago a su copa antes de proseguir.

—Siento reconoceros que sí he conseguido erradicar el brote en la isla Margarita y en la Guayana con un poco del fluido que vuestro rival Oller me cedió en Puerto Rico. Pero no os preocupéis por eso, porque al contrario que Oller creo que lo mejor es trabajar en equipo para alcanzar la gloria.

Ante esta respuesta Balmis suspiró satisfecho, y es que

* Lugar donde aislaban a los enfermos de viruela.

por fin dábamos con un médico tan amante de la filantropía como nosotros. Quiso intimar aún más con él.

—Soy consciente de que no somos los primeros en intentarlo porque a mis oídos han llegado antiguas historias. ¿Conocisteis vos al marqués del Socorro cuando estuvo aquí de gobernador?

El licenciado asintió, lo que dio pie al doctor para continuar.

—Yo lo conocí hará un cuarto de siglo en Cádiz y vivió en primera persona aquí en Venezuela el brote al que el gobernador se ha referido antes. Corría si mal no recuerdo el año de 1766 y fue tan mortal que acabó con la vida del treinta y seis por ciento de la población. Fue entonces cuando el marqués se dispuso a conseguir como fuese un remedio. Años antes había oído hablar en las Canarias de un reconocido médico de Garachico, llamado Juan Antonio Perdomo, que estaba virolizando a gentes con éxito. En total creo recordar que fueron sesenta y cuatro personas las que se sometieron a su inoculación.

Salvany, sumamente callado y concentrado en hacerme intuir sus sentimientos sin palabras ni gestos que lo delatasen, quiso intervenir.

—Vistos los resultados, el marqués del Socorro lo trajo a Venezuela. Lo malo fue que Perdomo cobraba diez pesos macuquinos, una cantidad demasiado alta para los más pobres. La filantropía no tenía cabida en su esencia.

No pude creer lo que contaba.

—¿De verdad que no murió nadie?

—Sólo una mujer que estaba enferma al someterse a la intervención —me contestó el licenciado—. Y lo cierto es que resulta extraño si de verdad inoculaba viruela humana. Pero eso nunca lo sabremos porque no quiso enseñar a nadie su método.

Salvany se mostró escéptico.

—Según decían en Barcelona, era un ilustrado avanzado; sus técnicas eran ocultas, poseía todos los libros prohibidos de los filósofos franceses y hacía constantes críticas a la religión católica. Por ello acabó condenado a varios años de presidio por la Santa Inquisición de Las Palmas. Hubiese querido conocerle cuando pasamos por allí, pero murió hace cuatro años. ¡A saber, vistos sus éxitos, si el primer descubridor de la vacuna no fue Jenner sino este Perdomo! ¡Allá él con su secretismo, pues se lo llevó a la tumba sin compartirlo! Porque cuántas veces el primero en saber de algo no es reconocido como se merece.

El gobernador rio a carcajadas.

—Ahí tenéis a Colón y a Américo Vespucio. ¿Por qué estos lugares son conocidos como las Américas en vez de las Colombias, por ejemplo?

El licenciado apuró la copa.

—Porque Colón en realidad nunca fue consciente de la grandiosidad de lo descubierto ni trazó sus primeros mapas; pero cosas más raras se han visto por estos lares. Fijaos: la primera vez que practiqué una cesárea, todos quedaron boquiabiertos al ver cómo la madre y el hijo vivían. ¿Imagináis cómo es posible que no conociesen una técnica tan antigua?

—Y tanto, creo haber leído que ya los antiguos egipcios la practicaban, pero los conocimientos se han perdido en más de una ocasión por la débil memoria de los hombres.

El gobernador se carcajeó de nuevo.

—Más que por ser desmemoriados yo diría que por malintencionados.

Aún más separado de mí, Salvany bromeó:

—Sea como fuere, ya veo, licenciado, que vos no perdéis el tiempo; si no es erradicando viruelas es atendiendo a parturientas.

—Tengo que reconoceros que no he sido el único —contestó éste satisfecho por el elogio—. Los doctores José Domingo Díaz y La Roche me han ayudado a llevar la vacuna a los lugares más difíciles y al enterarse de vuestra llegada también han venido a recibiros.

Como si estuviesen al tanto de la conversación, los aludidos salieron de entre el gentío y me esquivaron para tender la mano al jefe y al segundo de nuestra expedición. Pese a estar presente, no fui presentada, pero tampoco me importó porque de algún modo empezaba a sentirme incómoda al ver cómo un grupo de mujeres me señalaba para cuchichear sobre mi inconveniente presencia a solas entre tanto varón. ¡Si supieran que desde hacía meses viajaba sin carabina con ellos!

Aproveché el despiste para separarme del grupo. Di una vuelta por entre los comensales, sentí de nuevo la fría soledad aun rodeada por ese centenar de almas y finalmente decidí desaparecer. Gracias a la algarabía de los fuegos artificiales que comenzaron a lanzar, pude salir del palacio pasando del todo desapercibida.

La luna llena iluminaba mi calmo paseo cuando oí otros pasos que me seguían apresurados. Asustada por si fuese algún ladrón, me di la vuelta para descubrir que era Salvany.

—¿Qué pasa, José? ¿Acaso no te entretiene la conversación de los demás médicos?

Sujetándome de la cintura me obligó a detener el paso.

—Se apagó en cuanto desapareció el lucero que nos iluminaba. ¡Cómo estás de hermosa!

—Simplemente he disfrazado un poco lo que ya conoces.

Me tomó de ambas manos y me atrajo hacia sí.

—Isabel, tengo que decirte algo antes de que te enteres por otros. Porque... nadie te lo ha dicho aún, ¿verdad?

Aquella confesión me puso en alerta de inmediato.

—¿Qué es lo que tienen que decirme?

Dejando a un lado la timidez y los formalismos, no dudó en abrazarme fuertemente.

—Me voy, Isabel.

No entendía nada. ¿A qué se refería? Fuera lo que fuese me daba igual porque quería sentir el calor de su cuerpo sobre el mío.

—No digas tonterías. Si acabas de llegar. Te he echado de menos.

Cerré los ojos y le apreté aún más contra mí hasta que fue él quien me separó con cuidado para proseguir. Allí en la penumbra y a escasos centímetros de su pecho vi cómo su nuez tragaba saliva antes de continuar.

—Nos han informado de que en Santa Fe la viruela está haciendo estragos y no consiguen terminar con el brote que apareció hará ya dos años. El mismo virrey, don Antonio Amar y Borbón, nos ha escrito desesperado nada más saber de la muerte de su médico, el doctor Lorenzo Vergés, a manos de la misma enfermedad que intentaba erradicar. Nos solicita ayuda encarecidamente y por la urgencia que aquellas gentes parecen tener, el doctor Balmis y yo hemos acordado dividir en dos la expedición. Me acompañarán Julián Grajales como ayudante, el practicante Rafael Lozano y el enfermero Basilio Bolaños. El resto continuaréis al lado de Balmis.

No lo encontraba tan dramático.

—Creo que después de haber soportado nuestra primera separación en Puerto Cabello, podré enfrentarme a otra ausencia parecida.

Suspiré aferrándome de nuevo a su delgado cuerpo y aprovechó para besarme apasionadamente.

—¿Cuánto tiempo tendré que esperar esta vez para verte de nuevo?

Su sobria expresión me asustó.

—No lo sé, un año, dos, media vida —musitó—. Después de Santa Fe tenemos la intención de dirigirnos al Perú y llegar si podemos a Buenos Aires y quién sabe si terminaremos en la Tierra del Fuego. ¿Lo entiendes ahora? De lo único que no hemos hablado el doctor Balmis y yo es de reencontrarnos. A partir de ahora la expedición se bifurca para siempre y ahora somos dos los que estamos al mando de esta aventura.

Me apretó contra sí.

—Eso quiere decir que quizá no nos volvamos a ver nunca.

¡Cómo era posible! «Nunca» era una palabra que no debería existir en el diccionario. Necesitaba un plazo, un día, una hora o un año por muy distante que estuviese para seguir manteniendo viva la llama de mi ilusión. No lo pensé dos veces.

—Esta vez quiero ir contigo.

Besándome en la frente, me contestó de inmediato.

—No puedes.

Me aguijoneó la angustia.

—¿Por qué?

Una voz a nuestras espaldas me dio la respuesta.

—Porque el pequeño Benito seguirá junto al resto de los niños rumbo a México y es allí exactamente donde se os necesita, ¿o vos preferís abandonar al niño por este hombre?

»Pensadlo. Si me seguís, tendréis todas las facilidades para adoptarlo; si no, allá vos con las consecuencias porque siempre podré escribir a las autoridades eclesiásticas de La Coruña desprestigiándoos por vuestra dejadez. No me será difícil frustrar vuestros deseos más secretos por muy altruistas que sean.

¿Cómo podía ser tan cruel? Me estaba poniendo entre la espada y la pared. O mi ángel preferido o el hombre que había logrado despertar en mí un amor que ya pensaba extinto. Separándonos los dos, le acribillé con la mirada.

—¡Doctor Balmis, nadie os ha dado vela en este entierro! ¡Tenéis el don de la inoportunidad! ¿Acaso nos estabais espiando?

Sin añadir nada más, dio una calada al puro que llevaba y se fue.

Esperamos en silencio a que se alejase para abrazarnos de nuevo. Ya nada me importaba porque intuía que no tendría muchas más oportunidades para hacerlo. Esta vez me aferré a él queriendo fundirme entre sus brazos. Desde tan cerca podía olerle y aspiré profundamente con la esperanza de poder guardar un poco de su aroma para siempre en mi recuerdo.

Oí su voz susurrándome en el oído.

—No lo pienses más, Isabel. Esto es lo mejor para los dos. Mi particular sacrificio conlleva una vida huraña y solitaria. Una vida parecida a la de ese hombre.

Ante tanta sumisión no pude ocultar mi enojo.

—¿Parecida a la de él? ¿De verdad quieres seguir los pasos de ese malnacido? Además, ¿quién te crees que eres para elegir por mí? Nadie, José. Hace mucho que esta mujer sabe sacarse las castañas del fuego, dirige su vida y elige por sí misma y nadie en absoluto va a cambiar eso. Me oyes, ¡nadie! ¡Ni siquiera tú!

En un segundo pensé en mi pequeño, lo imaginé solo en el mundo abandonado por segunda vez a un destino angustioso y decidí cuidarle doblegándome a lo indiscutible. José insistió.

—Compréndelo, me dirijo a tierras hostiles y no puedo pedirte que me acompañes.

Procurando serenarme le contesté:

—Ni falta hace que me lo pidas porque al igual que tú antepones la ciencia, yo he decidido quedarme al lado de Benito para siempre. Si sois incompatibles no hay nada más que hablar. Siempre nos quedará la esperanza de que las cosas cambien. Prométeme al menos que te cuidarás y me escribirás. Hazlo al hospital de México. Allí preguntaré en cuanto lleguemos. Quién sabe, la vida es larga y quizá...

Dejé inconclusa la frase porque ni yo misma lo creía. Salvany me apartó delicadamente de él para alejarse con mirada vidriosa.

Los fuegos artificiales de nuevo iluminaron la calle y fue entonces, al verle de espaldas, cuando recordé la debilidad de su figura, carácter y porte. Mi fugaz enamoramiento fue tan apasionado que incluso había borrado este defecto. Comprendí entonces que José estaba totalmente entregado a su causa. A pesar de ser aún joven, hacía tiempo que había renunciado a formar una familia porque la práctica de la medicina era su vida, aliento y verdadero amor.

En realidad, tan sólo seis meses atrás, yo misma jamás hubiera reconocido la posibilidad de que el amor irrumpiese de nuevo en mi vida, y sin embargo, ahí estaba de nuevo vapuleada por otro de los desengaños que el destino me deparaba, y obligada por las circunstancias a solapar mis más secretos deseos con trabajo y entrega. Yo, como mi querido José, no salvaría vidas pero tenía mucho más empuje.

Una pregunta me asaltó: ¿me había enamorado de Salvany, o en realidad había sido un enamoramiento del amor en sí? Envidiaba a aquellas mujeres que paseaban por las calles del brazo de un hombre y, por muy dura que quisiese ser, no podía dejar de reconocer que añoraba los lejanos días en los que yo también tenía un hombro en el que apoyarme. De todos modos, tampoco me quedaban muchas alternativas, ni siquiera me había dejado la opción de elegir. En cambio, Benito me llamaba a todas horas.

A partir de aquella noche procuré evitar del todo a Salvany, ya que su simple presencia me oprimía el pecho. Podía comprender que la vocación de José me hubiera vencido en aquella lidia, pero había una pregunta que me atormentaba constantemente: ¿por qué él ni siquiera se había planteado un regreso, un después, un posible reencuentro? Lo más curioso fue que, a partir de entonces y en vez de regodearse en mi desesperanza, Balmis empezó a mostrarse mucho más afable. Con más frecuencia de la habitual venía a ver a los niños e incluso me preguntaba por su estado y salud, cosa que antes no parecía importarle en absoluto.

Consolidada la junta de vacunación en Caracas, la dejamos en manos de los practicantes y protomédicos que habíamos formado durante aquellos días. En las páginas de mi libro de vacunados llegué a anotar un total de 2.064 nombres.

Para la siguiente travesía, y según calculé, necesitaríamos media docena de infantes para ir holgados en los plazos de transmisión de la vacuna. Sentada en un banco al borde de un bonito estanque cuajado de nenúfares, seleccioné a Ignacio de Jesús Aroche, a Juan Bautista Madera, a José Toribio Balsa, a los hermanos Bartolomé y Andrés Díaz y a José Celestino Núñez.

El viaje de regreso a la costa fue un suplicio y la extinción definitiva de la brasa de mi amor un verdadero martirio. Y todo porque por mucho que abrazase a mis niños en general y a Benito en particular, un vacío inmenso parecía haberse apoderado de mis entrañas. Quizá pareciese egoísta pero seguía sin poder renunciar a los dos tipos de amor que un hijo y un hombre me podrían dar. ¿Por qué hacerlo si tantas mujeres en el mundo los tenían a la vez? ¿Por qué elegir si precisamente la conjunción de ambos era para mí lo más cercano a la felicidad? Podía dejar por la imperiosa necesidad del momento que Balmis dirigiese mi vida, pero si algo aborrecía era el conformismo de una existencia manipulada, y tarde o temprano volvería a tomar las riendas de mis deseos.

La noche de aquel 8 de mayo la pasé en vela pensando en lo que dejaba atrás. José definitivamente se dirigiría a Cartagena de Indias camino de Santa Fe y desde allí trazaría una ruta pendiente de determinar aún y según la necesidad hacia el sur de América. Guarecida por la penumbra miraba su barco abarloado al *María Pita*. Según se balanceaba, el *San Luis* me pareció de lo más endeble.

Al amanecer, abordándonos, vinieron a despedirse de mí Manuel Grajales, Rafael Lozano y Basilio Bolaños. A este último le entregué a los dos niños que llevarían con ellos para iniciar su particular cadena de vacunaciones. Fue él quien excusó a Salvany.

—Doña Isabel, mi director me ha dicho que me despida por él de vos y los pequeños. Ya sabéis, «adiós» es una palabra que nunca le ha gustado pronunciar.

Me encogí de hombros decepcionada. A muy pocos metros de distancia, en el barco de al lado, José seguía apoyado en la tapa de regala de la borda contraria a la nuestra. Debía de estar escuchándonos pero no hizo ni el más mínimo movimiento. ¿Era pesadumbre, vergüenza o simple cobardía? El caso es que así llevaba desde el amanecer, como una estatua de sal extasiada mirando al infinito. Grité a propósito para cerciorarme de que lo oía:

—¡Decidle de mi parte que un hasta luego me basta, siempre y cuando sea verdadero su propósito de reencuentro!

Cuando el *San Luis* soltó amarras de la amura de estribor del *María Pita* y poco a poco fue distanciándose, noté como si me faltase el resuello.

A un cuarto de milla, al fin José se movió en dirección al castillete de proa. Desde allí me lanzó un beso al aire. Sólo le pude corresponder haciendo como si lo alcanzara y guardándomelo junto al pecho. Ésa fue nuestra sencilla despedida. Un adiós que yo transformé en un hasta luego por no acotar en el tiempo nuestro ansiado e incierto reencuentro.

14

CUBA

26 de mayo de 1804

Quédate allá, donde sagrado asilo
tendrán la paz, la independencia hermosa;
quédate allá, donde por fin recibas
el premio augusto de tu acción gloriosa.

> MANUEL JOSÉ QUINTANA,
> *A la expedición española*
> *para propagar la vacuna*
> *en América bajo la dirección*
> *de don Francisco Balmis*

Aquella mañana temimos lo peor cuando vimos al capitán Pedro del Barco salir a cubierta. Apagó su pipa y olfateó el ambiente con cautela. La experiencia de media vida en la mar le había enseñado a oler y predestinar lo que se nos venía encima. Un cirro perdido en el cielo, una ráfaga de viento vespertina, la forma de una cresta sobre el oleaje o el color del océano fundiéndose en el horizonte para él sólo eran pistas que corroboraban lo que su instinto le gritaba.

No había pasado ni media hora cuando la vimos llegar. Allí estaba, su oscuridad devoraba con una velocidad pasmosa el sosiego de la inmensidad que nos albergaba.

Antes de que el capitán comenzase a dar órdenes a su tripulación, me bajé a los pequeños a nuestro sollado. Lo último era interrumpir. Recé para que todo pasase lo más rápido posible sin poder eludir esa sensación de inseguridad que da el sentirse un pequeño pececillo a merced del capricho de un Neptuno enfurecido.

Pronto supe que aquello no sería fácil. Nos encontrábamos en algún punto entre Venezuela y Cuba y en cuestión de minutos la tormenta se hizo huracán. La luminosidad de los relámpagos y el jarreante aguacero ya nos azotaban con todas sus fuerzas. Allí, en los mares del Caribe, todo se salía de madre sin darle tiempo a un suspiro.

Pedro del Barco intentó esquivarlo sin demasiada fortuna.

A sabiendas de que casi todos los años los huracanes venían en una estación determinada, los lugareños solían bautizarlos de antemano, pero de aquél no habíamos oído hablar. De saberlo, nunca nos habríamos arriesgado. Fue tan sorpresivo como veloz y el *María Pita* no pudo evitar toparse de bruces con él.

En cuanto fui consciente de que no nos quedaba otra posibilidad que aguantar, me dispuse a entretener a los niños para mantener el mayor tiempo posible su calma y seguridad. En el sollado al menos estarían al resguardo de un mal paso que les hiciese perder el equilibrio. El calor allí abajo era insoportable y muchos me pedían de beber. Previniendo otro brote de mareos en masa, sólo les dejé mojarse los labios con una toalla húmeda.

—Los que lleváis tiempo aquí ya sabéis que todo el líquido que bebáis muy pronto se convertirá en un mar de molestias. ¿Queréis que eso ocurra?

La sonora arcada de uno de los que habíamos recogido en Venezuela los hizo reaccionar, y los demás, temerosos de lo que se avecinaba, negaron convencidos.

En cuanto los pantocazos comenzaron a zarandearlo todo, Juanillo apareció con un manojo de cabos para adrizar todo lo que de los mamparos, techo o suelo pudiese despegarse, no fuese a golpearnos. Desde el día en que le descubrí holgar con el capitán no podía dejar de compadecerle, aunque como siempre agradecí su inestimable ayuda. Mientras estuvieron entretenidos en esa tarea, los niños parecieron olvidarse de lo demás, pero en cuanto terminamos, y a pesar de mis desvelos, alguno de ellos comenzó a sentirse indispuesto. Esperé que no fuese a más e intenté inventar algún juego, sin embargo fue imposible porque allí, todos sentados en una esquina, era difícil mantener nuestros traseros pegados al suelo. Nos sentíamos como canicas a merced de un certero golpe.

Entre el reflejo de un rayo y el estruendo del siguiente trueno, observábamos cómo los baúles se bamboleaban tratando de escapar de nuestros nudos marineros. El sonido quebrado de los enseres que en su interior albergaban hacía de eco al crujir de las maderas que nos rodeaban. ¡Ni siquiera los coys conseguían mantener su perpendicularidad!

Benito llegó reptando entre sus compañeros a refugiarse en mi regazo, y a pesar de estar junto a todos los demás me sentí incapaz de rechazarlo.

Después de tres eternas horas en semejantes condiciones, vino un atisbo de calma y con ella las ganas de abandonar aquel lugar. Me levanté despacio para ver si podríamos salir. Aún jarreaba, pero la mar poco a poco recuperaba el sosiego. La prueba más clara de que lo peor había pasado era que el capitán había encendido su pipa de nuevo. Los relámpagos quedaban anclados a popa a unas dos millas de distancia.

Al bajar, los ojillos de los veintisiete niños me miraron expectantes. El nerviosismo de las horas pasadas les había hecho sudar tanto que estaban empapados, aunque sus mejillas empezaban a recobrar el color. Fue entonces cuando decidí sacarlos a cubierta. Rebuscando en mi bolsa localicé un pedazo de jabón y me faltó tiempo para decirles que me siguieran.

Empujándose unos a los otros vinieron todos menos los dos pequeños portadores de la viruela, que con cierto disgusto se quedaron al cuidado de Juanillo.

Nada más salir, una ola traicionera pasó fregando la cubierta. Me asusté al pensar que habría perdido a alguno y respiré aliviada al comprobar que todos sin excepción se habían abrazado al mástil. Estaban tan acostumbrados a vivir juntos en un espacio tan reducido que rara era la vez en que alguno corría en dirección contraria. Eran como mi obediente rebaño.

Reunidos todos, me adelanté a la siguiente tromba de agua y sal tomando el extremo de un cabo; le tendí el opuesto a Benito y comencé por la derecha a rodearlos uno a uno por la cintura de tal manera que acabasen amarrados los unos a los otros. Benito por la izquierda y con una agilidad pasmosa me imitó hasta cerrar el círculo. Dos olas después, nos sentimos como esclavos voluntarios esposados al palo mayor. La mayoría abría la boca para beberse el agua de la lluvia.

Mi preferido no perdió la oportunidad para mirarme con alegre satisfacción. Allí empapados los dos, podría haberle contado mil cosas que él ignoraba. Nunca le había dicho sin tapujos lo importante que era para mí. Tampoco sabía que muy pocos días atrás había tenido que renunciar al amor de Salvany por el chantaje al que Balmis me sometió utilizándole a él como excusa, pero todo aquello ya no importaba. Lo importante era que estábamos juntos. Le abracé con todas mis fuerzas hasta hundir su cabeza entre mis pechos. Él, tan ávido de cariño, se aferró a mí hincándome las uñas en la espalda. El grado de humedad era tan elevado que apenas sentimos la caricia de las gotas resbalando por nuestra piel. Poco a poco fueron apareciendo algunos marineros para trepar al mástil y comprobar los desperfectos que la tormenta había causado. Como almas desamparadas después de una catástrofe, el resto paseaba de un lado a otro de la cubierta. La botavara quebrada, el trapo del foque hecho jirones y el de la mayor rasgado. ¡Pero estábamos vivos!

Para distraer a los pequeños de ese contagio de desolación saqué el jabón, se lo pasé a Benito por el pelo, la camisa y los pantalones hasta hacer espuma y se lo entregué al siguiente. El juego pareció gustarles.

—¡Así lavaréis la ropa, vuestro cabello y la lluvia os aclarará!

Debió de ser la primera vez que disfrutaron esa higiene a la que normalmente se negaban. Algunos llegaron a cubrirse todo el cuerpo de espuma y apenas me quedó un dedo de jabón para guardar.

Las ropas ondeaban ya secas al viento cuando avistamos tierra. Balmis se acercó a mí.

—Otro puerto, otras gentes y un empezar de nuevo.

Suspiré tratando de olvidar la discusión que tuvimos

la noche que José me dijo que se iba y él vino a importunarnos.

—Ya sabéis, doctor, que eso no me asusta.

—Por eso, entre otras muchas cosas, os mantengo a mi lado.

En sus palabras me pareció intuir una segunda intención. Prosiguió sin andarse por las ramas.

—Como veis, el *María Pita* está destrozado y hay que arreglarlo antes de continuar. El capitán Pedro del Barco necesita cuartos para ello y se niega a desembarcarnos a no ser que acordemos una cifra por estos dos días de travesía.

Mi expresión debió de reflejar mi confusión porque no entendía nada.

—Sí, doña Isabel. Habéis estado tan entretenida con los pequeños que se os ha pasado la fecha. El contrato de flete venció antes de ayer y ahora es el momento de renovarlo. Después de esta accidentada travesía no sé si lo mejor será pagarle lo debido y buscar otra goleta para continuar.

—¿Me estáis preguntando mi parecer?

Asintió.

—Sinceramente no creo que podamos culpar al capitán de nuestro infortunio en la mar. Él es un hombre experimentado, nos lo ha demostrado en muchas ocasiones y no sería de agradecidos pasarnos a otro navío ahora que nos necesita más que nunca.

Aproveché que Balmis parecía estar meditándolo para proseguir.

—Pensad que los galleguitos ya conocen los entresijos de esta goleta. Tanto que algunos de ellos, a falta de una vivienda, han hecho de ella su morada.

Tragué saliva antes de continuar.

—Si, como hemos quedado, los dejaremos en México para siempre, ¿no os parece injusto que el poco tiempo que les queda bajo nuestra custodia les privemos de la seguridad que lo conocido les brinda? Siempre será mejor que la última travesía la hagan en el *María Pita*. Pensadlo, una vez en México no sabemos aún adónde irán a parar y quizá para alguno éste sea el último recuerdo de un hogar.

Sonrió mirándome a los ojos con más profundidad de la que hubiese deseado. Hacía tanto tiempo que no le veía hacerlo, que se me hizo extraña la mueca de sus labios.

—Nunca olvidaréis vuestro trabajo de rectora en el hospicio de La Coruña, ¿verdad?

No supe qué contestarle.

—Es igual, me parece bien que veléis por la felicidad de esos pequeños. Para vuestra tranquilidad os diré que, dadas las circunstancias, no tengo más narices que sentarme a negociar el flete con el capitán. No me gusta ceder a sus amenazas, pero, si no, no sé cómo desembarcaremos. A menos que aquí en secano enseñéis a nadar a los niños. ¿Sabéis nadar, Isabel?

¡Qué tontería! Como casi todos, no tenía ni idea. Por primera vez bromeaba pero estaba tan poco acostumbrado a ello que su falta de sentido del humor sonó patético.

—Dios quiera que lleguéis vos y el capitán a un buen acuerdo.

Visto el poco éxito de su chiste, regresó a su ilustrada seriedad.

—Dios y la voluntad que cada una de las partes pongamos en ello. Doña Isabel, hacedme un favor y calculad con el libro de cuentas en las manos hasta qué cifra podemos llegar para hacer una oferta.

Aquel encargo me habría asustado al salir de Puerto Rico, pero ahora, gracias a la caridad de don Manuel de

Guevara y Vasconcellos y de otros nobles venezolanos, había conseguido aumentar los ingresos de la mermada arca.

Aquella misma tarde y con las cifras en la mano se sentó frente a frente con Pedro del Barco. Intenté escuchar tras la puerta, mas sólo pude oír cómo discutieron acaloradamente durante más de media hora. Nada extraño, ya que dos hombres tan huraños suelen tardar en ponerse de acuerdo. Por fin acordaron que nos desembarcaría en La Habana después de haberle abonado 1.400 pesos. Nos comprometíamos a pagarle la misma cantidad por cada mes que se prolongase la expedición.

Acababa de salir Balmis de la reunión cuando viramos dejando a sotavento la fortaleza de Nuestra Señora de los Ángeles. Desde allí se podía distinguir con nitidez la batería circular de ocho cañones que protegía la inmensa bahía de La Habana.

Una vez dentro, nos las vimos y deseamos para encontrar un fondeadero seguro, ya que casi una veintena de barcos nos flanqueaban el paso y eran muy pocos los que amarrados a un dique podían acceder a tierra sin necesidad de una barcaza.

En dos ocasiones, Pedro del Barco decidió levar anclas porque garreábamos. La primera vez los marineros aceptaron de buen grado, pero a la segunda se oyeron murmullos disidentes. La voz del capitán no tardó en acallarlos.

—¡Al cabrestante* de nuevo! Y más vale que esta vez lo logremos porque no quiero más quejas.

Los hombres más fuertes se dirigieron cabizbajos ha-

---

* Barras cruzadas en los extremos de un cilindro giratorio que permite levar el ancla.

cia el lugar indicado dispuestos a levar anclas de nuevo. Entre ellos, el cuerpo frágil de Juanillo tomó posiciones a pesar de los despectivos comentarios de sus compañeros. Cada insulto que le propinaban era un acicate para demostrarles que valía tanto o más que ellos.

Aquella extraña polea estaba en proa. Era una pieza grande de madera de la que salían varios asideros de los cuales cada marinero se agarraba para empujar haciéndola girar. Más que hombres de mar, parecían caballos en la rueda de doma. El cabo se iba enrollando al tronco principal hasta que el ancla rozaba el mascarón. Juan, tan delgado y enclenque como era, más parecía estar acariciando su asidero que forzándolo. Todos menos él se habían desnudado de cintura para arriba. Desde que salimos de La Coruña, no recordaba un solo día por muy caluroso que fuese que lo hubiese hecho. Supuse que era por ocultar la evidente falta de musculatura de su cuerpo comparado con el de los demás.

Las gotas de sudor corrían por sus sienes cuando el infortunio quiso partir nuestro sostén al fondo del mar. Aquel descomunal látigo en tensión saltó por los aires hasta topar con el cuerpo del grumete lanzándolo a dos varas de distancia. Juanillo no gritó. Simplemente cayó al suelo rodando como un delicado ovillo de lana tras las zarpas de un gato. Los demás desalmados reían a carcajadas mientras mi mejor ayudante se retorcía de dolor sujetándose el pecho. El capitán, ignorándole por completo, acalló las carcajadas ordenando la rápida maniobra para echar el ancla de retén.

Juan se levantó tambaleándose con las manos cruzadas sobre el pecho y una mueca de dolor. Corrí a ayudarle. Apretaba tanto las mandíbulas que ni siquiera podía articular palabra. Por un segundo me rechazó, pero la debilidad le obligó a sujetarse a mí. Su mirada era de súplica. Bajábamos lentamente la escalera en busca del botiquín cuando me susurró:

—Isabel, no me delatéis.

Pensé que estaba delirando porque inmediatamente se desvaneció. Arriba quedaban todos los demás, atentos a la maniobra. Allí sola y con un esfuerzo ímprobo a pesar de su delgadez conseguí tumbarle en un coy. Al desabrocharle la camisa, mi sorpresa fue tremenda. ¿Por qué llevaba el pecho vendado? Aquello sólo podía significar una cosa.

Un poco de sangre empezaba a asomar por la parte baja de aquel burdo corsé. Por muchas ganas que tuviese de averiguar lo que escondía aquel joven grumete, antes de desvendarlo debía comprobar si tenía partida alguna costilla. Con suma delicadeza se las palpé una a una. Ninguna parecía hendida, doblada o rota. Sólo entonces procedí a cortarle aquel peto de protección para ver más allá. Como intuía desde hacía un rato, ¡Juan era Juana!

Al parecer, durante seis meses yo no había sido la única mujer en el barco, y el capitán, aparte de su gusto por las jovencitas, no pecaba de nefando como pensé en un primer momento. Ahora comprendía muchas cosas que no concordaban con la manera de actuar de un joven de su edad. Su sutileza, el odio de muchos marineros hacia él, la delicadeza con la que trataba a los niños y su verdadera relación con el capitán. Pedro del Barco probablemente suplía sus privaciones metiendo a una mujer en el barco; y lo disimulaba arremetiendo contra ella frente a sus compañeros.

En ese momento abrió los ojos y se tapó tirando de la camisa. Las lágrimas asomaron.

—¿Recordáis el «María, ve con Dios» que pronunció

el cantinero en La Coruña la mañana que recogimos al doctor Salvany antes de embarcar?

Asentí rememorando lo mal que me sentó que aquel hombre me confundiese con una mujerzuela.

—No se despedía de vos, sino de mí. Me llamo María.

Jadeaba y parecía costarle respirar. Abriéndole de nuevo la camisa pude ver que el golpe no era tan malo como me pareció en un principio y preferí cambiar de tema para ponerle las cosas más fáciles. Al fin y al cabo, yo no le había pedido explicaciones.

—Esa venda te ha protegido de un golpe mortal. Con suerte, esta sesgada herida cicatrizará pronto y sólo te quedará un cardenal rodeándola. María, no hace falta que me expliques nada.

Me costó cambiarle el nombre. A la vez que se tapaba de nuevo, insistió.

—Es posible, pero llevo tanto tiempo intentando ser lo que no soy que prefiero confesarme con vos.

Tomé un emplasto para ponérselo y la dejé hablar.

—Yo a vos ya os conocía. Coincidimos dos días en el orfanato de La Coruña. ¿Recordáis la primera hornada de niños que despedisteis apenas os instalasteis?

Recuerdos y más recuerdos. ¿Cómo olvidar el día en que tuve que despedir a mis primeros ángeles? Fue posiblemente el peor de los vividos al llegar al hospicio porque por falta de espacio me vi obligada a deshacerme de un reducido grupo de jóvenes claramente incapaces de mantenerse por sí mismos. Ellas parecían niñas y ellos aún eran más imberbes. Me costó, pero la ley nos ordenaba mandarlos a la calle con un hatillo, un par de monedas y la intención bien inculcada de ponerse de inmediato a buscar un trabajo. ¡No podía creer que María fuese una de ellas!

Sobrecogida, iba a excusarme cuando me posó la mano sobre los labios.

—Dejadme terminar. Salí de allí contenta porque a diferencia de muchos de mis compañeros yo tenía la promesa de la mujer de un pescador de darme trabajo cosiendo redes en el puerto. La ilusión de aquel quehacer remunerado se desvaneció apenas pasada una semana cuando ya tenía las manos desolladas, el estómago gruñendo de hambre y la bolsa tan vacía como cuando salí del orfanato.

»Sobreviví hurtando parte del pescado que descargaba a diario de la barcaza de su marido. Después de una semana decidí desertar de aquel mal trabajo que más que ayudarme a sobrevivir me mataba.

»A mis quince años me vi obligada a deambular por el puerto en busca de cobijo y comida de cualquier manera, hasta que una noche, mientras dormía al raso muy cerca de la misma cantina donde recogimos al doctor Salvany, dos borrachos dieron conmigo y no contentos con violarme me apalearon. Sólo una mujer de las que rondan el puerto se apiadó de mí y me llevó a sanar a su morada. Después de aquello, animada por ella decidí dedicarme a su mismo menester y no me fue mal hasta que apareció el capitán Pedro del Barco.

La miré desconcertada.

—No es mal hombre, os lo aseguro. Una noche, mientras yacía a su lado, me habló de este viaje, de las probabilidades de mejorar que los españoles solemos tener en las Indias y de la posibilidad de traerme aquí. El sueldo no sería muy alto pero a cambio yo sólo tendría que fingir ser un marinero más y alegrarle de vez en cuando la soledad del mando.

No quise rebatirla, pero lo cierto era que el capitán le doblaba en mucho la edad. Ella continuó:

—Con lo que he ahorrado buscaré un empleo y empezaré una vida nueva. Yo termino aquí mi viaje y os pido que no reveléis mi secreto hasta que hayamos puesto pie en tierra. Sabe Dios qué haría el resto de la tripulación si se enterase.

Agarré la cataplasma con otro vendaje limpio.

—Al desembarcar ven a verme cuando esté sola y procuraré ayudarte —la susurré—. Tú sabes cómo se vacuna y, quién sabe, quizá te pueda recomendar a alguien para que trabajes en las dependencias sanitarias que vamos a montar, para cuidar de los niños de algún noble o para velar por su casa como ama de llaves. Eres joven, pero yo responderé de ti. Déjame hacer.

Incapaz de contener sus instintos, me abrazó fuertemente, me besó en la mejilla, se abrochó la camisa y salió corriendo a cubierta segura de que yo nunca la delataría.

—Me voy a ayudar. No quiero que nadie me eche en falta.

Sin cojear siquiera subió rauda la escalerilla. No hay mejor medicina que una inyección de esperanza, susurré en mis pensamientos.

—María, un día te dejé marchar sin nada pero no se repetirá. Te prometo que enmendaré lo hecho y no te volveré a fallar.

15

LA HABANA, ENMENDANDO EL INFORTUNIO

> *Cuba, mi amor, qué escalofrío*
> *te sacudió de espuma la espuma,*
> *hasta que te hiciste pureza,*
> *soledad, silencio, espesura,*
> *y los huesitos de tus hijos*
> *se disputaron los cangrejos.*
>
> PABLO NERUDA,
> *Ahora es Cuba*

Apenas me adentré por las callejas de la Habana, oí a un pequeño ofreciendo a voces *La Gaceta de la Aurora*.

—¡Comprad, comprad el diario más leído de Cuba! ¡Sabed a qué han venido el doctor Balmis y su gente!

Ansiosa por saber a qué se refería, rebusqué en mi bolsa, saqué una moneda y se la tendí. El pequeño se agachó para posar en el suelo el cesto que llevaba sobre la cabeza, rebuscó un ejemplar en buen estado y me lo entregó. El dibujo de una goleta semejante a la *María Pita* ilustraba el artículo de la portada. En cuanto encontré un banco, cerré la sombrilla, me quité los guantes de paseo y me dispuse a leer. Poco a poco y según avanzaba, mi inicial euforia fue declinando.

¡Aquel cronista de pacotilla en vez de alabar nuestra llegada se mofaba de nosotros con comentarios un tanto sarcásticos! Y es que, al parecer, una vez más la vacuna se nos había adelantado.

Me desesperé porque no sabía si esta vez sería capaz de afrontar a solas las trabas contra las que luchamos en Puerto Rico. Una vez más eché de menos a Salvany. Desde que partió, había intentado asirme al único consuelo posible convenciéndome a mí misma de que el tiempo y la distancia entre los dos iría difuminando los contornos de su recuerdo, pero para mi mayor desesperanza no era así. Por más que lo intentaba no seguía pasar un día entero sin pensar en él.

Con la mirada fija en una de las flores blancas del magnolio de enfrente, sacudí la cabeza para despegármelo. Suspiré antes de continuar leyendo. Los tentáculos de la maldición a la que estuvimos sometidos en Puerto Rico eran mucho más largos de lo que nunca hubiésemos imaginado y la gaceta se regodeaba en nuestra frustración. Entre dientes leí en alto.

Alguien debería informar al tal doctor Balmis de que aquí ya conocemos su medicina. Convendría aplacar sus aires de grandeza contándole cómo la Junta Económica del Consulado hace tiempo que ofreció dos importantes premios a quien trajese la vacuna a la isla. Los premios eran de cuatrocientos pesos para quien localizase una vaca enferma de viruela que pudiese generar el fluido y de doscientos para quien consiguiese traer el milagroso remedio desde cualquier otro lugar, no importaba la manera de conseguirlo ni de dónde lo trajesen.

Como recordarán los lectores, las albricias de su llegada acontecieron el pasado 10 de febrero. Una fecha memorable para todos los cubanos ya que el segundo galardón por fin tuvo un merecedor. Fue María Bustamante, la que desde Aguadilla en Puerto Rico llegó al puerto de La Habana portando la preciosa linfa de salvación en el cuerpo de su hijo de diez años y de dos esclavas mulatas de ocho y seis años. A ella y no a este doctor es a quien debemos toda nuestra gratitud.

Con rabia arrugué la gaceta entre mis manos. ¡No podía ser! No era tanto mi enfado por la falta de reconocimiento como porque, si aquello era cierto, de nuevo me las vería y desearía para encontrar pequeños vacuníferos que nos acompañasen a México sin recurrir a la mercaduría humana.

Sólo por el bien de nuestra empresa me alegré de que en América no se aplicasen del todo los ideales libertarios de la Revolución francesa. Allí, la esclavitud seguía en boga a pesar de llevar mucho tiempo abolida en el viejo continente y no tenía visos de desaparecer ya que los grandes señores necesitaban como el agua manos baratas en sus plantaciones. Por muy en desacuerdo que estuviese con aquella práctica, nuestra causa era lo principal y cualquier medio para conseguirlo justificaba el fin. Allí, al contrario que en otros lugares, si no encontraba niños siempre podría comprarlos. Ya me encargaría yo de buscarles un buen amo a la hora de revenderlos.

Seguí leyendo aquel liviano noticiario. A la prepotencia del escritor sólo le quedaba hablar en mayestático y no tardó en hacerlo.

Sí, señores lectores. Deberíamos presentar hoy mismo al recién llegado al doctor Tomás Romay. Él fue el verdadero encargado por orden del capitán general, el marqués de Someruelos, de propagar por toda esta isla el precioso tesoro que María Bustamante nos regaló.

En una pequeña nota al margen derecho se leía: «Para más información, lean en el papel periódico de La Habana el último artículo del doctor Romay.»

¿De quién hablaba ese idiota? ¿De él y de Dios?, ¿de él y del gobernador?, ¿de él y de sus secuaces? ¿Quiénes eran esos que cuestionaban con tanta ligereza una orden real? No esperaría a averiguarlo.

Ni corta ni perezosa, decidí encaminarme a la casa de vacunación que el tal doctor Romay debía de haber constituido. Pregunté aquí, allá, en un par de paladares y no me costó llegar a la calle del Empedrado número 71, porque estaba justo al lado del hospital de San Juan de Dios. Era su residencia.

Me abrió una negra. El susodicho, en cuanto oyó cómo me presentaba, se asomó a la balaustrada que rodeaba el piso de arriba. Por su vestimenta le localicé de inmediato.

—¿Podéis recibirme ahora?

Resultó mucho más amable de lo que esperaba.

—¡Os aseguro, señora, que es un honor para mí la visita de cualquier miembro de la expedición de Balmis! Me gustaría bajar, pero en este momento estoy ocupado.

¡Cruzad el pórtico del patio y subid por las escaleras de enfrente!

Llevaba las gafas puestas sobre la punta de la nariz, enfundados los guantes y lo que desde la distancia parecía una lanceta bien sujeta entre el índice y el pulgar.

En los peldaños bajos de la escalera había varios niños que tuve que sortear. La mayor fue la que me acompañó derrochando buenas maneras. Debían de ser sus hijos. Nada más verme entrar con la gaceta hecha un gurruño en mi bolsa, se lamentó.

—No hagáis caso del noticiario. Conozco al escritor de esa noticia y es un hombre sin escrúpulos que lo único que busca es escandalizar. Os aseguro que si hubiese sabido antes de esa portada, mi amigo don Salvador de Muro y Salazar hubiese detenido su publicación sin necesidad de que nadie se lo pidiese. Ya comprobaréis vos misma que el marqués de Someruelo, a diferencia de otros gobernadores, es un hombre tan apacible que no hace otra cosa que luchar por la justicia de todos. ¡Si incluso se atreve a defender a los esclavos de algunos abusos! Muchos de los maltratados por sus amos en Santo Domingo celebran su venta a cualquier señor de estas plantaciones porque saben que se les dará un mejor trato.

Estaba solo, lavándose las manos en un cubo de estaño. Se las secó con un paño y me tendió la derecha.

—Bienvenida seáis vos, doña Isabel, y todos los que os acompañan. ¡Estaba deseando conoceros porque no sabéis cómo admiro a vuestro jefe! ¡De él he aprendido todo lo que sé y he practicado estos últimos meses en Cuba!

Segura ya de su buena intención no me anduve con rodeos.

—¿A cuántos habéis vacunado, doctor?

Como haciendo memoria, dirigió la mirada al techo al

tiempo que dejaba la toalla con la que se había secado las manos sobre la espaldera de la silla.

—Los primeros fueron mis cinco hijos. Pensé, como muchos antes, que sería la mejor manera de disipar el recelo y los miedos a lo desconocido de los demás. Después de ellos, mmm...

Abrió por la última página un gran libro parecido a los míos y me contestó alegre.

—Exactamente a cuatro mil personas en las costas de la isla. Son las más fáciles de encontrar, ¿sabéis? De las zonas más recónditas del interior aún hoy se están ocupando el puñado de practicantes que adiestré para ello. Además de ésta en La Habana, tengo filiales abiertas en Trinidad, en Villa de Santa Clara, Santiago y Puerto Príncipe. Estoy deseando conocer a Balmis para mostrarle este libro y explicarle con precisión qué es lo que hemos hecho antes de su llegada.

Más que a envidia o recelo, su tono sonó amistoso, tanto que rozaba la veneración. No hacía ni cinco minutos que le conocía y había conseguido disipar por completo la inicial desconfianza que aquel desafortunado artículo me había provocado. Tardé media hora en beber el refrigerio que me ofreció, y la conversación no decayó en ningún momento. El tiempo corrió raudo hasta que el doctor dio por concluido nuestro encuentro. Al despedirme fue claro.

—Doña Isabel, ha sido un placer que no dudo se repetirá pronto. Espero entonces conocer a don Francisco Xavier Balmis.

No pude negarme a ello.

—Si no tenéis nada mejor que hacer, acompañadme. Es mejor que le conozcáis en persona antes de que esa dichosa gaceta tergiverse su verdadera imagen.

Sin dudarlo un segundo bajó de dos en dos los peldaños de la escalera. Se dirigió a un perchero que había a la derecha del zaguán, dejó que le vistiese la joven esclava que hacía las veces de portera con la casaca que distinguía a los médicos-cirujanos, se cubrió precipitadamente con un tricornio negro y salió despendolado. Al segundo se asomó de nuevo.

—Lo siento, doña Isabel. Es tanta mi ilusión por conocer a vuestro director que se me olvidaba lo principal. —Me tendió el brazo para que me agarrase de él—. Mi embajadora e introductora.

Una pizca de vanidad me sobrecogió al sentirme importante.

Cuando Balmis me vio llegar asida de su brazo le recibió a la defensiva, pero Romay, con esa sinceridad que le caracterizaba, no tardó más de cinco minutos en disipar su suspicacia. En un abrir y cerrar de ojos se erigió en su máximo valedor en esa tierra afable que acabábamos de conocer.

Por primera vez, nuestro director parecía deleitarse con la compañía de otro hombre, tanto que a los pocos días se convirtieron en inseparables. El uno disfrutaba haciendo partícipe al otro de sus logros, y el otro dejándose empapar de la ilusión que La Habana rezumaba por cualquiera de sus grietas y recovecos.

Comprobada la efectividad de la vacuna de Romay, Balmis simplemente se limitó a darle el plácet y la enhorabuena. Él daba todo tipo de explicaciones.

—No fue difícil convencerles para que se sometiesen a la operación, porque aproveché la coyuntura de que muchos en realidad acudían a mí en busca de otros remedios

— 221 —

para sus males. A cambio de dejarse vacunar, yo les proporcionaba otras curas de diferente índole. Un simple trueque forzado por la necesidad.

Entusiasmado por hacernos de introductor, nos presentó al gobernador y a todo hombre o mujer insigne en la ciudad, mientras que nosotros nos dejábamos guiar.

Pasado casi un mes, la *María Pita* ya estaba arbolada, todas las piezas que el temporal había arrancado, repuestas, y sólo quedaba que fijásemos un día para zarpar.

Estaba cerrando las contraventanas del barracón cuando a mis espaldas oí el paso arrastrado y cansino de alguien. Al darme la vuelta, un hombre con el rostro amarillento vomitó salpicándome los zapatos y el bajo de las faldas. Al ver que se tambaleaba a punto de caer, corrí a sostenerlo. Me arrodillé y posé su cabeza de lado en mi regazo a la espera de que el doctor Balmis acudiese a diagnosticar su mal. Sólo tuve que gritar una vez su nombre para que apareciese inmediatamente.

—Está amarillo. ¿Qué es, doctor?

A pesar de los escalofríos que tenía, le tocó la frente para medir la calentura. Estaba ardiendo. Le abrió la boca repleta de llagas negras y al momento le empezó a sangrar la nariz. Sólo entonces tragó saliva.

—Vulgarmente se le conoce como vómito negro o pútrido-bilioso, para nosotros es fiebre amarilla, maligna, nerviosa y contagiosa. Suele atacar cuando el clima es caluroso y se contagia por la picadura de los mosquitos.

El hombre se movía de manera compulsiva debido a la alta fiebre y procuré sostenerlo. Balmis me miró preocupado.

—Isabel, hay que aislarle de inmediato.

Creo que aquélla fue la primera vez que prescindió del tratamiento ante mi nombre.

—¿Tan contagiosa es?

Su silencio recalcó la evidencia de mi absurda pregunta. Improvisando una angarilla con una sábana y dos palos, tomó al enfermo por las axilas para colocarlo en la sábana. Incapaz de mantenerme quieta, le ayudé tirando de sus piernas. Una vez seguro, me dispuse a levantar los dos asideros traseros al mismo tiempo que él hacía lo propio con los delanteros.

—Desgraciadamente no es la primera vez que me enfrento a esta enfermedad —me confesó entre jadeos—. Hace años, cuando yo impartía clases en la universidad gaditana, arribó un barco procedente de aquí cargado de esta desgracia. Se habían deshecho ya de la mitad de la tripulación que había fallecido durante la travesía, pero nos lo ocultaron para que no les declarasen en cuarentena. Su secreto trajo la epidemia a la ciudad. Jamás había visto una enfermedad tan letal. —Suspiró—. Procuramos ser discretos para no asustar a la población, pero llegó el momento en que nos fue imposible: si no hay nada más difícil que esconder un féretro, ¡imaginad una procesión de ellos! Cuando llegaron a doscientos los caídos, las autoridades prohibieron a las iglesias tocar a difunto para no aumentar la alarma. De nada sirvió, ya que para entonces el fantasma del pánico había obligado a muchos a abandonar la ciudad despavoridos. Fue lo peor que podía pasar, ya que su miedo logró expandir la enfermedad por toda Andalucía.

»El usual bullicio de la ciudad se hizo eco del silencio y en las calles desiertas de Cádiz sólo se oía el fúnebre traqueteo de las ruedas de los carros sobre el empedrado. Éstos, cargados a rebosar de cadáveres, tomaban el camino a extramuros de la ciudad porque en el cementerio no quedaba un hueco más donde enterrarlos.

Mirando con temor al enfermo, sólo pude preguntar:

—¿Y cómo terminaron con ella? ¿Tiene algún tratamiento? El cese del tañer de los campanarios no me parece una medida muy resolutiva.

—Siguiendo los consejos de los doctores Moreau y Smith, conseguimos mitigar levemente la epidemia pulverizando a cañonazos de vapor de cloro y oxígeno las zonas más afectadas de la ciudad. Pero como siempre suele suceder, la inconsciencia de los que aún quedaban en la ciudad y el cansancio de una clausura impuesta para un pueblo que normalmente vive puertas afuera hicieron que muchos se saltaran la cuarentena. —Suspiró de nuevo—. Al final fueron más de siete mil gaditanos los que perdieron la vida.

Me sorprendía la naturalidad con la que Balmis narraba semejante atrocidad. Ni un quiebro en su voz delataba la angustia que un recuerdo así suele provocar en cualquier persona.

Di un paso atrás nada más dejar al enfermo sobre el suelo de una cuadra abandonada lo suficientemente lejos de los demás. Sabía que yo era inmune a la viruela, pero quién me decía que también lo era a la fiebre amarilla.

—Nunca leí nada al respecto.

El doctor, tan poco temeroso como expresivo, mojó un paño en un barreño de agua para pasárselo por el pecho al enfermo antes de inclinarse a escuchar sus latidos. Hizo un silencio y luego me contestó.

—No dejaron que las gacetas lo publicasen por el mismo motivo por el que silenciaron las campanas. Ya sabéis el refrán: «De lo que no se habla no existe.» El caso es que hablando de ella o no, aún hoy en día hay casos aislados de fiebre amarilla por toda Andalucía.

Chasqueando la lengua me miró fijamente a los ojos. Ya empezaba a conocerle y siempre lo hacía en el momento más preocupante. Antes de que Salvany nos dejase, era con él con quien se explayaba. Ahora era yo quien había cogido el relevo de José, más por obligación que por deferencia, pues en absoluto ansiaba escuchar un segundo más de lo debido al hombre que nos había separado. Balmis prosiguió vistiendo de nuevo al enfermo.

—¿Os dais cuenta de cómo todo es recíproco en la vida? Si alguien nos acusa en estas tierras de haberles traído a las Indias la viruela y la gripe, siempre podremos contraatacar hablándoles de la fiebre amarilla.

Tras una arcada, el hombre tiñó de un negro viscoso las sábanas que le cubrían. Balmis me gritó esquivando los espumarajos.

—¡Poneos de inmediato un pañuelo empapado en vinagre sobre la boca y traedme otro a mí! ¡Haced como sea aceite de tomillo y mandad a todos los miembros de la expedición que se impregnen con él! Es el único remedio que conozco para repeler a estos malditos insectos.

Yo ya salía corriendo cuando oí sus últimas órdenes.

—¡Y decid a todos que no se acerquen a menos de diez varas de aquí a no ser que se encuentren mal! ¡Que eviten las charcas y lugares húmedos y que rieguen con agua de borra de café todas las macetas de la casa! ¡No hay otro modo de matar sus larvas!

Como siguiese ordenando remedios a destajo no sería capaz de recordarlo todo. Al salir precipitadamente, topé con un grupo de curiosos que atisbaban desde el alféizar de la ventana y no pude evitar despacharme con ellos.

—¡Y vos, los de ahí, desapareced si no queréis terminar igual!

Después de un murmullo el gentío fue disgregándose.

En su ignorancia y pensando que aquél era un efecto de la vacuna de la viruela, muchos indios prefirieron irse sin preservarse de ella. Podía haber intentado detenerlos pero estaba demasiado ajetreada en ese momento. El susurro de las palabras de Salvany me vino a la mente recordando lo que un día me dijo: «Isabel, tened en cuenta que los indígenas, por sus creencias ancestrales, suelen interpretar cualquier mal que les ataca como un castigo de Dios por su impío proceder y lo aceptan con suma resignación. Pero si intuyen por un casual que la enfermedad puede venir de nuestra mano será sumamente difícil convencerlos de lo contrario.»

Rascándome el antebrazo me di cuenta de que la amenaza era mucho más grande, ya que mientras atendía al enfermo uno de aquellos diminutos asesinos me había picado. Por la tensión del momento ni siquiera lo sentí.

Rápidamente me dirigí a la botica. Empapé un pañuelo en vinagre, me froté la picadura y me cubrí la nariz y la boca con él. Tomé la garrafa de aceite de tomillo de la balda correspondiente y ayudada por un embudo y con pulso firme rellené un pequeño frasco para llevárselo al doctor junto a otro pañuelo avinagrado.

De camino a la cuadra y desde una distancia prudencial le pedí a mi María, aún vestida de grumete, que se hiciese cargo de los niños hasta mi regreso embadurnándolos y procurando llenar las dependencias de borra de café, macetas de albahaca y limones con clavo. Si además hacía corriente en los cuartos, mejor que mejor porque sabido es que los mosquitos la aborrecen.

Sorprendida por mi frenético proceder sólo asintió.

—¡No será fácil, pero por favor te lo pido! ¡Cubre mi vacío al menos hasta que esté segura de no haberme contagiado! Será menos de una semana, te lo aseguro.

Al día siguiente enterramos al enfermo. Pensé entonces que ya habría terminado todo pero el doctor estimó oportuno que permaneciésemos aislados en aquellas dependencias al menos tres días más. Como si fuésemos los únicos habitantes de la Tierra, él pasaba las horas dibujando plantas en su cuaderno. Yo cubría los silencios rezando, zurciendo, remendando y cuadrando cuentas con todo lo que el practicante me había mandado en el mismo cesto en que nos envió las viandas que comeríamos. Apenas cruzábamos unas palabras de vez en cuando y la verdad es que yo tampoco tenía ganas de sincerarme en absoluto con el hombre que tanto había contribuido a la pérdida de mi amor.

Al atardecer me alertó el grito de mi pequeño Benito llamándome desde la lejanía. Me asomé con la esperanza de que Balmis no lo hubiese escuchado. Vocalicé gesticulando.

—¡Vete!

—¡No podré dormir sin mi señal de la cruz en la frente! —insistió el pequeño.

Tragué saliva. Ya no había nada que hacer: seguro que el doctor lo habría oído. Estaba siendo testigo de mi debilidad y eso era algo que me molestaba sobremanera, principalmente desde el instante en que me dio a elegir entre Salvany y mi pequeño ángel. Por mucho que lo intentase, nunca olvidaría aquel momento. Sin importarme ya nada le grité.

—¡Si todo va bien, pasado mañana tendrás tres!

Tras lanzarme un beso al aire salió corriendo.

Al darme la vuelta, topé con Balmis. Esperé a que hiciese algún comentario pero no lo hizo; de nuevo me sorprendió con una medio sonrisa que me dio que pensar.

Al anochecer, el tedio de esa compañía impuesta fue

disipando la incomunicación a la que nos aferramos en un primer momento y a la luz de la candela Balmis empezó a abrirse. Tuvimos tiempo para pensar, discutir y dialogar. Él me hizo partícipe de sus proyectos más inmediatos y yo, evitando recordar a Salvany, le confesé abiertamente mi intención de adoptar a Benito para algún día afincarme y formar una familia. No era un secreto, pero sí era la primera vez que se lo decía sin tapujos.

Durante estas conversaciones, con frecuencia el doctor mantenía mi mirada más tiempo de lo debido. Era como si intentase decirme algo incapaz de pronunciar. Algo que yo prefería no imaginar siquiera.

Este acercamiento hizo que los demás días transcurriesen veloces. Al final Balmis parecía haber comprendido todos y cada uno de mis desvelos y lo más extraño es que ahora no le importaba implicarse.

—Isabel, no quiero que os angustiéis por este tiempo que hemos de permanecer aislados porque aquí en Cuba no tendremos problemas para encontrar niños servibles. Ya veréis, tengo una idea para que en sólo un día de mercado podamos acceder a ellos. No tenemos síntomas, así que los insectos que nos picaron no debieron de transmitirnos la fiebre, pero no está de más prevenir. En menos tiempo de lo que pensáis podremos salir y os diré qué tengo en mente.

Sin que me lo revelase tenía una vaga idea y resultó ser la acertada.

Al amanecer del tercer día, con esa vergüenza que una mujer recatada siente al descubrirse, le dejé inspeccionar pulgada a pulgada cada recoveco de mi piel para cerciorarse de que ningún insecto más me hubiese picado.

Allí prácticamente desnuda ante sus ojos, una vez finalizado el reconocimiento, me fue masajeando el cuello, la espalda y las extremidades hasta donde el recato lo permite con el aceite de tomillo. Sin poder evitarlo, sus caricias me estremecieron de tal manera que la calentura del rubor debió de iluminar mis mejillas. Al terminar, sin demostrar más sentimiento que el de un médico sanando a un paciente, me pidió que hiciese lo mismo con él. Fue la primera vez que le veía a pecho descubierto y mi nerviosismo debió de ser palpable ya que fui incapaz de tomarme el mismo tiempo que él.

Volcando las últimas gotas de aceite de tomillo en la palma de mi mano le fregué el pecho y la espalda en cuestión de un segundo a la vez que evitaba mirarle a la cara. Al terminar con aquel suplicio, por fin me dio permiso para salir. En un segundo me vestí, cogí todos mis enseres y me dispuse a poner un poco más de tierra de por medio entre los dos. Lo necesitaba, y como un preso liberado después de años en un calabozo dejé que la luz del exterior apaciguase mis alterados sentidos.

Caminando ya en dirección al barracón de los niños, me detuvo su voz.

—Isabel, aunque os parezca imposible han sobrevivido a vuestra ausencia. Permitidles estar un tiempo más y disponeos de inmediato a buscar nuevos portadores. Aquí tenéis las monedas para comprar los cuatro esclavos que nos faltan. Esta vez podéis aumentar su edad entre los doce y los quince. Así serán más fuertes, resistirán mejor el viaje.

Tras una leve inclinación de cabeza, cogí la bolsa y me dispuse a cumplir.

Ante mi inexperiencia en esas subastas humanas el doctor Romay se ofreció a acompañarme. Al saberlo, María, que aún esperaba nuestra partida para arrancarse sin dar demasiadas explicaciones el disfraz del grumete, acudió a nuestro encuentro. En su ausencia el sobrino de Balmis se había hecho cargo de los pequeños.

Como aún faltaban dos horas para que diese comienzo la venta, decidimos visitar por última vez la residencia de beneficencia de niñas indigentes y el consulado para asegurarnos de que los niños que mandábamos de vuelta a Venezuela habían llegado bien, y terminamos paseando por el jardín botánico para deleite personal.

La joven grumete no se separó de mí ni un instante. Estaba agobiada, ya que sabía que al día siguiente nos iríamos sin ella y aún no le había conseguido el trabajo que le prometí. Lo que ignoraba era que desde que llegamos a La Habana había hablado con varias señoras sobre ella, pero por desgracia ninguna necesitaba a nadie para servir en sus casas. Se lo oculté para evitarle la frustración de falsas esperanzas.

De repente, me di cuenta de que si había alguien a quien podría ayudar sería precisamente a Romay. No tenía ni idea de cómo iba a convencerle de aquello, pero de lo que no había duda era de que tendría que ser rápido. Pensando en cómo lo haría para ser concluyente y certera, miré a mi alrededor.

La Habana se había ganado a gala el apodo de la Perla del Caribe. Las calles estrechas en perfecta cuadrícula tenían unas veinte varas de ancho mientras que la principal doblaba su tamaño. Las habían construido de tal manera que el viento predominante subía por ellas para refrescar el ambiente.

Decenas de palacetes flanquearon nuestro paso hasta llegar a la plaza mayor, donde habían dispuesto el mercado bajo los soportales que protegían del sol a sus vendedores. En el centro de ella había una gran fuente de piedra formada por un gran tazón al que cuatro delfines escupían chorros de agua turbia. Sedienta, paré a un aguador, y éste al ver la moneda en la mano me tendió el vaso a rebosar de agua fresca.

Allí estaban los edificios más representativos. La iglesia, el palacio del marqués de Someruelos, la casa capitular, la cárcel, la escuela mayor y el teatro. Sentí no haber tenido tiempo para asistir a una sola representación. En el centro, la mercaduría bullía de agitación.

Entre golpes y empujones, sorteamos los primeros tenderetes de frutas, granos y raíces. El colorido de los limones, las mazorcas de maíz, los mangos, las guayabas, los plátanos, las coles, los boniatos y los largos «hacecillos de culantro» pintaban un vistoso cuadro que según avanzábamos fue degenerando en hermosura y olores. Un poco más allá, el aroma a fruta fresca y verduras fue solapándose con el fuerte olor a pescadería y carnicería. En las primeras abundaban los pargos y la rabirrubia; en las segundas, la vaca, los puercos y las aves. Colgados en los ganchos de la pared, los animales iban siendo descuartizados sobre unas mesas con tapa de mármol según la demanda.

Procurábamos evitarlos cuando un ladronzuelo con un chicharrón entre las manos me empujó mientras huía de su captora. No pude evitar resbalar y caer sobre un montón de endebles jaulas de caña y cuerda. Una de ellas se abrió liberando a un montón de gallinas que escaparon despavoridas. Sobre mí bailaron nubes de plumas al son del guirigay. La dueña de las aves, una negra desarrapada y medio desnuda, me insultó y me lanzó un puntapié antes de salir corriendo tras ellas.

—¡Berraca, tochera! ¡Vete a otro lao a dar la chucha!

Por su acento apenas pude descifrar lo que decía y

menos entenderlo. Tampoco necesitaba de un traductor para interpretarlo.

Aturdida como estaba, fue el doctor Romay el que me despegó de aquella resbaladiza alfombra de barro, plumas y pútridas cáscaras de fruta. Mientras tiraba de mí, un burro cargado con dos alforjas repletas de cachivaches le pegó un pisotón que le hizo saltar de dolor. Visto lo visto me tomó de la mano y sin decir nada más aceleró el paso abriéndose camino a empellones hasta un lugar donde pudimos parar sin ser arrollados. Juanillo nos siguió de cerca.

Aún jadeando, no pude dejar de reparar en dos mujeres que, sentadas sobre unos fardos de piel curtida, amamantaban a un bebé de pocos meses directamente de las ubres de una cabra. Una sostenía al pequeño boca arriba, mientras que la dueña del animal sujetaba sus patas traseras para inmovilizarlo. Otras tres criollas con sus pequeños en brazos esperaban en fila su turno, y es que todo ese tipo de cosas no se vendían en las limpias pulperías y confiterías que muchos catalanes habían abierto en las calles principales.

Desde allí ya se veía el estrado adonde nos dirigíamos. A su alrededor, multitud de negras con grandes canastas sobre la cabeza ofrecían a los señores que como nosotros esperaban el comienzo de la subasta quesos, carne ahumada, empanadas, butifarras, talangas y algún que otro corte de ajiaco aderezado con un sainete de ají. Viandas cubanas que la mayoría comía en la calle y a destiempo.

Detrás de aquella tarima, justo al lado de un montón de sacos de yute llenos de azúcar y de otros tantos barriles de miel, había una treintena de hombres, mujeres y niños provenientes de las costas africanas maniatados y fuertemente custodiados. Esperaban tan asustados como hacinados a que los ingenieros de las plantaciones de caña pujasen por ellos. Me extrañó el interés con que Romay miraba al grupo.

—¿Buscáis algo en particular?

Se acarició la lazada del cuello al tiempo que se ponía de puntillas para divisar sobre las cabezas.

—Desde que Mariana nos dejó al desangrarse en el último parto, todo está manga por hombro y necesito una esclava más para que se haga cargo de mis hijos más pequeños.

Mirando de reojo al camuflado grumete, le hice un guiño.

—¿Cuántos esclavos tenéis, contando a la porterita que conocí?

—Once —me contestó como sin darle importancia.

Después de aquel primer día había visitado muy a menudo la vivienda de Romay. Era el clásico palacete colonial, con dos columnas flanqueando el pórtico que presidía la entrada principal. Contando los salones, el comedor y la biblioteca, tendría unas veinte estancias de las cuales cuatro apenas se utilizaban. Si a eso le añadíamos que de sus cinco hijos, los dos mayores ya se valían por sí mismos, me parecían demasiados esclavos. Pensé rápidamente en cómo conseguir mi objetivo.

—Perdonad por mi indiscreción, pero... ¿con cuántos esclavos se bandeaba vuestra mujer?

Frunciendo el ceño, pareció recapacitar un segundo, apartó la mirada de aquellos desgraciados y me miró buscando en mis pupilas una solución a sus problemas.

—Con sólo ocho todo funcionaba a las mil maravillas, pero, desde que murió, todo se desmadra. Nunca mejor dicho.

Quiso bromear con sus últimas palabras pero fracasó

rotundamente al quebrársele la voz. Aproveché que bajó la mirada con añoranza para asirle del brazo.

—Doctor Romay, como sabéis, antes de embarcarme en esta aventura fui la rectora del hospicio de La Coruña y eso si algo enseña es a administrar una casa para aprovechar al máximo sus recursos. Vos, si me permitís decíroslo, no necesitáis más esclavos sino a una mujer de confianza que los dirija y vele por vuestros hijos en vuestra ausencia. Y eso no lo encontraréis aquí.

Repentinamente se hizo el silencio y sonó el mazo para anunciar al primer infeliz que subastarían. A empujones subió al estrado un hombre tan joven, fuerte y alto como asustado. Cuando las pujas empezaron a sonar entre el gentío, le susurré al oído.

—Yo tengo la persona perfecta para ello. Es una joven española, sumisa, fiel y tremendamente cariñosa con los niños. Sabe contar, sumar y restar y jamás os robará porque conoce bien desde muy niña del sacrificio que cuesta ganar una moneda. Ella es bien mandada y sabrá imponerse a vuestros esclavos. Solamente tendréis que darle un tiempo para conocer los entresijos de vuestro hogar y os aseguro que no os arrepentiréis de haberla contratado a vuestro servicio.

Detrás de él y aún vestida de grumete, María se agarró el cuello de la raída camisa negando con la cabeza. Por nada del mundo quería que la presentase así. Esbocé una sonrisa. Romay lo pensó sólo un segundo.

—Me fío de vos, doña Isabel, pero mañana partís, así que no tenemos mucho tiempo. ¿Podríais traérmela esta tarde?

Asentí.

—Siempre que antes me ayudéis a seleccionar a los niños que debo comprar para poder soltar amarras.

María pegaba brincos de alegría. Subió al estrado un grupo de seis pequeños.

—La primera y la cuarta y la quinta me parecen muy sanas y sé que Lorenzo Vidat no os las dejará demasiado caras —me susurró Romay—. Si las queréis revender después en México, no tendréis problema. Yo mismo pujaré por ellas ya que el negrero me conoce.

Mostrándole sobre la palma de la mano los doscientos cincuenta pesos como el máximo al que podía llegar mi puja, asentí y le dejé hacer.

En cuanto nos las entregaron bastaron unas camisolas para cubrirlas y un par de galletas de queques que engulleron para que nos siguiesen sumisas.

Junto a ellas venía un niño que hacía de tamborcito en el regimiento de Cuba. Se llamaba Miguel José Romero, aún no estaba vacunado y sus padres me lo dejaron allí mismo a condición de su posterior regreso. Este pequeño se hizo muy amigo de Benito en cuanto se conocieron.

Temí que Balmis rechazase a las niñas por no ser varones, pero Romay se adelantó asegurándole que no había niños en sus mismas condiciones. Sin discutir los aceptó a todos.

Poco antes del atardecer llamé a Juanillo para que viniese a mi cuarto a hurtadillas, apenas le quedaban unos minutos para convertirse definitivamente en María. Le ayudé a desliarse la cincha que durante tanto tiempo le había tenido oprimido el pecho, a frotarse la mugre de la piel y a lavarse el pelo en mi palangana. Le regalé un vestido lleno de remiendos que se me había quedado estrecho hacía tiempo pero que una vez en su cuerpo me pareció más hermoso que nunca, y terminé buscándole un gorro de faena lo suficientemente fruncido y cuajado de puntillas como para disimular su drástico corte de pelo.

Al salir nadie la reconoció, ni siquiera el doctor Romay, que esa misma mañana había estado a su vera durante toda la subasta. Después de una charla con ella, le pidió que se incorporase al trabajo lo antes posible. Quedó perplejo cuando le dije que aquella misma noche dormiría en su domicilio, sólo le quedaba ir a por sus cosas y traerlas.

Ya a solas, María me cubrió la cara de besos al tiempo que me juraba que no sería la última vez que nos veríamos porque a mí me debía la oportunidad de haber encontrado una vida digna por la que luchar. Por mi lado me comprometí a escribirla asiduamente desde donde me encontrase y a excusar su repentina deserción ante el capitán Pedro del Barco.

Esperé a hacerlo al momento del embarque, no fuese éste a buscarla por toda La Habana. En su rostro percibí un viso mudo de añoranza por tener que prescindir de su compañía, pero nunca me lo reconocería y es que, en aquel peculiar contrato que habían firmado entre los dos, ella siempre le dio mucho más de lo que recibió. Su oportunidad había llegado al fin y lo mejor sería olvidar el pasado.

A punto estaba de subir en la falúa que me llevaría al barco junto a los niños cuando la vi llegar. Venía a despedirse rozagante y rezumando alegría. Las dos miramos a nuestro alrededor con una sonrisa de complicidad. Ninguno de sus compañeros de tripulación pareció reparar en ella excepto el capitán Pedro del Barco, que desde la otra embarcación disimulaba su sorpresa al comprobar que yo andaba enterada de todo. Prometimos hacer lo imposible por vernos de nuevo a lo largo de nuestras vidas y nos abrazamos.

Una vez a bordo esperamos a que largase amarras un

bergantín correo llamado *El Palomo* que estaba abarloado por la amura de babor. Los niños que regresaban a sus hogares en la Guaira gritaron despidiéndose de los galleguitos, y una vez desplegadas velas, su capitán Diego Prieto se despidió del nuestro. Pedro del Barco le devolvió el saludo al tiempo que vigilaba la maniobra y a la espera de que terminara para iniciar la nuestra.

Ese 18 de junio, allí junto al castillete de proa, de nuevo me vino Salvany al pensamiento; me disponía a recorrer otro tramo en la distancia que nos separaba. Aquel día se cumplía un mes y diez días desde nuestra despedida y aún no había recibido noticias suyas. Quizás él supiese cómo olvidar con más facilidad.

Pedro del Barco dirigió una última mirada al puerto, justo donde estaba María, y suspirando gritó:

—¡Levad anclas!

16

NUEVA ESPAÑA

24 de junio de 1804

> *Y así de tierra a tierra fui tocando*
> *el barro americano, mi estatura,*
> *y subió por mis venas el olvido*
> *recostado en el tiempo, hasta que un día*
> *estremeció mi boca su lenguaje.*
>
> Pablo Neruda, *México*

A los seis días de navegación divisamos puerto en Sisal. Era el día de San Juan y sabíamos que apenas nos quedarían diez leguas marítimas por recorrer hasta Mérida, la capital del Yucatán, y nuestra primera gran ciudad en Nueva España. A partir de allí, en vez de surcar estelas nuestro viaje transitaría caminos. Los mares serían campos, y el movimiento continuo de las olas, sembrados mecidos por el viento.

Allí mismo y después de casi siete meses juntos, despediríamos al *María Pita* y a toda su tripulación. Más de medio año cuajado de experiencias que jamás olvidaríamos.

La noche anterior, el capitán Pedro del Barco quiso invitarnos a cenar a todos los miembros del equipo médico en su camarote. Brindamos con euforia por haber llegado bien al otro lado del mundo, por la amistad que siempre nos uniría, por no tener que lamentar nada más que una baja y por un sinfín de comunes recuerdos que perdurarían anclados a nuestras seseras para siempre.

El capitán soltó una gran bocanada del humo de su pipa antes de hacer el último brindis.

—¡Por los mejores y más extraños pasajeros que he tenido! ¡Por el éxito más rotundo en su empresa! ¡Por mi feliz regreso!

Sobre todo ahora que le faltará María para calmar su dulce sed de mujer entre tanto mar salado, pensé.

Chocamos nuestras copas con la euforia de un par de vinos recorriendo nuestras venas.

¡Qué ingenua! Porque apenas tocó tierra firme, no tardó ni dos horas en encontrar reemplazo a su reciente pérdida y, no contento con ello, quiso venir a presentármelo.

Su nuevo grumete tenía el pelo azabache y unos ojos tan oscuros como cuajados de ilusiones. La sonrisa que se dibujaba en sus labios lo delataba. Por sus facciones aquella joven criatura lo mismo podría tener sangre española, india o negra. Y es que por mucho que me esforzara, aún no había aprendido a distinguir el origen de los hijos y nietos del mestizaje. Los mulatos y los moriscos eran los más fáciles de identificar, pero con los barcinos, albinos, lobos, cambujos y coyotes siempre herraba en mi perpetua adivinanza. ¡Qué más daba, si al final todos eran el fruto de más de cuatro siglos de amor entre los hombres y las mujeres de aquellas tierras sin mirar el color de sus pieles!

La joven en cuestión no tendría más de quince años y como María el día que la conocí iba vestida de chico, pero no perdería el tiempo haciéndola partícipe de mi sospecha. Ni siquiera le preguntaría cómo fingía llamarse porque de nada serviría pretender hacerla desistir de su propósito. Las palabras de su predecesora el día que descubrí su secreto me vinieron a la mente: «No digáis nada, doña Isabel, y sobre todo no culpéis de nada al capitán porque gracias a él he tenido la oportunidad de buscar una vida más digna. Eso, comparado a mi sacrificio, ha sido nada.»

Qué contradicción. María se transformó en Juanillo para buscar una oportunidad al otro lado del mundo y la halló. Ahora esa niña-mujer anhelaba lo mismo que María. Surcaría la estela que ella dejó en sentido opuesto para dirigirse al puerto donde ella nunca pudo encontrarlo. Ojalá lo lograse. Si algo me había enseñado la experiencia era a no desilusionar a nadie por muy descabellados que fuesen sus sueños. El destino era impredecible y las oportunidades insospechadas, independientemente del lugar donde naciesen.

Al despedirme de Pedro del Barco con un apretón de manos, fui incapaz de evitar dirigirle una mirada de reproche. Los remeros ya separaban nuestra barcaza del *María Pita* cuando me contestó a gritos.

—¡Id con Dios, doña Isabel, y no juzguéis nunca a los que como vos procuran una oportunidad a los más desfavorecidos!

Envolviéndome en mi mantón no pude callarme.

—¡Yo también os deseo lo mejor, pero haced el favor de no compararme con vos! ¡Porque lo vuestro no es más que un trueque!

Con la lejanía, sus amorales carcajadas fueron silenciándose.

Nada más desembarcar, un delegado de la estación portuaria vino a entregarnos dos cartas. Una era para Balmis y la otra para mí. Al ver la caligrafía suspiré. ¡Por fin sabría de Salvany!

Iba a partir el lacre cuando descubrí a Balmis escrutándome con la mirada. ¿Es que no tenía curiosidad por saber qué había sido de su segundo? Incómoda por su violación me guardé la carta en el bolsillo. Si había esperado sus noticias más de un mes, siempre podría esperar un poco más. ¡Ya lo leería con más intimidad! Fue entonces cuando me dijo algo que no llegué a entender.

—Si no queréis sufrir más, olvidadlo, doña Isabel. Si por el contrario seguís escribiéndoos, hacedme un favor y preguntadle por qué de los veinte reales que gana al mes en esta expedición sólo se queda con ocho y ha solicitado que los otros doce se le paguen a un tal José Galisan en Barcelona. ¿A quién mantiene?

Me indigné.

—Decidme, doctor, ¡a qué viene ese interés repentino por lo que hacemos con nuestra asignación! ¿Qué pretendéis con semejante insinuación? ¿Hacerme creer que José tiene una familia? ¿Otra mujer, quizá? ¡Qué estupidez! Será para pagar las lógicas deudas contraídas por su madre viuda o para cualquier otra cosa que ni a vos ni a mí nos incumben. Hacedme un favor y no os inmiscuyáis en nuestros asuntos privados.

Sin esperar respuesta desaparecí de su vista a paso ligero. Ya nos había separado pero... ¿qué era lo que pretendía ahora? ¿Que me olvidase por completo de José? ¿Que además desconfiase de él? Pues iba listo, porque mi inseguridad con respecto a nuestra relación no concernía en absoluto a su estado civil. Eso era algo que no me preocupaba en absoluto, porque si algo sabía de José era que estaba soltero.

El momento esperado para leerla tranquila no llegó hasta el anochecer. Después de acostar a los niños encendí una candela y me dispuse a saber de aquel amor que aunque imposible, seguía soñando real.

Querida Isabel:
Ganas no me han faltado, pero hasta hoy no he tenido la paz necesaria para escribirte. Menos mal que no viniste porque apenas nos despedimos sufrimos un naufragio. Fue grave pero no lo suficiente como para desanimarnos o impedir que hoy esté aquí escribiéndote.

Aún recuerdo tu desconfianza ante el endeble aspecto del *San Luis* y cuánta razón tenías. No sé si fue por la debilidad del casco de nuestro barco o por la inexperiencia de su capitán, pero lo cierto es que la noche del pasado 13 de mayo, el *San Luis* encalló en la desembocadura del río Magdalena cuando estábamos a punto de fondear en Barranquilla.

A pesar de la gravedad del impacto, la profundidad no era demasiada y gracias a ello no tuvimos que lamentar la pérdida de ninguna vida. Ni siquiera la de los niños que llevábamos desde Caracas y que, conociéndote, sé que son los que más te importan.

Al llegar a la playa estuvimos durante tres días esperando al raso a que la corriente nos trajera todo el material. Allí tuvimos que enfrentarnos a ingentes nubes de mosquitos que nos torturaron sin tregua con sus picotazos. Gracias a Dios ninguno trajo la enfermedad en sus aguijones.

A los nueve días, todo el sufrimiento padecido fue recompensado cuando entramos en Cartagena de Indias porque, mi querida Isabel, el recibimiento fue el más entusiasta y jovial que he tenido en estas tierras. Todo ha sido tan fácil que desde nuestra llegada habremos vacunado a más de dos mil personas. Has sido buena maestra, ya que el enfermero Basilio Bolaños es el que acomete tus funciones llevando a la perfección las cuentas y registrando en su libro los nombres de los vacunados, su edad y procedencia.

Hoy ha llegado el momento de partir, y a sabiendas de todo el trabajo que nos queda, dividiré mi grupo en dos. Bolaños me acompañará en la travesía por el río Magdalena desde Cartagena de Indias a Santa Fe, la capital de Nueva Granada. Grajales y Lozano tendrán el mismo destino pero por diferente ruta. Así podremos abarcar más territorio y como un rastrillo sobre la tierra no dejaremos aldea o población sin obtener el beneficio de la vacuna.

He querido escribirte ahora que puedo, pero no sé cuánto tardaré en llegar a un lugar fiable donde poder enviarte otra carta. Como sé que probablemente ya estaréis en Nueva España, allí te la mandaré con el correo sin esperar respuesta alguna porque no sabría decirte adónde mandármela.

Te pido paciencia. Como te dije poco antes de nuestra despedida, no pongas plazo, olvídate de la medida del tiempo y mira al cielo las noches de luna llena recordándome, porque allá donde yo esté, sabré escuchar tu susurro.

Siempre tuyo,

JOSÉ SALVANY

Plegando la carta me la guardé junto al corazón y miré en lontananza: la *María Pita* ya había desaparecido en el horizonte. Por primera vez fui consciente de que quizá no hubiese marcha atrás.

A la mañana siguiente el doctor nos convocó para hacernos partícipes de sus planes al respecto de los trazos que había dibujado sobre un mapa. El terreno que debíamos cubrir era extenso y por eso a partir de allí tenía pensado bifurcar de nuevo la expedición.

Esta vez sería su sobrino, Paco Pastor Balmis, el que iría con cuatro niños a Campeche, Villahermosa, La Laguna de Términos y Chiapas. Una vez finalizada su labor allí, tendría que cruzar la frontera hacia Guatemala y buscar al doctor Esparragoza para enseñarle a vacunar y dejarle al último porteador. Él seguiría la labor por el resto del país para que Francisco pudiese reencontrarse con nosotros en la Ciudad de México.

Durante toda la reunión, Balmis ni siquiera me miró. Era como si me hubiese llamado sólo por deferencia. Me sentí como un mueble más de la estancia pero no quise intervenir para no emponzoñar más las cosas. Sólo me dirigió la palabra para ordenarme que sacase del arca común cincuenta pesos para los gastos que pudiese ocasionar la recolocación de los cuatro indios huérfanos de Mérida una vez vacunados.

Sin perder tiempo, Paco Pastor partió acompañado por otro antiguo conocido de Balmis, el doctor José Flores, que había venido a buscarnos desde Chiapas. Él precisamente fue quien unos meses atrás había escrito al Consejo de Indias demandándole una solución urgente dado que un brote de viruela los estaba amenazando en Oxaca. Flores, a pesar de haber sido uno de los posibles candidatos antes de que eligieran a Balmis, no demostró ningún recelo en unirse a nuestra expedición, la misma que un día bien pudo haber liderado.

Los demás nos dirigimos a Veracruz. Una vez más la vacuna se nos había adelantado en los cuerpos de dos marineros de la tripulación de un barco llamado *Señora de la O* procedente de La Habana. Según nos informó el capitán general de Yucatán don Benito Pérez y Valdelomas, la vacuna había llegado un 8 de abril y desde entonces sus protomédicos habían creado una red masiva de vacunaciones perfectamente estructurada. Pero... ¡quién dijo que sería fácil! Visto lo visto partiríamos al día siguiente.

Por aquel entonces nuestro director tenía unas ojeras tan pronunciadas, su color era tan cetrino y su antipatía estaba tan exacerbada que no me atreví a comunicarle que las esclavas que compramos en La Habana estaban en su punto álgido para transmitir su linfa y que, de nuevo, no había nadie para recibirla. Preferí intentar solucionarlo sin más ayuda y de la única manera que sabía.

Aproveché el momento en que el doctor se sintió levemente indispuesto para salir a hurtadillas. De camino al palacio del gobernador García Dávila y para recuperar la confianza en mí misma, alcé la vista al cielo. Allí, al socaire del ocaso, estaba la luna tímidamente dibujada en su plenitud y con ella el espíritu de José. Así, henchida de fuerza, no tardé más de media hora en explicarle nuestro problema y hallar la solución.

Al amanecer, formados frente a nuestra casa esperaban los diez soldados de los regimientos del gobernador que además de escoltarnos en el viaje nos servirían de transmisores. A cambio de este favor sólo tuve que entregar al gobernador a las esclavitas después de habernos dejado su linfa. Consciente de que aquélla era la única salida que encontraría para ellas, acepté bajo su promesa de que sólo las destinaría al trabajo de limpieza y cocina. Así al menos tendrían una vida más digna que los esclavos del campo.

No vi al jefe de la expedición hasta el despuntar del sol, cuando los carros ya esperaban cargados. Había estado tan ocupada que ni siquiera le había visitado una vez para ver si se había recuperado de la indisposición que padeció el día anterior. Nada más verlo aparecer tambaleándose e incapaz de montar a su caballo, supe que no pondría ningún reparo a los nuevos reclutas porque lo cierto era que, aunque no fuesen niños, se trataba de jóvenes sanos capaces de impedir que la cadena de vacunaciones se viese truncada.

Sumamente preocupada, ayudé al resto del equipo a tumbarle en la carreta del principio de la caravana y me senté a su lado. Nadie mejor que él diagnosticaría qué le estaba matando y yo necesitaba saber qué era para tratarle. Aproveché que entornó los párpados un segundo para preguntarle.

—¿Qué es, doctor?

No pudo evitar llevarse las manos al estómago con una mueca de dolor.

—Disentería.

Me preocupé aún más.

—¿Suspendemos el viaje?

Negó rotundamente con la cabeza. Alzando la mano hacia delante, di la orden que todos aguardaban. Las riendas golpearon los lomos de las bestias y nos pusimos en marcha.

Los tortuosos caminos y su creciente debilidad fueron minando a la vez su fortaleza y soberbia porque me pidió que no le dejase. El desecar de las constantes diarreas y ese tétrico sentir de una muerte demasiado cercana le debieron de abrir el apetito de la compañía que normalmente repudiaba.

Siempre que perdía el son de su respiración, me asía al rosario y le rogaba a Dios para que detuviese esa irremisible deshidratación; pero el calor resultaba asfixiante y la humedad de tal grado que sus poros apenas tenían un lugar seco donde escupir el escaso sudor que supuraban. Constantemente le refrescaba los labios con un paño empapado en agua.

Por fin amaneció el día en que conseguí que tragase dos sorbos sin expulsarlos; pasado un tiempo prudencial, tres; más tarde, cuatro, y así hasta que al beber consiguió abrir los ojos mientras simulaba sujetar el vaso posando sus manos sobre las mías. Dios me debió de escuchar en mis plegarias ya que muy cerca de Jalapa, Balmis empezó a tolerar el alimento sólido.

El día 8 de agosto y después de haber recorrido más de noventa y tres leguas llevando la salvación a muchas aldeas llegamos a Guadalupe. Para entonces, Balmis estaba totalmente restablecido.

—¿Os dais cuenta, Isabel, de que hoy hace un año que recibí mi nombramiento para llevar la vacuna a las colonias de ultramar? ¡Quién me iba a decir que hoy estaríamos aquí! Es como un sueño hecho realidad.

La enfermedad parecía haberle enternecido tanto el cuerpo como el alma. Porque cuando pudo incorporarse, por primera vez nos dio las gracias por cómo habíamos llevado la expedición ahora que tan sólo media jornada nos separaba de la Ciudad de México.

Para entonces, únicamente seguían con nosotros dos de los diez soldados del inicio; el resto, después de habernos servido, habían regresado por parejas a su regimiento en Veracruz. Aun así estábamos tranquilos porque México era una ciudad superpoblada donde encontraríamos sin problema el reemplazo de otros cuerpos vírgenes de viruela que necesitábamos.

Al entrar, la grandiosa ciudad nos recibió con una bofetada de desolación. ¿Dónde estaban todos los que se suponía que nos esperaban con los brazos abiertos? ¿Dónde aquellos que según nuestro jefe lidiarían por quedarse con los niños héroes que portábamos? Balmis intentó calmar mi decepción con escepticismo.

—No lo entiendo. La única explicación es que don José Joaquín Vicente de Iturrigaray y Aróstegui nos esperase más tarde. Tiene que haber una explicación razonable a todo esto y muy pronto os lo demostraré.

Deseé ardientemente que fuese así a pesar de que mi expresión reflejaba una lógica duda porque ¿cuántas veces habíamos llegado ya a lugares donde pese a saber de nosotros nos despreciaron ignorándonos? Balmis insistió.

—Doña Isabel, dejad a los demás al cuidado de los niños y acompañadme a su palacio para informarle.

A pesar de lo insólito de la petición obedecí, ya que tácitamente me estaba reconociendo como su mejor embajadora ante el virrey.

De camino hacia allí me tendió el brazo para que me asiera a él. Negarme hubiese resultado un ultraje que no me pude permitir por poco que me apeteciese. Así paseé por la ciudad mientras me iba haciendo de cicerone. Se mostró inusualmente dicharachero disfrutando con el recuerdo de cada calleja, monumento o casona y las mil y una anécdotas que guardaba de sus anteriores visitas. Muy pronto me contagió su euforia.

La primera parada fue frente a la fachada del hospital del Amor de Dios, donde no pudo disimular su añoranza.

—Aquí fui cirujano mayor durante casi una década. Traté sobre todo a enfermos de males venéreos y escrofulosos. Supe de los remedios que varios curanderos de las tribus indígenas habían utilizado con ellos y fue entonces cuando decidí aventurarme a visitarlos para aprender de sus remedios naturales.

Después de casi siete meses de cercana convivencia, por primera vez me hablaba de su vida sin tapujos. Le dejé continuar.

—Ellos fueron los que me dieron la idea de la utilización de algunas plantas para curarlos. Después escribí el tratado que ya conocéis.

Suspiró mientras cruzábamos la puerta principal.

—Sí, doña Isabel, precisamente aquí es donde yo descubrí lo que en realidad quería. Antes había pasado la mayor parte de mi juventud recorriendo el mundo en diversas expediciones militares que a pesar de su peligro no saciaron mi sed de nuevas experiencias.

Recordando la admiración con la que su sobrino Paco me había hablado de él de camino a Santiago en busca de niños, no pude evitar interrumpirle.

—¿Ni siquiera la que vivisteis con los piratas de Argel, en tiempos de Carlos III? ¿O qué me decís del intento de toma de Gibraltar?

Mirando al artesonado sonrió.

—Entonces era demasiado joven e ignorante como para saber elegir qué camino seguir. Como cualquier joven inquieto tenía que probar de todos los elixires antes de decidir por cuál inclinarme. Fue justo cuando fracasamos en el intento de recuperar el peñón de Gibraltar cuando supe que allí no estaba mi lugar. Los años trabajando en primera línea de fuego de los cañones del enemigo, amputando, cosiendo y procurando componer a hombres deshechos por las astillas en una bodega a medio inundar no me produjeron ninguna satisfacción.

—Siempre pensé que las situaciones límite son las más provechosas para practicar los conocimientos aprendidos en un manual.

Suspiró.

—Si para destacar en medicina hay que aprender a enfrentarse con la mirada a una decena de moribundos y elegir de entre todos a un par de ellos para salvar, sin duda aquélla fue una buena escuela. Pero quizá fue la impotencia de no haber ayudado a todos los demás lo que terminó de convencerme de que aquello no era lo mío. Mi verdadera vocación tenía que transcurrir por otros derroteros y ese camino no lo encontré hasta llegar aquí. Porque os puedo asegurar que estas tierras tienen cabida para todo al que en ellas se adentra. Te seducen irremisiblemente.

Me sorprendió la pasión con la que pronunció sus últimas palabras. ¿Era posible que Balmis se dejase seducir por algo?

Subíamos las escaleras de piedra cuando alcé la vista a la bóveda que las coronaba. Como muchos cortijos andaluces, estaba pintada de color albero. Al pisar el último peldaño, un grupo de enfermeras y médicos se abalanzaron a saludarle con gran algazara, y es que la noticia de nuestra llegada, al contrario que en el palacio del virrey, había corrido como la pólvora. Definitivamente empecé a mirarle con otros ojos.

No tardé en reparar en una mujer que, agazapada detrás de los antiguos compañeros de Balmis, lo miraba casi con veneración. Vestida al uso francés, escotada hasta el límite de la impudicia y tocada de un pequeño bonete cuajado de lo que en la distancia parecían mariposas posadas sobre plumas, se abanicaba nerviosa. En varias ocasiones se puso de puntillas para hacerse ver, pegó saltitos que agitaban todos y cada uno de los recargados aderezos que llevaba, pero aun así no consiguió captar la atención de Balmis, que seguía enzarzado en apretones de manos y abrazos.

Saludaba al último del comité de bienvenida cuando la dama en cuestión, incapaz de esperar un segundo más, se interpuso entre ambos. Nada más verla, el amigo del doctor dio un paso atrás.

Aquella mujer rezumaba coquetería por los cuatro costados. Con una delicadeza inusual, él le besó la mano previamente desenguantada. Al alzar la mirada ella pestañeó ladeando la cabeza. Hubiese jurado que la muda complicidad de aquel besamanos era el claro indicio de un inconcluso juego amoroso. La voz de la susodicha sonó sibilina.

—Doctor Balmis, espero que como antaño os sirváis a impartir uno de vuestros seminarios en mis salones. Normalmente comentamos los artículos que publica mi hermano en *El Diario de México*, pero a todas nos gustaría mucho que hoy nos hablaseis de esta expedición que os trae de regreso a Nueva España.

Nunca antes había escuchado a Balmis tan entregado.

—Iré esta misma tarde, siempre y cuando vos os encarguéis de convocar a las demás.

Acariciándole las borduras del cuello, la dama se lo agradeció con un beso en la mejilla. Entonces fue cuando tuve la certeza de que la confianza entre ellos debía de haber traspasado en mucho la frontera de la amistad.

Sin añadir nada más, guardó el abanico en una pequeña bolsa de raso que pendía de su muñeca y abrió su sombrilla sin percatarse del absurdo, ya que estábamos a cubierto. Ufana y satisfecha comenzó a tararear una melodía mientras daba vueltas a su mango de marfil. Al bajar las escaleras me pareció que forzaba claramente el bamboleo de sus caderas. Ya de espaldas se despidió.

—¡A las siete estaremos aguardándoos ansiosas!

Balmis me miró como recordando repentinamente que le acompañaba y sin habérselo pedido me dio una explicación.

—Sólo es una vieja amiga. Se llama Maruja Bustamante y es hermana del editor de una nueva publicación que compite con la tradicional gaceta de México. Se llama *El Diario de México* y trata en su revista literaria de asuntos de moda, teatro, familia, religión y educación. Temas que traen de cabeza a sus lectoras, sobre todo porque de vez en cuando también les brinda la oportunidad de publicar las cartas que mandan a su redacción. Eso, además de convertirlas en adeptas incondicionales del diario, supongo que las hace sentirse importantes. ¿Habéis oído hablar de las reuniones que las damas de París organizan una vez por semana para ampliar conocimientos sobre física, química o historia natural?

Pasmada aún por la reciente escena, negué.

—Pues Maruja sí, y al igual que las imita en sus vestimentas y abalorios también trata de saciar esa sed de cultura que muchas mujeres del viejo continente tienen por considerarse ilustradas. Supongo que es su forma de sentirse lo más cerca posible de todo lo que pueda sonar a evolución.

Me pareció vislumbrar un sonrojo en sus mejillas y no pude evitar bromear fingiendo quitarle una pelusa del uniforme, justo donde ella le había acariciado hacía un instante.

—Pues debéis de ser vos el último grito.

Carraspeó.

—Y vos la envidia de todas por tener el privilegio de disfrutar a diario de mi compañía.

Sin esperar réplica a la chulería, bajó las escaleras de dos en dos. Sonreí al comprender lo equivocada que había estado con respecto a su soledad. ¡Ésta al parecer no había sido tan perpetua! Pero si de camino hacia allí me contaba su vida pasada sin tapujos, ¿a qué venía ahora ese huir repentino? Quizás el interés de esa mujer por la ciencia y la filantropía de nuestra expedición no fuese más que una excusa para disfrazar otro tipo de interés mucho más íntimo y personal.

Casi corriendo le seguí calle arriba hacia nuestro albergue. No paró, ni me dirigió la palabra hasta que llegamos a la puerta donde repentinamente frenó el paso antes de continuar.

—Isabel, os espero a las seis para que me acompañéis a la conferencia. Así me ayudaréis a lidiar con todas esas damas.

Me hizo gracia que un hombre tan sobrado de arrojo temiese enfrentarse a semejante público. Lo comprendería unas horas más tarde, cuando llegado el momento le sujetaba la pizarra donde diligentemente ilustraba las inoculaciones con artísticos dibujos mientras las asistentes no cesaban de interrumpir murmurando entre sí.

A pesar de los esfuerzos del doctor y las ganas de aprender que Balmis me había asegurado que tenían, fueron muy pocas las que mantuvieron la atención hasta el final y apenas un par de ellas plantearon alguna pregunta coherente. Su inicial propósito se fue diluyendo como el azúcar en un tazón de inoportunas risitas. Y es que muchas estaban más al tanto de las miradas que nuestra anfitriona dedicaba a Balmis que a la charla de éste. Según avanzaban los minutos del seminario, más me convencía de que la mayoría de ellas estaba allí más por el afán veleidoso de ver y ser vistas que por la interesante expectativa de aumentar sus nimios conocimientos.

Durante la merienda posterior, una sobrina de José Iturrigaray y Aróstegui me dio el recado de parte del virrey de que nos presentásemos al día siguiente a su palacio. Al menos algo sacaríamos en limpio de semejante sacrificio.

Cuando por fin nos despedimos, me resultó extraño que Balmis rehusase el ofrecimiento de doña Maruja de quedarse como huésped en aquel palacio lleno de comodidades. Su argumento no fue otro que el de no poder aceptar porque se sentiría como un capitán abandonando a su nave y tripulación. A la salida me confesó que nunca más se prestaría a semejante pantomima.

—Hace años, cuando todos éramos más jóvenes, solía dejarme embaucar por la pompa, el boato y las bellas mujeres, pero hoy mis preferencias han cambiado. Actualmente disfruto más practicando mi oficio que perdiendo el tiempo en estos menesteres. En eso creo que nos parecemos, Isabel. Supongo que será el influjo de la madurez.

Pensé que aquel inesperado halago debía de tener una doble interpretación que no alcanzaba a descifrar, ya que ni yo pretendí nunca ser entretenida, ni todas aquellas mujeres debían de ser siempre tan fútiles como en aquella ocasión. Lo único que sucedía era que él, con su envarado porte, solía intimidar a primera vista. La prueba de aquello fue que algunas de ellas durante el ágape posterior a la exposición me confesaron no haberse atrevido a plantear sus dudas en público por timidez, terror a la mofa de las demás o miedo a demostrar abiertamente su ignorancia ante el doctor. Ya más relajadas entre dulces y refrigerios contesté a cada una de sus preguntas.

El caso fue que aunque Balmis rehusó impartir otra charla, no dejó de visitar a doña Maruja al menos una vez a la semana durante todo el tiempo que permanecimos en México, y es que aquella noble mujer debía de darle aquello que cualquier hombre solo añora sin pedirle nada a cambio. Entre nosotros jamás hablamos de aquello.

Al día siguiente conocí al máximo representante del rey en aquellas tierras. Balmis había coincidido con él en la toma de Gibraltar pero él no parecía recordarlo. El virrey debía de rondar los sesenta años. Tan orondo como mal encarado, fue incapaz de disimular el desagrado que le provocábamos y aun así prolongaba el tiempo de nuestra entrevista con nimiedades que difícilmente nos daban pie para atajar la cuestión principal.

Era como si esperásemos a algo o alguien. Pero ¿a quién? Nervioso, miraba sin cesar a la puerta mientras continuaba con su absurdo monólogo de arrastradas sílabas.

—¿Habéis leído *La Gaceta de México* esta mañana? ¿No? Qué pena, porque justo hoy se ha publicado la noticia de vuestra llegada. Lo he ordenado más que nada para que los médicos lo supiesen y vinieran a recibiros.

¡Como si no estuviesen todos ellos al tanto! Pensaba en eso cuando levantó la mano para pedir silencio en la sala. Oímos el traqueteo de las ruedas de varias calesas irrumpiendo en el patio.

—Deben de ser ellos. Esperémoslos antes de continuar y os los presento.

Balmis no pudo evitar interrumpirle.

—No es por defraudaros, pero cuando vuestro predecesor ocupaba esa silla, yo ejercí la medicina durante varios años en esta ciudad. Así que creo conocerlos a todos.

Su media sonrisa delataba que algo nos escondía.

—No a todos, doctor, no a todos. Ya suben, esperad.

En aquel momento lo tuve claro. Iturrigaray, como un general cobarde, sólo esperaba refuerzos.

Sólo eran seis. Florenciano Pérez y Comoto, José María Pérez, Antonio Serrano, José Ignacio García Jove y Miguel Monzón fueron mucho más respetuosos que Alejandro García de Arboleda, un personaje tan entumecido como desconfiado. Él precisamente era el médico personal del virrey, y como inseguro petulante, se agarraba a ese título para mostrar superioridad ante el resto de sus compañeros. ¡Pobre idiota! Bien hubiese hecho en demostrar un poquito de humildad ante Balmis porque si él estaba a las órdenes de Iturrigaray, nosotros lo estábamos a las de su inmediato superior, Su Majestad el rey Carlos IV.

Su principal paciente, ya respaldado, no tardó en poner sus cartas boca arriba.

—Os los presento para que os expliquen cómo han vacunado a casi toda la población y os demuestren que aquí no tenéis mucho más que hacer.

A Balmis no pareció impactarle en absoluto.

—Por muy extraño que os parezca, os digo que no sois el primero que nos pretende sorprender con esta noticia. Os agradezco que me presentéis a estos compañeros, pero yo no he venido sólo a vacunar. Tenemos que hablar de cómo me ayudaréis a costear el resto de la expedición y sobre todo, y por eso he traído a doña Isabel de Cendala, de adónde debemos llevar a los niños que trajimos de España. ¿Recordáis la orden del Consejo?

A partir de ese momento todo fueron evasivas. Cada minuto que transcurría constataba lo que ya había oído en el mercado sobre nuestro anfitrión. Corrupto como ninguno de sus congéneres, había llegado a México por la elección del Príncipe de la Paz sin importarle en absoluto su moral o cualidades.

José de Iturrigaray más que a gobernar se había dedicado a comerciar desde el mismo momento en que puso un pie en Nueva España. Las malas lenguas aseguraban que vino a tomar posesión de su cargo con cantidades ingentes de encajes y sedas que en menos de dos meses vendió de contrabando a las damas más caprichosas de Veracruz. Tenía prisa por hacerse rico y aquello sólo resultó ser el primer eslabón de una cadena de negocios tan beneficiosos para él como de dudosa legitimidad, ya que su incuestionable tráfico de influencias terminó por convertirle a él y a sus selectos amigos en los dueños de un monopolio donde nadie se atrevía a competir.

Pocos eran los dignos españoles o criollos que le admirasen, y menos los que osaban plantarle cara, porque por muy lejos que estuviesen de la patria madre sabían que Manuel de Godoy era el cerebro del rey y el corazón de la reina y de nada les serviría escribir al Consejo de Indias quejándose de su forma de actuar.

El virrey era un desecho de virtudes que se cobijaba en la amenaza para amasar fortuna, en su ambición para acrecentarla y en su tacañería ignominiosa para no gastar una moneda para bien de sus súbditos. Violaba a diario los juramentos que había hecho al rey al aceptar el cargo. ¿Cómo íbamos a lograr que sufragase nuestra expedición? De toda aquella absurda reunión, lo único que sacamos en claro fue que quería denostarnos como fuese y no perdería una oportunidad para conseguirlo.

Ante nuestra insistente demanda, se hizo el remolón sin asegurarnos ni siquiera una cifra determinada. Pero dejando a un lado los asuntos de peculio, ¿dónde dejaría yo a mis galleguitos? No tardaría en saberlo.

17

ADIÓS A MIS GALLEGOS

Es tan corto el amor, y es tan largo el olvido.

PABLO NERUDA

Al despedirnos desairadamente, el virrey pidió al arzobispo don Cosme de Mier y a Antonio Pérez Prieto, el decano regidor del ayuntamiento, que nos acompañasen junto a una escolta. Aquello nos resultó absurdo pero preferimos aceptarlo para no enfurecer más aún a Iturrigaray. Lo que nos habían ocultado de manera premeditada era que aquellos dos hombres tenían unas órdenes estrictas que cumplir de inmediato.

Apenas aparecimos, mis confiados ángeles salieron a nuestro encuentro para conocer a los recién llegados cuando el arzobispo hasta el momento afable se tornó el hombre más detestable de la tierra.

—¡Alguaciles, acompañad a estos niños a recoger sus pertenencias! ¡Nos los llevamos!

La desagradable sorpresa anuló por completo mi capacidad de reacción. Los galleguitos, al verme pasmada, corrieron hacia donde yo estaba para abrazarse a mis faldas. No supe hacer otra cosa que besarle el anillo y suplicar.

—Por favor, vuestra excelencia, dadnos tiempo.

Fue tajante.

—Tiempo para qué.

Aquel hombre no estaba dispuesto a perder un segundo en sentimentalismos.

—Para despedirnos.

Fui tan concisa en la contestación, como él en su réplica.

—Tenéis cinco minutos.

Tragando saliva, me agaché para ocupar el centro del corro que me habían formado.

—Id tranquilos con él. Obedeced sin rechistar y ya veréis como las cosas serán más fáciles. Aún no sé adónde os llevan pero en cuanto lo sepa iré a visitaros. Os lo prometo.

Uno a uno, al igual que a mi Benito cada noche, fui haciéndoles la señal de la cruz en la frente.

—Esto es un regalo que os hago para que Dios vele por vosotros ahora que yo no estaré.

En cuanto la voz se me quebró, supe que tendría que terminar si no quería contagiar mi congoja a los niños.

—Ahora corred a por vuestras cosas. Tú, Benito, quédate a mi lado.

Se mantuvo pegado a mí como un mono a la tripa de su madre y, al oír cómo hipaba, la tristeza en mi interior apretó su abrazo. Sacando de mi bolsillo la carta que me había llegado apenas unos días antes, se la enseñé al pequeño.

—Me gustaría habértelo dicho en otras condiciones más felices para celebrarlo, pero esta carta de La Coruña es precisamente el documento que nos une por siempre. Es una copia de tu partida de bautismo y aquí en el margen figuro como tu madre. Eso significa que ya nadie ni nada podrá separarnos.

Con ojos acuosos no supo si sonreír o llorar. Separándole el flequillo, le besé en la frente.

—Ahora ve y despide a tus hermanos gallegos, que a tu madre la tendrás siempre.

Fue entonces cuando contesté definitivamente a esa pregunta que con tanta insistencia me había hecho. Consciente de su suerte me devolvió el beso antes de salir corriendo.

Cinco minutos después, sus compañeros de vida, salvación y juegos partían cabizbajos tras el arzobispo. Mis ingenuos ángeles confiaban ciegamente en mis palabras, mientras que yo sentí traicionarlos. Sabía que desde ese preciso momento habían dejado de ser mi responsabilidad pero aun así no pensaba defraudarlos. Les daría un tiempo para aclimatarse a su nueva vida e iría a visitarlos. Si por casualidad descubriese que no estaban como debieran, lucharía con uñas y dientes para que recibiesen todo aquello que en España se les prometió antes de partir. Por su felicidad y por la tranquilidad de mi conciencia.

No habían girado aún en la primera esquina cuando Antonio Pérez Prieto nos apremió a los pocos que quedábamos para empacar y mudarnos a un pequeño palacete a pocas cuadras de la plaza de armas de la ciudad, propiedad del mismo virrey que no la utilizaba. Al comprobar mi abatimiento, el corregidor se excusó ofreciéndose para lo que necesitásemos. Le pedí que me informara en cuanto supiese de adónde llevarían a los gallegos.

Aquel atardecer por primera vez hice la cama de Benito junto a la mía sin el temor de que los demás se sintiesen celosos. Aquella noche, tras siete meses en duermevela cuidando de todos los demás, me sentí como una madre después de malparir, con el útero huero y el pecho a estallar de una leche que nadie solicitaría. Después de mil y una vueltas me levanté, fui al catre de Benito y me acosté junto a él para sentir el calor de todos los que se habían ido a un tiempo.

Aburrida por el poco trabajo que tenía desde la partida de los niños fui incapaz de esperar más de un par de días para ir a visitarlos. Según las pesquisas de Prieto, a los mayores los habían ingresado en el seminario de los bethlemitas para que una vez formados llevasen la palabra de Dios a los lugares más recónditos e inalcanzables de Nueva España. Poco importaba la vocación que tuviesen porque aquélla era la salida más segura para ellos. ¡Qué lejos estaba aquello de lo que yo había imaginado para mis galleguitos!

Mi desasosiego se calmó al comprobar que sus nuevos hermanos los trataban con una deferencia casi paternal. Además de alimentarlos y asignarles una celda, les estaban enseñando a leer y escribir correctamente. Lo único que les molestaba era lo estricto de la norma, pero ya se acostumbrarían.

Fue al tocar la segunda aldaba cuando supe que ninguno de los pequeños había sido adoptado por alguna familia. Ni siquiera destinado a una de acogida como las que visité en los alrededores de Santiago. ¿Tan difícil resultaba? ¿De verdad se habían esforzado?

Preferí acallar estas incómodas preguntas hasta haberlos visto, no fuesen los monjes a prohibírmelo de antemano.

Me guiaron al comedor para el encuentro. Dos mesas corridas con sus respectivos bancos lo cruzaban de lado a lado. Los niños comían en silencio mientras dos monjes guardianes paseaban vigilando que no quedase en los cuencos ni un grano de frijol. Al lado, cada uno de ellos tenía una pieza de fruta. Disimuladamente me acerqué anhelando que en el guiso además hubiese un poco de carne o pescado, pero nada. Aquello no era algo que les pudiese echar en cara, ya que como rectora del hospicio de La Coruña sabía que muchos días la divina providencia no llegaba a más de un mendrugo de pan duro y unas cuantas mondas de patata.

En aquella casa de misericordia las reglas debían de ser tan estrictas o más que en el seminario de los bethlemitas, porque al verme los dos más pequeños se vieron obligados a contener su alegre impulso en cuanto la fusta de uno de los guardianes golpeó la mesa. La huella sobre el polvo quedó marcada a una pulgada de donde se encontraban sus diminutos dedos y pensé que de haberles dado probablemente les hubiera partido algún huesecillo. Después de aquello, no se atrevieron a mirarme hasta terminar.

Observándolos desde la puerta, Benito me apretaba la mano con fuerza. Como yo, no comprendía el porqué de tanta disciplina sin haber cometido una falta. Tragado el último bocado, levantaron la mano a la espera de ser supervisados. Una vez obtenida la conformidad de los vigilantes, se allegaron a una pila llena de agua, lavaron sus respectivos cuencos, los colocaron en una alacena y salieron a recibirnos. Corrí a abrazarlos.

—¿Es esto lo que coméis a diario?

Pascual, que a pesar de haber cumplido ya los cuatro años seguía arraigado al privilegio que le otorgué al iniciar el viaje por ser el más pequeño, se sentó en mis rodillas.

—Gauracos, frijoles, habas y algunos días como hoy, frutos tropicales. —Con sus bracitos me rodeó el cuello para besarme—. Y nosotros, ¿cuándo tendremos una madre? ¿Cuándo saldremos de aquí? Nos dij...

Le interrumpí agachándome para alcanzar su mirada.

—Ya sabes que los padres adoptivos no crecen como las margaritas. Yo nunca os prometí que tendríais unos. Sólo os dije que intentaría buscároslos y os juro que lo haré.

—La primera para mí, ¿de acuerdo? —me susurró al oído.

Él sabía que las cosas no iban así. Por eso preferí encogerme de hombros sin contestarle. Al salir de allí de nuevo me asoló esa sensación de haberlos abandonado.

Después de aquello y con la excusa de vacunar a todos los niños huérfanos que pudiesen quedar sin inmunizar en el real hospicio de los pobres, los pude visitar a diario. Hasta que llegó el día en que el doctor Balmis fechó nuestra partida de México.

A una semana de la temida fecha, lo único que había conseguido para ellos era la promesa desganada del arzobispo don Cosme de Mier de que sacaría del real hospicio a los niños que demostrasen la suficiente capacidad de aprendizaje como para aprovechar las vacantes que quedaban en la escuela patriótica. Confié en que las pruebas no fuesen demasiado exigentes, repasé junto a ellos lo poco que les había logrado enseñar aprovechando las tediosas horas de travesía y me encargué de que ninguno se quedase sin examinar para al final esperar impaciente los resultados.

A las veinticuatro horas, el obispo llegó a verme con las calificaciones bajo el brazo. ¡Tan sólo seis de los catorce que tenían en el hospicio fueron calificados como aptos!

Despojándome de todo recato le supliqué sin descanso una segunda oportunidad para los suspensos. Apelé a su compasión relatándole una por una sus historias. Me escuchó atentamente, pero aquel hombre de Dios tenía el corazón demasiado curtido por las desgracias que le rodeaban y no se anduvo con tapujos ni delicadezas.

—En la virtud de pedir, doña Isabel, está la de no dar. En justicia no puedo otorgar una oportunidad a un niño que otro aprovecharía con más capacidad. Lo siento mucho, pero esos zoquetillos sólo me han demostrado con creces su estupidez. Tanto, que dudo hasta de su capacidad para aprender algún oficio. ¡Si algunos ni siquiera saben santiguarse correctamente!

Aquello era una infamia. Quizá no supiesen escribir pero la señal de la cruz era lo primero que trazaban sobre sus cuerpos al levantarse cada mañana y lo último antes de dormirse. ¿Cómo podrían haberlo olvidado tan de repente? Quise contestarle como se merecía, sin embargo me contuve porque sabía que, en cuanto desapareciese, ellos serían los únicos perjudicados por mis reproches. Después de haberlo intentado, mi conciencia se asió a la satisfacción de haber conseguido un futuro digno para al menos seis de ellos. Me hubiese gustado que todos tuviesen un hogar. De hecho había soñado con ello casi más que los propios interesados, pero no pudo ser. Sólo era otra de tantas ilusiones frustradas.

Solapé la dependencia que últimamente había mantenido con mis galleguitos con la plena dedicación a la búsqueda de alguien que viniese a vacunarse. Para ello me dirigí de nuevo a ver al decano corregidor del ayuntamiento. El día que me dio las direcciones de los niños, Antonio Pérez Prieto me dijo: «Si me necesitáis en otra ocasión, no dudéis en buscarme.» Le tomé la palabra y él, comprendiendo mi desesperanza, acabó obligando a punta de bayoneta a algunos indígenas a que me trajesen a sus hijos. Cuando me preocupé por las consecuencias que aquello le podría acarrear, se sinceró.

—No os preocupéis por mí, porque ese virrey ha conseguido crearse tantos enemigos que muy pronto habrá un alzamiento y yo pretendo ser uno de los que lo lideren, os lo aseguro. Si triunfamos le echaremos. Mientras, no tengo otra opción que seguir tragando con esta infame servidumbre.

Al día siguiente fue destituido por su manera de actuar. ¡Como si Iturrigaray fuese ejemplo de nada! Al saberlo, estuve tentada de aconsejarle prudencia, pero me contuve, pues lo último que convenía a nuestra misión era inmiscuirnos en ese tipo de problemas gubernativos. Lo cierto era que el éxito de un alzamiento en contra de aquel indeseable sería del todo imposible mientras siguiese siendo uno de los principales protegidos de Godoy. Por aquel entonces ni siquiera suponíamos que allá lejos, en España, se fraguaban cambios mucho más drásticos que los que aquel hombre pudiese imaginar.

Aguardaba pacientemente el tañer de las campanadas de la catedral para asistir a misa zurciendo unos raídos calcetines cuando llamaron con insistencia a la puerta. Junto a mí, y aburrido desde que sus amigos nos habían dejado, Benito pintaba un exvoto de la Virgen de Guadalupe para dar gracias a Dios por habernos unido. Era una imagen atiborrada de collares y coronas de flores que pensaba dejar en la primera iglesia que encontrásemos en La Puebla. Desganado por la interrupción, mi pequeño se limpió las manos de pintura para ir a abrir.

Los apresurados pasos de regreso me preocuparon. Tras él venía el rector del real hospicio. Parco en palabras, fue directo al grano.

—¡Habéis de venir inmediatamente porque vos sois los principales responsables de que desde el viernes hasta hoy haya perdido a cinco niños! ¡Cinco en menos de día y medio! ¿Se da cuenta de que eso rompe el promedio habitual?

No me lo podía creer. Incapaz de reaccionar continuó:

—¿Adivináis cuáles? ¡Son precisamente cinco de los inoculados! ¡Ya he informado al virrey y ha sido su excelencia el que me ha mandado a buscaros para ver si sois capaces de detener esta hecatombe!

Corriendo, fui a avisar a Balmis que, sin ponerse siquiera la casaca del uniforme, salió despavorido. Debía de haber un error. Tenía que existir una explicación lógica.

En la misma puerta topamos con la comisión de investigación que Iturrigaray nos mandaba. Eran los mismos protomédicos que conocimos el día de la visita a palacio y sólo les faltaba frotarse las manos de satisfacción por nuestro fracaso. En silencio nos acompañaron al orfanato.

La gran sorpresa fue descubrir que había muchas más estancias de las que yo había conocido en días anteriores. Supongo que me las habían ocultado de manera premeditada por su insalubridad. Precisamente allí era donde habían aislado a los enfermos.

Cuando cruzamos un barrizal y nos adentramos en aquellas cochiqueras, las sombras de varias cucarachas y ratones corrieron a esconderse. Un olor a moho y a paja fermentada atacó nuestras fosas nasales; poco a poco nuestra vista se acostumbró a la penumbra. Allí yacían solos cuatro cuerpecillos inmóviles sobre inmundos jergones. Apenas un sucio trapo a modo de sábana les cubría las vergüenzas porque como a los desahuciados, los habían desnudado. ¡Es que nadie les había explicado la importancia de la higiene! Me hallaba tan indignada que ni siquiera pensé en el peligro al contagio; le arranqué a nuestro guía el candil que llevaba y me acerqué corriendo a ellos.

El alivio que me produjo comprobar que ninguno de los míos estaba entre los enfermos me dio fuerzas para continuar al lado del doctor en su reconocimiento. Apenas diez minutos bastaron para cerciorarnos de que nosotros no éramos los responsables de semejante ignominia y otros seis para convencer con argumentos contundentes a toda la junta de valoración, puesto que las erupciones que sufrían nada tenían que ver con las conocidas pústulas de la vacuna y mucho con las erupciones de la tiña, la sarna y otras tantas enfermedades características en los niños mal cuidados. Definitivamente lo que mató a los pequeños de aquel orfanato no fue nada más que la debilidad para afrontar las múltiples infecciones que padecían.

Ante la evidencia, el desconfiado comité no pudo más que estar de acuerdo con el diagnóstico. Fue el médico personal del virrey, don Alejandro García de Arboleda, la voz que emitió el veredicto final mientras Balmis escribía en un papel el tratamiento que debía seguir cada uno de los enfermos.

—Ha sido una clase práctica excepcional, doctor Balmis, y creo que todos estamos de acuerdo con vuestro diagnóstico.

Los demás se limitaron a asentir. El silencio de Balmis dio pie a unas excusas que nunca pedimos.

—No me gustaría que nos malinterpretaseis considerándonos vuestros enemigos, porque os aseguro que os admiramos profundamente. Sólo es que...

Miró a un lado y al otro solicitando apoyo a sus compañeros pero sólo encontró silencio. Por fin expresó aquello que tanto le costaba.

—Habéis de entender que nos sentimos obligados a cumplir con las órdenes de don José de Iturrigaray sin rechistar y a veces incluso tenemos que forzar las cosas en el sentido que desea pero...

¿Era una amenaza lo que estaba a punto de pronunciar? Por primera vez desde que había comenzado a hablar, Balmis dejó de escribir para levantar la mirada.

—La verdad prevalecerá, siempre que informéis al Consejo de Indias de nuestra labor antes de vuestra llegada. Así al menos nuestros nombres quedarán inscritos por siempre en los anales de la historia.

¡La lista de los embelesados por la vanidad crecía! Balmis se quitó las gafas para desafiarle.

—¿Y si no lo hago?

Don Alejandro carraspeó dubitativo.

—No violaré el juramento hipocrático mintiendo sobre el estado de salud de estos niños, pero tampoco os ayudaré a convencer al virrey de la necesidad de que coopere económicamente con vuestra expedición.

Aquel ofrecimiento bien merecía sostener las bridas del orgullo. Solté la gasa con la que desinfectaba la herida de uno de los pequeños para mirar a mi jefe. Al verle con las mandíbulas apretadas, corrí a susurrarle al oído.

—Doctor, pensadlo. Aún no hemos nombrado a los directores de las diferentes filiales de vacunación que fundaremos en Nueva España y precisamente necesitamos seis. ¡Hay una por cabeza! Si aceptan esos puestos sus nombres aparecerán en nuestros escritos, nos evitarán mucho trabajo y además sonsacarán a ese miserable para que nos pague los gastos.

Incapaz de bajarse las calzas ante el agresor, sin mirarlos siquiera, asintió, cogió la pluma y el tintero y se marchó a otro lugar a continuar con sus recetas. Ya de espaldas, se despidió.

—Doña Isabel de Cendala es de mi total confianza. Ella os explicará.

Como delegada principal del director, allí quedé frente a frente con los protomédicos. A partir de ese preciso momento y por la potestad recibida del rey de España, ellos serían los encargados de que la junta central de vacunación quedase perfectamente constituida y de que todas las provinciales en puertos, locales y regiones según su ubicación la secundasen. Así sus firmas quedarían para siempre plasmadas en los registros de vacunados.

No pude evitar que don Alejandro García de Arboleda, como el preferido del virrey, se erigiese director de la casa central. No me parecía el más idóneo para ello pero tampoco iba a discutir dado que los demás tampoco lo hicieron.

A la mañana siguiente, Paco se reunió con nosotros con la alegría de un más que satisfactorio viaje a Guatemala al haber vacunado a muchos más en las aldeas de aquel pequeño país que nosotros en la capital de Nueva España. Los dos niños indígenas que nos facilitó Prieto ya eran portadores de la linfa de la viruela y abajo todo el equipo quirúrgico esperaba empacado a ser cargado en las carretas para partir hacia las muchas ciudades y poblados que nos quedaban por visitar. Ya nada más nos retenía en México.

18

LA PUEBLA, UN LUGAR DONDE ENRAIZAR

20 de septiembre de 1804

> *Un pueblo, por ti inmenso, en dulces himnos,*
> *con fervoroso celo*
> *levantará tu nombre al alto cielo.*
>
> Manuel José Quintana,
> *A la expedición española*
> *para propagar la vacuna*
> *en América bajo la dirección*
> *de don Francisco Balmis*

Nada más ver las cúpulas de la catedral, sus campanas comenzaron a tañer. Tan desacostumbrados como estábamos a grandes recibimientos, nos preguntamos qué celebrarían. ¡Qué algazara cuando a las puertas encontramos a las máximas autoridades de la ciudad! En el preciso momento en el que el gobernador intendente Manuel Flon nos tendió la mano, la banda empezó a tocar. Flon era un militar pamplonico de unos sesenta años que llevaba más de quince en La Puebla.

Cotejados por la música y los vítores nos dirigimos a la catedral. El obispo González del Campillo nos dedicó una misa de bienvenida y no cupo un elogio más en su sermón hacia Su Majestad el rey Carlos IV por habernos enviado cargados de salvación. Al finalizar, un coro de angelicales voces cantaron un tedeum que resonó en las bóvedas donde el escudo del cardenal Palafox había quedado esculpido para orgullo de todos los que quisiesen recordar su paso por esa ciudad. Y es que, para bien de esas tierras, no todos los virreyes de Nueva España habían sido tan corruptos como el que ahora tenían.

Pensé humildemente en que nosotros tampoco éramos tan especiales, porque miles de hombres y mujeres nos habían precedido en el tiempo. Todos habían viajado desde la lejana España, cada uno con una misión más o menos importante, y la gran mayoría de ellos vieron cumplidos sus proyectos.

Cuando terminó la ceremonia, apenas tuvimos que callejear porque el alojamiento que nos habían dispuesto estaba al lado del mismísimo palacio episcopal. Una vez descargadas las carretas, desempaquetados los fardos y colocado todo el instrumental sobre las mesas, decidí dar un paseo por aquella acogedora ciudad de la mano de Benito. Por mucho que me esforzara, mi pequeño seguía sin acostumbrarse a la espaciosa soledad que habían dejado sus compañeros.

La primera parada la hicimos frente a la impresionante fachada de la casa del alfeñique; la llamaban así porque sus molduras parecían de merengue. Después nos dirigimos al torno de las monjas del convento de Santa Clara para comprar una torta de las que ellas hacían. Como si del mejor manjar se tratase, Benito se lo iba zampando entre patada y patada a una piedra, cuando ésta decidió colarse bajo una verja. En vez de buscar otra detuvo el paso y me tiró del mandil. Extasiado señalaba algo que en un primer momento no llegué a comprender, ya que tras la cancela no había otra cosa que un pequeño jardín. Su maleza descuidada devoraba una casucha tan destartalada como dejada de la mano de Dios.

Fijándome un poco más, supe inmediatamente lo que sus oscuros ojos me decían. ¡La puerta de entrada! ¡Era exactamente igual que la de nuestro hospicio en La Coruña! Enmarcada por otros aires, costumbres y lugares parecía esperar pacientemente a que alguien la cruzase. El color de la madera de sus cuarterones, los clavos que la decoraban, su tamaño. ¡Si incluso la aldaba era una réplica perfecta de la nuestra! De no ser por aquella extraña casualidad, nos hubiese pasado del todo desapercibida.

En ese instante de silencio recordamos cuanto al otro lado del mundo habíamos dejado y por primera vez sentí el cansancio de nuestro constante ajetreo. ¿Era añoranza? ¿Realmente quería regresar? Pensaba en ello cuando me pareció oír una llamada en mi interior. ¡Aquí! ¡Éste es vuestro lugar!

Aquélla podría ser otra de las extrañas coincidencias que como tantas otras cosas nos recordaban a nuestra tierra, pero era una puerta. El acceso a un albergue feliz para la familia que estaba creando. Aquella seductora casa colonial bien podría ser el puente que deberíamos cruzar hacia la realidad de nuestros sueños. El lugar donde enraizaríamos a la espera de que Salvany regresase algún día. Me agaché para ponerme a la altura del pequeño.

—¿Te gusta?
Sólo asintió.

—A mí también.

Nos alejamos en silencio. Me hubiese gustado prometerle que regresaríamos cuando todo terminase. Que viviríamos en ella y que allí cerca iría al colegio. Sin embargo me contuve. Antes tendría que averiguar si podríamos alquilársela a su legítimo dueño. No era mucho lo que le podría pagar, pero a cambio la reformaría. Demasiados castillos en el aire como para ilusionar a Benito.

Al regresar nos encontramos a Balmis tomando un refrigerio con el obispo González del Campillo. Su excelencia susurraba algo al doctor. Éste alzó la voz:

—¿De verdad me lo decís? —El obispo asintió con una sonrisa pícara y el doctor no ocultó su entusiasmo—. ¿Os dais cuenta de que si eso es cierto, el valle de Atlixco será el primer lugar donde encontramos el Cowpox de las Indias? ¡Será la primera fuente natural de la que surtirnos sin tener que recurrir a la transmisión cuerpo a cuerpo!

Como él, no pude contener la alegría. ¡Ya no tendríamos que suplicar, convencer o comprar a más niños, esclavos o soldados vírgenes de viruela!

Sin perder tiempo, el doctor Balmis salió junto a Mariano Joaquín Azures, el hombre que decía haberlo encontrado, a comprobar la veracidad de ello. A los tres días el doctor regresó con dos ejemplares del rebaño y la gran noticia. ¡Era cierto! ¡La viruela vacuna existía naturalmente! Ya sólo habría que tomarla de los animales enfermos.

El tiempo corrió desbocado. No habíamos cumplido un mes en La Puebla cuando las colas de gentes que usualmente venían a vacunarse empezaron a menguar, y es que ya superábamos los diez mil inoculados. Los protomédicos que habíamos adiestrado en este afán terminarían con la faena.

Aquella vez me fue difícil partir sin mirar atrás. Benito traía metido en su bolsa un arrugado dibujo a carboncillo de lo que convino llamar «el reflejo de un hogar». Dios sabe que si yo hubiese pensado en ello como un imposible se lo hubiese arrebatado para no alimentar falsas esperanzas, pero no era así porque en secreto ya había empezado con los trámites para convertir nuestra ilusión en realidad. Las primeras pesquisas en busca del dueño de esa casucha me llevaron nada menos que a nuestro amigo el obispo, ya que la casa pertenecía a la Iglesia, y éste al saber de mi interés insistió en guardármela hasta mi regreso.

—Por el precio del alquiler ni os preocupéis. Será un honor para La Puebla contar con una feligresa como vos. Si regresáis os prometo además una plaza en el colegio de San Pantaleón para Benito.

No pude negarme a su ofrecimiento.

Antes de poner camino a Acapulco, decidimos visitar otras zonas del norte. De nuevo bifurcábamos la expedición. Gutiérrez cubriría un tramo hasta San Luis de Potosí y nosotros el otro.

En Querétaro, Guanajuato, León e Irapuato únicamente encontramos un puñado de niños huérfanos que podríamos llevar sin problema en nuestra travesía a Asia. En Aguascalientes, Zacatecas, Fresnillo, Sombrerete y Durango tan sólo media docena más. Al menos fueron suficientes como para no vernos obligados a acampar con urgencia debido a la reincidencia de las fiebres del doctor Balmis.

Como en la ocasión anterior, no me separé de él ni un segundo. Le velé noche y día hasta que en su delirio y asido a mi mano con fuerza, dijo tres veces «te quiero».

Estaba segura de que aquellas palabras no iban dirigidas a mí, pero mis pensamientos no dejaban de darle vueltas y más vueltas. ¿Quién podría ser la destinataria del amor de aquel solitario hombre? Quizá la mujer de México, quizá cualquier otra que esperaba impaciente su regreso en España. Fuera quien fuese, sabía que nunca lo descubriría porque a pesar de que Balmis había cambiado mucho desde que llegamos a Nueva España, en ocasiones seguía siendo tremendamente introvertido y sus inusuales confidencias jamás mencionaron a una mujer.

Hasta que no llegamos a Durango, no se encontró lo bastante recuperado como para celebrar el descubrimiento de otro rebaño de vacas enfermas de Cowpox con linfa suficiente para vacunar a todos los hombres de las poblaciones circundantes. Fue precisamente un minero el que me facilitó la información, y es que allí era rara la familia que no se ganase la vida picando la piedra. Aquéllas no fueron las únicas fuentes que descubrimos, porque al reunirnos de nuevo con Gutiérrez supimos que al mando de la otra parte de la expedición también había dado con el preciado líquido animal en Valladolid.

Aquellas navidades nos sorprendieron entre los valles y las montañas de Querétaro. Habíamos parado allí para recoger a los niños que ya habíamos apalabrado previo pago de cien pesos locales y la promesa solemne de devolverlos cruzando desde Filipinas de vuelta por el Pacífico una vez nos hubiesen servido a la causa. Pero aun así nos faltaban más para completar holgadamente la cadena en la siguiente travesía, y al no habernos mandado el virrey aún un solo peso, nuestras arcas estaban agotadas. Si quería completar la lista tendría que recurrir al ingenio, pero cómo.

Aquel 24 de diciembre, día del nacimiento del Señor, como era costumbre terminada la misa del gallo sacaríamos a la Virgen con el Niño en procesión por todo el pueblo. Todos querían que los niños de nuestra expedición la escoltasen, y no pude negarme a ello. Sólo eran once pero me propuse que lucieran como cien.

Para ello, lo primero que hice fue lidiar con los recién llegados para que se dejasen lavar, despiojar, peinar y vestir con los uniformes que Su Alteza la reina de España nos había regalado por la fidelidad y el sacrificio demostrado. Quisieron saber qué era lo que ponía en el bordado de su pechera y se lo leí a cambio de que se dejasen calzar.

—«Dedicado a María Luisa, reina de España y las Indias.»

No lo entendieron muy bien pero les gustó porque sonaba a grandeza y como príncipes que eran debían llevar zapatos. Les gustó tanto el brillo del charol negro y la hebilla que los decoraba que no me costó convencerlos de que se calzasen por primera vez en sus vidas.

Cuando el sacerdote de San Felipe Neri los vio aparecer, quiso ponerlos al frente de la procesión. Al redoble de los primeros tambores los costaleros levantaron el paso, Benito alzó la Santa Cruz y el resto de mis pequeños encendieron los grandes cirios que entre sus manos sostenían. Desfilaban al paso de Benito y resplandecían como los soldados de salvación que iban a ser.

Fueron el punto de mira de todos, la envidia de los más y sobre todo la solución a mi principal problema, ya que a la mañana siguiente la Virgen nos lo agradeció proporcionándonos lo que más necesitábamos.

Una docena de matrimonios ambicionando esos mismos atavíos para sus hijos no dudaron en presentarse a nosotros. De repente, todos habían olvidado ese temor a que sus hijos cruzasen el océano Pacífico y lo único que les interesaba era que los uniformásemos lo antes posible para que sus vecinos los vieran antes de despedirse de ellos. Pensaban que sería muy fácil, pero sólo tres de ellos resultaron cumplir con los requisitos debidos y el resto tuvieron que marcharse decepcionados.

A punto de partir hacia Acapulco, sólo una intención cruzó por mi mente: una vez en puerto, terminar con los preparativos lo antes posible para zarpar sin más demora. Pero necesitábamos desesperadamente la ayuda de Iturrigaray y éste aún no nos la había brindado.

Un correo acudió a nuestro encuentro y otra carta de Salvany vino a endulzar el amargor que tenía. Fue el mejor y más inesperado regalo de comienzo de año. Hacía más de seis meses que no sabía nada de él. Pero ¿qué eran seis meses? Nada. Él me había pedido que no contase los días, meses o años, y yo, como una amante fiel y paciente, procuraba cumplir sus deseos por mucho que me costase. Con tembloroso pulso, rompí el lacre y comencé a leer. No había fecha en ella. Para qué, si el tiempo a nosotros no nos importaba ni tenía la misma medida que para el resto de la humanidad.

    Mi queridísima Isabel:
    Te dejé en Cartagena de Indias y te recupero ahora. Sólo en la palabra escrita, porque en la pronunciada cada noche de luna llena la paso susurrándote con la mirada clavada en ella. Al principio lo hacía con los dos ojos pero siento informarte de que hoy solamente puedo con el derecho ya que la enfermedad me arrancó de cuajo la visión del izquierdo en la Villa de

Honda. La enfermedad llamó a la muerte, que no cesó de acecharme durante una semana, pero el recuerdo de tu sombra velando día y noche a los pies de mi algarilla consiguió ahuyentarla.

¿Recuerdas a nuestros pequeños gallegos construyendo con la imaginación el carro en el cielo? ¿Han conseguido ya localizar la Osa Mayor? ¿Y calcular las cinco veces su lado más ancho para llegar a la Polar? ¡Qué pregunta! Si conociéndolos ya habrá algún astrónomo en el grupo. Son tiempos felices que siempre acuden a mi mente. Dales recuerdos a todos de mi parte.

Un viso de lágrimas me nubló momentáneamente la vista impidiéndome continuar. ¿Cómo iba a decirle que ya no los tenía conmigo, que apenas sabía de ellos y que Balmis me había aconsejado olvidarlos para volcarme en sus sucesores? ¡Que los echaba de menos casi tanto como a él! Suspiré antes de continuar la carta.

Hoy te escribo desde Santa Fe, totalmente recuperado y con la satisfacción de haber reunido de nuevo a toda mi expedición. ¡Ya son más de cincuenta y seis mil los nombres apuntados en nuestro libro de vacunas! En todos lados nos reciben con cariño, festejos y corridas de toros.

Isabel, me gustaría decirte que muy pronto nos reuniremos, mas aún no puedo darte una fecha porque las noticias de nuestra llegada en este virreinato de Nueva Granada corren como la pólvora y ahora me llaman desde Quito para que acuda lo antes posible. Eso aún nos alejará más al uno del otro, pero tenemos que guardar la esperanza de que nuestra misión no sea eterna. Su fin llegará el día que consigamos salvaguardar a todos de la mortal viruela y, cuando eso ocurra, yo te iré a buscar allí donde estés.

Para llegar a Quito tendremos que atravesar las altas y frías montañas andinas. Dicen que son muy pocos los que lo logran sin lamentar bajas, pero eso ya sabes que no es algo que nos asuste. ¿Cómo temerlas después de haber recorrido medio mundo hasta aquí? Al otro lado, de nuevo dividiré la expedición con la sana intención de reunirnos de nuevo en Lima. Esta vez será Lozano el que me acompañe, mientras Grajales y Bolaños seguirán la otra ruta hacia Panamá.

Ya he contratado a dos de los mejores guías. De que Dios nos acompañe se encargará fray Lorenzo Justiniano de los Desamparados. Te gustaría conocerlo, porque es él precisamente el que se ha comprometido a cumplir con las labores que tú hubieses hecho de estar aquí. Y el caso es que cuida de los niños casi con la misma devoción que tú.

Al haber cruzado la cordillera varias veces nos tiene a todos obnubilados con sus historias. Dice que hay senderos tan estrechos y escarpados que los caballos y mulos suelen despeñarse y sólo podremos atravesarlos a lomos de nuestros fuertes porteadores. ¿Te imaginas? ¿Cómo nos sentiremos amarrados a unas ligeras sillas de mimbre que se atan a su espalda cual mochila? ¡Qué vértigo! Según él, esos hombres son los únicos capaces de soslayar sin tropezar cualquier escollo en el camino, y le creo.

No sé dónde estaréis ahora. Ni siquiera si recibirás esta carta, pero sueño a diario con que la has recibido y eso me da fuerzas para continuar.

Sigue a mi lado cada noche de luna llena, Isabel, y

reza para que Dios nos brinde la oportunidad de volver a vernos alguna vez.
Siempre tuyo,
JOSÉ SALVANY

Me alegró saber adónde se dirigía porque así podría remitirle mi contestación al hospital de Quito animándole a mantener nuestra correspondencia. Las siguientes cartas me las podría mandar al obispado de La Puebla porque allí era donde le esperaría cuando todo terminase.

Como la vez anterior, junto a mi carta había llegado otra. Era para Balmis. Éste, al ver cómo guardaba la mía, no hizo ni el más leve comentario. Tampoco me preguntó qué era lo que sabía del que durante tanto tiempo había sido su segundo. Se limitó a encerrarse en sí mismo, para apenas dirigirme la palabra durante dos días enteros. Balmis tampoco me hizo partícipe de lo que José le contaba, pero sabía que fuera lo que fuese, sólo haría referencia a los fríos aspectos profesionales. Probablemente, ni siquiera le hubiese hablado de su mermado estado de salud, de su ceguera o de sus fiebres.

En Acapulco nos esperaba un mensajero del virrey que a falta de una carta de su puño y letra nos recitó de memoria con voz chillona y desagradable la contestación de Iturrigaray a nuestras súplicas. Sin duda no quería que quedase constancia escrita de ello, no fuésemos a replicarle. Esta vez tenía una buena excusa para ampararse en un monólogo de recochineo.

—Ante vuestra insistencia, doctor Balmis, sólo os diré que llevo meses intentando daros lo que solicitáis. De hecho hace una semana que ya lo tenía presupuestado pero siento deciros que ha ocurrido algo que da al traste con todo porque el Consejo de Indias me ordena dar preferencia para embarcar a un contingente de soldados que tiene que partir hacia Filipinas.

»Eso, sin tener en cuenta a todos los dominicos, carmelitas y agustinos que desde hace meses esperan en los muelles de Acapulco la ocasión para poner rumbo a sus misiones en Manila. Pero, como habréis oído, son muy pocos los barcos que aceptan pasajeros hacia Oriente.

Hizo una pausa el infeliz antes de seguir declamando.

—Por eso y por la dificultad que entraña, os aconsejo que seáis vos quien directamente gestione el flete, y cuando lo consigáis hacédmelo saber para procuraros todo lo que necesitéis, siempre y cuando antes me demostréis que este viaje no será del todo inútil al haber llegado la dichosa vacuna antes que vos.

El mensajero sonrió satisfecho de no haberse trabucado.

—Eso es todo. ¿Tenéis respuesta, señor?

¡Encima con condiciones! Balmis, dando un taconazo, le contestó:

—Que la vacuna es necesaria por el mero hecho de estar ordenada por el rey de España y que por el flete no se preocupe porque en una semana lo tendremos todo dispuesto.

Como un loro alzando la vista repitió sus palabras, montó en su caballo y desapareció susurrando una y otra vez el mensaje.

Nada más despedirle y dado que nadie nos esperaba, buscamos una posada barata donde aposentarnos. Después nos dividiríamos el trabajo. Balmis saldría a tantear a unos y a otros hasta dar con un capitán dispuesto a llevarnos a Manila a un buen precio, mientras los demás buscaríamos a alguien que certificase lo que el virrey quería.

El doctor fue el primero en conseguir su propósito. El carguero *San Francisco de Magallanes* zarparía en quince días con parte del contingente militar del que nos había hablado el virrey, parte de los misioneros y nosotros. Nada más saberlo me acerqué a verlo.

¡Qué ruina comparado con el *María Pita*! Aquel barco no sólo carecía de todo tipo de comodidades, además tendríamos que compartir con el resto de los pasajeros dos sollados inmundos. Si había sido difícil la travesía desde España con tres grupos tan dispares como el de la tripulación, los médicos y enfermeros y los niños, ahora se le añadía la obligación de convivir con soldados y miembros de la Iglesia. Demasiado diferentes todos, pero dado que no había mucho más donde elegir, habríamos de conformarnos.

Ya sólo nos faltaba encontrar a alguien que acabase de llegar de Filipinas dispuesto a testificar a nuestro favor para que el virrey lo costease. Aquella noche, después de acostar a los pequeños bajé a la botillería a tomarme un buen tazón de chocolate. Podía permitírmelo ya que la moral de la viuda que la regentaba se hacía evidente en la placa que había colgado en su puerta. «Bienvenida toda alma que se pretenda emborrachar siempre que no pretenda holgar o pelear.» Una curiosa prohibición dada la dificultad que muchos hombres tienen de contener sus impulsos cuando están ebrios. Esa noche, la casualidad quiso sentar en la mesa de al lado al capitán de *La Concepción*, el último barco que había fondeado en la bahía de Acapulco.

Bastante alegre y dicharachero, comenzó a contar a sus compañeros lo peligrosa que era la travesía hacia Asia y cómo habían tenido que esquivar a los piratas que infestaban la ruta. No importaba que fueran holandeses, chinos, portugueses o ingleses porque todos eran igual de sanguinarios a la hora de hacerse con la carga. Pero todo compensaba cuando al fin podían llegar a disfrutar de las maravillas de aquel continente, de sus frutos, de sus riquezas y sobre todo de la belleza exótica de sus mujeres.

Apenas descansaba su verborrea para coger aire y dar un sorbo a su jarro. Hablaba como si llevara siglos sin comunicarse con nadie y muchos de los de esa mesa, cansados de su monólogo ebrio, comenzaron a levantarse. Los imité convencida de que ya nada nuevo captaría mi atención cuando dijo algo que me detuvo de inmediato.

—Sí, señores, y es que a todos los peligros del lejano Oriente ahora se les suma el de una epidemia de viruela que los asola sin piedad. ¡Figuraos si la temo, que en mi último viaje preferí perder los cuartos evitando algunos de los principales puertos de Filipinas antes de ver a todos mis hombres presos de la muerte!

Sin temer ser malinterpretada en aquel tugurio, me acerqué a él.

—¿Estaríais dispuesto a firmarme una carta donde expliquéis lo que me acabáis de contar?

Con un ojo a medio cerrar y la lengua pegada al paladar me agarró de la cintura sonriendo.

—Si tú la escribes, preciosa, yo hago todo lo que me pidas.

Zafándome de su manaza corrí escaleras arriba al cuarto. Saqué pluma y tintero y escribí precipitadamente unas líneas.

Yo, Pedro Gómez, capitán del barco *La Concepción*, atestiguo y afirmo que en mi último viaje a Filipinas he sabido de una feroz epidemia de viruela que los está matando a miles, sin saber nadie cómo detener el contagio.

23 de enero de 1805, en el puerto de Acapulco

Eché polvos secantes, soplé sobre la carta y volé escaleras abajo temiendo que se hubiese ido o perdido totalmente el conocimiento. Allí inclinado sobre la mesa acariciaba el jarro a punto de dormirse. Tenía que espabilarle como fuese y, dada la premura, no se me ocurrió mejor método que besarle en la mejilla por mucha repugnancia que me causase. Con un solo ojo abierto se enderezó para agarrarse directamente a mis nalgas. En ese momento debí de parecer una cualquiera, aunque el fin justificaba los medios. Mirando a un lado y al otro temí que alguien de la expedición me viese en esa lamentable situación, pero estábamos solos. Le quité la mano derecha de mis posaderas para poner en ella la pluma ya mojada en tinta.

—Antes debéis firmar este documento.

A regañadientes firmó para a continuación saltar sobre mí dispuesto a liberar toda la lascivia acumulada durante la larga travesía. Al esquivarle resbaló bajó la mesa para no levantarse más. Subía precipitadamente las escaleras hacia nuestra habitación cuando sus ronquidos comenzaron a sonar.

A la mañana siguiente, cuando entregué a Balmis aquella escueta carta se empeñó en buscar al capitán para darle las gracias. Lo evité asegurándole que ya había partido con la esperanza de que no buscase su barco en la bahía o me cruzase con él de nuevo. Lo hice, pero el capitán de *La Concepción* ni siquiera me reconoció y su barco pasó desapercibido.

Una semana después el virrey, incapaz de poner otra excusa más, nos mandó por fin un arca con dinero para sufragar los gastos y una carta. Tacaño hasta el final, sólo nos costeaba el barco de ida porque según su criterio al igual que dejamos a los gallegos en México, tendríamos que dejar a los veintiséis mexicanos que llevábamos allá donde fuésemos y el gobernador de allí costearnos el regreso a España por el otro lado del mundo.

Al saberlo, me eché las manos a la cabeza. Eso, además de traicionar el juramento que había hecho a sus padres de devolverlos lo antes posible, truncaba mi plan de regresar a La Puebla con Benito.

Balmis, consciente de mi preocupación, esperó a que todo estuviese en calma para venir a apaciguarme. Apoyada en la tapa de la regala me despedía de México sin saber si nunca más tendría la posibilidad de regresar.

—En peores nos hemos visto, Isabel. Ya veré cómo lo hacemos pero os juro que no tendréis que faltar a vuestra palabra porque regresaréis con todos los niños. Si no encuentro quién lo financié, yo mismo lo pagaré.

Un incontrolado sentimiento de gratitud me impulsó a abrazarlo. Cuando quise rectificar guardando la distancia debida, noté cómo era él quien me atraía hacia sí. Sin mediar palabra me alejé avergonzada mientras Acapulco desaparecía en el horizonte.

19

LA RUTA DEL GALEÓN *MANILA*

15 de abril de 1805

> *Navega, velero mío,*
> *sin temor,*
> *que ni enemigo navío*
> *ni tormenta, ni bonanza*
> *tu rumbo a torcer alcanza,*
> *ni a sujetar tu valor.*
>
> José de Espronceda,
> *Canción del pirata*

No hubo un día durante el mes y pico que duró nuestra travesía hasta Manila en que el capitán de *El Magallanes,* Juan Vernaci, no discutiese con Balmis. Y es que el haber estado a las órdenes del Alejandro Malaspina a bordo de *La Descubierta* parecía darle derecho a todo. ¡Como si nosotros fuésemos unos aprendices en esas lides! ¡Cómo eché de menos a Pedro del Barco a pesar de sus debilidades!

En aquel barco había demasiada mezcla de gentes como para imponer el orden. Si a eso le sumábamos que prácticamente vivíamos hacinados en los sollados, la convivencia se hacía insoportable.

En el nuestro lo peor solía llegar al anochecer, cuando intentaba que los niños se durmiesen. En cuanto lo conseguía, los cuatro soldados que allí estaban alojados los despertaban empeñados en matar el tiempo jugando a los naipes, bebiendo y en muchas ocasiones peleándose hasta la hora de los maitines en que el murmullo de los rezos de los misioneros frente a un altar portátil que montaban solía devolver la paz al sollado.

Al descubrir que muchos de los mexicanitos mataban las horas de insomnio jugando de dos en dos en los coys, los regañé por contravenir mis órdenes y porque, a pesar del reducido espacio, al fin había conseguido que todos tuviesen un lugar asignado que no debían despreciar. Desistí de mi intento al comprender que los de los jergones odiaban dormir en el suelo porque, apenas quedaban inmóviles, decenas de ratones salían de sus escondrijos para mordisquearles los pellejos de los pies.

Pensé que teniendo bien vigilados a los dos inoculados para que no contagiasen incontroladamente a los demás, no habría problema. Pero llegó el día en que caí rendida por el cansancio y los enfermos invadieron el espacio de los sanos. Mi temor se hizo realidad cuando a los cinco días de aquello teníamos a siete niños vacunados en vez de a los dos que habíamos previsto. Eso adelantaba irremisiblemente el tiempo calculado para llegar a Manila con la vacuna en alguno de sus cuerpos. Lo conseguimos inoculando a partir de entonces a uno solamente, temerosos del riesgo que aquello significaba y dejándonos llevar por los propicios vientos. Así, el día que divisamos tierra aún teníamos a uno con los granos a punto para transmitir la salvación.

Aquel 15 de abril desembarcamos en Manila esperando ser recibidos por don Rafael María de Aguilar y Ponce de León, el gobernador de Filipinas, pero no estaba. ¿Por qué, si nos necesitaban para salvar a la población?

Suspiramos aliviados al comprobar que en su lugar nos mandaba a una delegación compuesta por tres de sus hombres más insignes. El primero era el deán de la catedral de Manila, don Francisco Díaz Duana; el segundo, el capitán Pedro Márquez Castrejo; y el tercero, el sargento mayor de las milicias Francisco Oynelo, que se encargaría de hospedarnos. Fue este último quien nos dijo que se nos necesitaba con urgencia en las islas circundantes porque corrían el riesgo de quedarse despobladas ante la epidemia.

Sin darse un respiro, Balmis tomó a los niños filipinos que nos traían, los inoculó con la linfa del único mexicano que nos quedaba viable y mandó a su sobrino Paco Pastor y a Pedro Ortega que partiesen a las islas Visayas en un barco llamado *La Diligencia*, curioso nombre que le venía al pelo ya que periódicamente hacía el mismo recorrido.

A la espera de su regreso, el tiempo pasó rápidamente. Todo en Filipinas era tan distinto a lo que habíamos conocido antes. Sus gentes, vestimentas y costumbres rezumaban exotismo; hasta sus alimentos estaban tan condimentados que nuestros estómagos tardaron en aprender a asimilarlos. Desde que Magallanes añadiera aquellas más de siete mil islas al imperio de Felipe II y hasta que Miguel López de Legazpi decidiese fundar allí su capital, miles de barcos como el nuestro debían de haber cubierto la ruta del galeón *Manila* uniendo en su transitar tres de los continentes principales del mundo.

No tardé en comprender el porqué de que Manila fuese conocida como la Venecia asiática, ya que decenas de barcos fondeaban y zarpaban a diario de allí con las bodegas repletas de las más exquisitas mercancías. Quizá lo que más me incomodaba era el andar soslayando las largas filas de malayos que corrían sin descanso de un lado al otro del puerto. Eran verdaderos hormigueros formados por hombres casi desnudos y sudorosos que fuertemente custodiados por soldados obligaban a los transeúntes a detener el paso. Al principio pensé que serían esclavos, pero luego supe que no era a ellos a quienes vigilaban sino a la carga que llevaban sobre sus cabezas. Arcas repletas de perlas del Japón, rubíes, zafiros o topacios. Otros hacían acopio de alfombras persas, porcelanas chinas, pequeños ornamentos de marfil, biombos y vistosas sedas bordadas. Los cargueros más humildes se cargaban a rebosar de toda suerte de especias; la mayoría venía de las islas Molucas y Sumatra. El trajín de aquellos sacos dejaba un suave aroma a nuez moscada y clavo que inundaba todo el puerto.

Temerosos del constante transitar de hombres y a sabiendas de que ése era el mejor caldo para la propagación de cualquier enfermedad, no perdimos un instante para montar la casa de vacunación.

Llevaríamos un mes trabajando a destajo cuando llegó la mañana en que Balmis no apareció tan puntualmente como solía. Temí lo peor porque hacía días que la extenuación del trabajo le tenía agotado. Desde su disimulado abrazo en la cubierta del barco había procurado mantener las distancias, pero ahora debía de necesitarme.

Entré tras tocar a su puerta y no obtener respuesta.

Tumbado en la cama, ni siquiera se incorporó. Al acercarme un poco más pude comprobar que las diarreas y fiebres habían regresado de nuevo.

Como las dos veces anteriores, me dispuse a cuidarle personalmente hasta que mejorase. Lo estaba consiguiendo cuando me di cuenta de que buscaba mi mano para asirse a ella. Se la tendí sonriendo para comprobar que no sólo quería cogerse de ella sino que además me la acariciaba. El primer beso que me dio en el envés lo interpreté como de agradecimiento; el segundo, de osadía; y los siguientes, ya a la altura de las muñecas, de licencia excesiva. Comprendí que su intención iba mucho más allá cuando con la otra sacó de debajo de su almohada un mantón de Manila cuajado de vistosos bordados. Era un regalo. Con delicadeza aparté mi mano de sus labios y rehusé el presente. Él, defraudado, se dio media vuelta para mirar a la pared. Fue entonces cuando definitivamente tuve la certeza de a quién había dirigido aquellos «te quiero» en su recaída anterior.

Ruborizada, salí de su cuarto dejando a Gutiérrez a su cuidado. ¿Cómo podía ser? Éramos tan diferentes y tenía una manera tan ruda de cortejar. Quizás el roce fraguó un cariño que él malinterpretó como amor. Pero, sobre todo, ¿desde cuándo se sentía tan atraído por mí? ¿No habría mandado a Salvany a la otra parte del mundo por celos? Para no hacer más incómoda aquella situación preferí dejar irresueltas esas preguntas fingiendo no haber advertido su intención. Muy pronto sabría cómo iba a reaccionar ante mi evidente rechazo.

Esperé dos días antes de volver a su habitación. Aún no estaba totalmente restablecido cuando lo encontré escribiendo sobre una bandeja de cama un informe a don José Antonio Caballero. Al ver mi sombra reflejándose sobre el papel, me miró de reojo para entregarme el primer pliego.

—No tengo nada que ocultar. Es más, conviene que estéis al tanto.

Comencé a leer después de las presentaciones y saludos pertinentes.

Cuando la soberana voluntad del Rey determinó que esta expedición llevase a todos sus dominios de América e Islas Filipinas el precioso preservativo de las viruelas, derramando amor fraternal y los caudales de su real erario para librar a sus súbditos del azote exterminador de las viruelas, las angostas miras de S.M. se extendieron hasta las generaciones futuras de sus súbditos pero no hacia los que no lo son y por ello he decidido extender su buen hacer hacia China.

En cuanto me recupere completamente de mi enfermedad, tengo el firme propósito de partir hacia Macao junto a mi sobrino Francisco Pastor, dejando aquí en Manila a doña Isabel de Cendala junto a Antonio Gutiérrez para concluir las vacunaciones. Os ruego que lo entendáis ya que allí reinan constantemente las viruelas y es de donde siempre nos ha venido el contagio a Filipinas y al resto de sus reinos causándonos la más cruel carnicería.

Con respecto a los que aquí dejo, he decidido mandarlos de regreso a México con los niños que de allí nos trajimos. Con ellos, como siempre, irá doña Isabel de Zendala y Gómez, la rectora del hospicio de La Coruña que infatigable noche y día ha derramado las ternuras de la más sensible madre con todos los niños que ha tenido a su cuidado, asistiéndonos a todos en nuestras enfermed...

Dejó inconclusa la frase.

—¿Qué os parece?

Deseando que terminase, sólo fui capaz de corregirle en una cosa.

—Que unas veces soy Isabel de Zendala y Gómez; otras, Gómez Sandalla; y las menos, De Cendala a secas y es así como me gusta que me llamen en realidad. ¿Os dais cuenta de que llevamos dos años juntos y aún no lo sabemos todo el uno del otro?

A la espera indudable de otra respuesta por mi parte, continuó cabizbajo. Posiblemente esperaba que le pidiese que le acompañase a Macao o que al menos le hubiese intentado convencer de no acudir allí, pero no lo hice. La verdad es que aquella situación nuestra cada vez se me hacía más incómoda y la noticia de mi regreso a México me alegraba muchísimo dado que por fin podría afincarme en aquella casita que dejamos en La Puebla.

—Os ruego que me perdonéis y excuséis dejándome solo. Sea como fuere, mi intención no es otra que pedir que os asignen una pensión de por vida por los servicios prestados a la Corona.

Eso sin duda solucionaría holgadamente el resto de nuestras necesidades. Arremangándome el delantal me dispuse a dejarle en su quehacer.

—Gracias, señor.

Antes de salir me contestó sin levantar la vista de su abatimiento.

—No hay de qué y por el flete del barco de vuestro regreso a Nueva España no os preocupéis porque todo está ya arreglado con el capitán de *El Magallanes* para que embarquéis cuando terminéis aquí y lo estiméis oportuno. Ya sabéis que constantemente va y viene de Acapulco.

—¿Y vos?

Mirándome de reojo fríamente, me contestó tajante:

—La verdad, no creo que os incumba ni os importe en realidad.

Eran palabras de despecho que no pensaba rebatir. ¡Acaso creía que ya había olvidado a Salvany! La distancia fortalecía nuestros vínculos por mucho que le costase entenderlo. No me hacía gracia regresar en el mismo barco que nos había llevado a Macao, pero tampoco se lo dije.

El 2 de septiembre de 1805, después de cinco meses vacunando a diestro y siniestro y acompañado tan sólo por su sobrino y tres niños filipinos, Balmis desapareció definitivamente de mi vida. Nuestra despedida frente al mismo barco que Paco Pastor había utilizado para visitar las islas fue fría y distante. A partir de ese momento el único vínculo que conservaríamos sería la promesa de mantenernos informados de los avances que uno y otro hiciésemos.

Contaba los meses soñando con llegar a La Puebla para leer las cartas que sin duda Salvany me habría enviado, cuando a cambio recibía las de Balmis notificándonos como nos prometió cada uno de sus pasos.

Por ellas supe que tardaron más de lo previsto en un inicio en llegar a Macao a causa de otro tifón que los acompañó durante seis días. Tan angustioso debió de ser el trance, que llegaron a perder a veinte hombres de la tripulación. Aun así Balmis consiguió que ninguno de los suyos terminase sepultado por la mar. Cuando al fin lograron llegar a Macao, el gobernador portugués, Miguel

Arriaga Brum, los recibió con los brazos abiertos. Como en otros lugares, él fue el primero que se vacunó para animar a los más reticentes. Y vaya si lo hizo. Tanto fue así, que en sólo tres semanas cientos de personas ya figuraban en su libro de registro y pudo partir hacia Cantón, donde la viruela causaba muchas más muertes que en la costa.

Siendo tan necesario en aquel lugar de China, tardó casi un mes y medio en comprender a qué se debía el maltrato que constantemente recibía por parte de los máximos responsables de la Real Compañía de Filipinas, sobre todo por parte de Francisco Mayo y Martín Salvatierra. Y es que al parecer aquellos hombres tenían demasiados intereses económicos con los agentes de la British East India que desde hacía meses vacunaban por su cuenta cobrando a los chinos pudientes y dejando de la mano de Dios a los más pobres.

Tan difícil como era de doblegar ante las injusticias, aprendió algunas palabras en chino con la intención de informar personalmente de aquel abuso a Pan Ke Kua, uno de los hombres más representativos del pueblo, pero de nada sirvió porque su voluntad también se había rendido a las generosas ofertas de la Corona inglesa. Fue entonces cuando, sumamente decepcionado por la corrupción reinante, decidió regresar a Macao para poner rumbo final a España.

Al llegar, el mismo Arriaga le recibió con una copia de la carta que el odioso virrey de Nueva España había mandado desde México al gobernador general de Filipinas advirtiéndole de que bajo ningún concepto Balmis debía regresar a España pasando de nuevo por México. Los agentes de la Real Compañía de Filipinas del Cantón tenían tantas ganas de perderle de vista que le sufragaron los pasajes para el *Bom Jesus de Alem* e incluso le dieron

2.500 pesos para otros gastos siempre y cuando no regresase.

Consciente de que allí no trabajaba para el rey de España y de que no tendría otra oportunidad mejor, los aceptó sin rechistar. Lo que más le molestó fue que de este modo Iturrigaray conseguiría salirse con la suya al obligarle a regresar por la ruta del oeste.

No supimos más de él hasta casi pasado un año desde su partida. Aún seguía en Filipinas cuando el gobernador me entregó otra carta. ¡Procedía de España!

    Estimada Isabel:
    Hoy me dispongo a informaros de todo lo acontecido desde mi última comunicación. Costeamos la India, parando en Goa, cruzamos el cabo de Buena Esperanza al sur de África y paramos en varios lugares para hacer víveres.
    Estos meses se me hubiesen hecho eternos si no fuese porque aproveché para escribir un diccionario de chino-español e ilustrar un tratado con las plantas que recolecté en el Cantón. Sin duda servirán, ya que la gran mayoría de los esquejes y semillas que traje en macetas ha sobrevivido al viaje y ahora los jardineros del Jardín Botánico de Madrid se esmeran en reproducirlos. Sólo espero que se aclimaten con éxito ya que además de ser desconocidas aquí, sirven para paliar diferentes enfermedades.
    De todos los puertos que tocamos creo que sólo merece la pena recordar el de Santa Elena. Es una pequeña isla situada en la costa occidental africana que por ser colonia inglesa y con el recuerdo aún fresco del

agrio encuentro que con éstos mantuvimos en China nunca pensé que fuese de interés. Pero las sorpresas aparecen donde uno menos se lo espera y no tardé en enterarme de que allí nadie había oído hablar de Jenner, y es que, por despiste, hacía ocho años que las vacunas que la Corona inglesa les mandó se descomponían hacinadas al fondo de uno de los graneros de su ejército. Menos mal que aún conservaba una caja de cristales sellados con ella.

Al saber de aquel desmán, con suma diplomacia limé las asperezas que el gobernador Robert Patton podría guardarnos dado que en ese momento España era aliada de Francia y estábamos en guerra con Inglaterra. Era un hombre razonable que al saber que el verdadero descubridor había sido un compatriota suyo me permitió empezar la labor con un par de niños. Más que nada para comprobar los resultados. Después de aquello, me bastó con entregar un par de libros del tratado de Jenner que guardaba sin traducir para poner al día a sus médicos. Cuando desatracamos a la semana siguiente ya habían vacunado a todos los niños de la isla.

El 14 de agosto de 1806 llegamos a Lisboa y el 7 de septiembre al palacio de la Granja de San Ildefonso donde el rey Don Carlos IV me citó para una audiencia. A la espera, aproveché para pasear por sus versallescos jardines y refrescándome con las gotas de agua que la brisa arrancaba a las fuentes pensé en todos los que aún seguís luchando por esta expedición filantrópica mientras yo, el director, rindo cuentas al otro lado del mundo.

El recibimiento de S.M. no fue más allá de lo correcto. Le he querido excusar debido a los problemas que últimamente sufre por el acoso de los franceses, y es que aquellos que tanta ilustración nos trajeron ahora no se conformaban sólo con eso. Las malas lenguas aseguran que Napoleón pretende anexar España a sus vastos dominios y la entrada de sus tropas por la frontera con el permiso de nuestro rey dan que pensar.

La mayor satisfacción no ha venido de nuestro rey, sino del mismo Jenner, que a sabiendas de mi paso por Santa Elena ha escrito algo que a todos nos concierne: «No me imagino que en los anales de la historia haya un ejemplo de filantropía tan noble y extenso como éste.»

Con esta frase me despido de todos y quedo a la espera de que me notifiquéis vuestro regreso a Nueva España y la devolución de los niños mexicanos a sus destinos para cerrar todos los trámites burocráticos.

Siempre a vuestro lado,

Francisco Xavier Balmis

20

LA PUEBLA

1810

*Llegas en fin. La América saluda
a su gran bienhechor, y al punto siente
purificar sus venas
el destinado bálsamo; tú entonces
de ardor más generoso el pecho llenas.*

Manuel José Quintana,
*A la expedición española
para propagar la vacuna
en América bajo la dirección
de don Francisco Balmis*

Balanceándome en la mecedora del porche releí la última carta que recibimos de Balmis. Después de aquella misiva y visto lo que quedaba por hacer en Filipinas, aún tardaríamos mucho en cumplir su última orden ya que hasta el día de Reyes de 1808 no pisamos de nuevo las ansiadas tierras de Acapulco.

No sé por qué elegí La Puebla. Quizá fuese por la leyenda que contaba que el obispo Juan de Palafox, después de fundada y bautizada la ciudad, una noche en sueños imaginó a unos ángeles dibujando sus contornos con cordeles de oro y al despertar la apellidó «de los Ángeles» y aquello me recordaba a mis ángeles custodios. Quizá por encontrarse entre los cerros de Guadalupe y Loreto tan parecidos a nuestros montes gallegos. Posiblemente por la cariñosa acogida de sus gentes; o quizá porque Benito siempre quiso volver. Lo cierto era que después de haber recorrido medio mundo, aquél era el único lugar que había despertado en mí el ansia por enraizar definitivamente ayudándome a superar todo tipo de resquemores, miedos o dudas y era allí donde languidecía a la espera de ser rescatada del ostracismo en aquella confortable casa que ahora nos cobijaba.

Ni siquiera la decepción que sufrí a mi regreso al no encontrar una sola línea de Salvany en el correo consiguió disminuir mi impulso de continuar allí. Al no recibir sus noticias, calmé mi ansiedad con las labores de restauración de nuestro hogar.

Primero temí por su vida, después intenté saber algo de él y cuando todo aquello resultó del todo imposible opté por descartar aquella loca ilusión que un día me hice al soñar con una familia al completo.

En vez de con José, hacía meses que Benito y yo compartíamos la vida con otra huésped y es que nuestro cariñoso grumetillo, María, al enterarse por una de mis cartas de nuestro paradero, quiso unírsenos. No me opuse, ya que a falta de un hombre a mi lado también me sentía sola y pensé que a Benito no le vendría mal aprender a compartir lo poco que teníamos con lo más parecido a una hermana mayor.

Fue precisamente ella la que vino corriendo a importunarme.

—¡Balmis ha venido a vernos!

Yo lo sabía desde hacía tiempo ya que me había escrito, pero no quise decirles nada porque en su carta sólo hacía referencia a que las cosas en España no iban bien y estaba intentando conseguir ayuda económica del gobierno para iniciar el que sería su quinto viaje a Nueva España.

El tañer de las campanas de la catedral silenció sus pasos. Sumamente envejecido y vestido con su pulcro uniforme, un distintivo más se unía a los que anteriormente portaba. Era el que le hacía cirujano de cámara del rey. Sin poder evitarlo y como si nos hubiésemos visto aquella misma mañana, le saludé con cariño.

—Enhorabuena, doctor. ¿Qué hace por estos lares un cirujano del rey?

Sonrió.

—Huir de las tropas napoleónicas que han sabido aprovechar al máximo el mal gobierno de Godoy y los enfrentamientos entre el monarca y su hijo Fernando, haciendo suya España a la fuerza. Después de haber huido el rey y haberme quemado la casa los gabachos, nada me retiene allí. —Suspiró—. Aún me pregunto a veces cómo Su Majestad Carlos IV fue capaz de ceder todos sus derechos a Napoleón en Bayona sin importarle en absoluto cómo afectaría esto a todos sus súbditos, y es que el pueblo no cesará en su particular batalla hasta que José Napoleón no devuelva la corona a sus legítimos poseedores.

Procuré calmar su desesperanza.

—Fuera como fuese, me alegro de que al final la junta suprema os haya permitido regresar. Ya veréis cómo aquí os relajáis. Las cosas han cambiado mucho. A mejor, me refiero, siempre y cuando no tengamos en cuenta a los revolucionarios que desde hace dos años y viendo el desorden de la madre patria ansían la independencia. Supongo que son las secuelas de los abusos de Iturrigaray. Hace un tiempo que fue sustituido por el arzobispo de México don Xavier de Linaza y Beaumont, y cualquier cosa es mejor.

—Eso espero, porque los cuatro mil reales de vellón que me otorgaron las arcas reales bien merecen una estancia larga en el virreinato. —Hizo un silencio—. ¿Sabéis que he venido en el *María Pita*?

—¡Qué casualidad! ¿Qué es de su capitán?

Al oír esto María se escondió tras una columna. Balmis sonrió al verla.

—No os preocupéis, señorita, porque ya no es Pedro del Barco. Como todos, ha medrado y, reconocidos sus méritos, se ha retirado como teniente de navío y con una pensión de trescientos pesos. Algo que, como vos bien sabéis, Isabel, es un salvoconducto para poder vivir el resto de su vida dignamente.

Bajé la cabeza un tanto avergonzada.

—Os ruego que me disculpéis por no haberos dado nunca las gracias.

Quiso quitarle importancia a esa pensión que me había conseguido.

—Os merecíais eso y mucho más. Pero decidme, ¿mantenéis aún contacto con los galleguitos?

Asentí.

—No he podido seguir vuestro consejo de olvidarlos. Ya me conocéis. Algunos de ellos me escriben de vez en cuando desde el colegio patriótico de México. Cuatro han sido adoptados y otros tantos han profesado después de salir del seminario. No me puedo quejar, porque todos parecen felices.

—Me alegro. Y qué sabéis de los demás.

—A Antonio Gutiérrez lo veo de tanto en tanto. Se ha casado con una criolla y tiene un pequeño hermosísimo. De Pedro Ortega y su sobrino Antonio Pastor debéis de saber vos, porque también regresaron a España.

Bajó la cabeza.

—Ortega murió al poco tiempo y he solicitado una pensión para sus dos huérfanos, y a mi sobrino le dejé recién casado.

Aproveché la coyuntura de otro silencio para averiguar algo de Salvany.

—¿Y de la expedición de José? ¿Sabéis algo, doctor?

Me contestó serio:

—Bolaños, Grajales y Lozano siguen en algún lugar de América intentando regresar. ¿Es que Salvany no os escribió?

Negué.

—Nada desde nuestro regreso. Lo último que supe de él es que se disponía a cruzar los Andes con todos los riesgos que eso entrañaba. —Tragué saliva—. ¿Sigue vivo, doctor?

Ligeramente disgustado por la pregunta, procuró sintetizar:

—Al llegar a Lima se doctoró en la Universidad de San Marcos a la espera de superar todas las trabas que allí encontró. Ya sabéis, un déspota virrey, una casa de vacunación pobre, sucia y destartalada y la desconfianza de los indígenas a vacunarse. Además de tener que lidiar con todos aquellos que por allí hacían negocio vendiendo a cuatro pesos el precioso y más que dudoso fluido. Cansado de ese varapalo y arrastrando su precaria salud, un día decidió abandonar para dirigirse a Arequipa. En La Paz y al notar mermada su salud, solicitó el cargo de intendente que había quedado vacante y al no conseguirlo se dirigió a la Ciudad de la Plata pasando por Oruro y Potosí hasta llegar a Cochabamba.

Bajé la cabeza consternada al comprender que desde todas aquellas ciudades me podría haber escrito, pero no lo hizo.

—Sé que se quedó ciego del ojo izquierdo, pero... ¿hay algo más, doctor?

Olvidando por un segundo las distancias fue directo al grano.

—¿Le seguís queriendo?

Me sinceré.

—Hubo un tiempo en que soñé con su regreso. Ahora... después de su silenciosa ausencia, sólo le deseo el bien.

Balmis me tomó de la mano procurando ser delicado.

—Pues siento deciros que además se quedó manco al partirse la muñeca. Eso no fue nada comparado con las tercianas y el garrotillo que sufría. Todo se agravó con la dificultad que en aquellos lugares tan altos hay para respirar normalmente. Las constantes fiebres, afonías y la falta de apetito terminaron por debilitarle hasta la muerte. Su cadáver descansa en la iglesia de San Francisco de Cochabamba desde el pasado veintiuno de julio.

La opresión de una esperanza frustrada definitivamente se enganchó a la boca de mi estómago impidiéndome llorar. Balmis, como escrutándome, continuó.

—Ya moribundo, tiró de sus últimas fuerzas para escribir una carta al consejo solicitando el regreso de todo su equipo.

Desconsolada, me dije que también podría haberse acordado de mí. ¡Y pensar que aún seguía hablándole en las noches de luna llena! Pero estaba claro que en sus querencias me vencieron la lanceta y su afán de salvación.

Tragando saliva y con mi mano aún entre las del doctor, quise cambiar de tema.

—¿Cuánto tiempo os quedaréis en La Puebla, doctor?

Intenté apartar mi mano, pero me la sujetó con fuerza.

—El necesario para tener una segunda oportunidad.

Incapaz de asimilar aún la noticia de la muerte de Salvany, mi tristeza se transformó en un profundo rencor hacia el hombre que tenía frente a mí, ya no sólo por habernos separado hacía tantos años, también por el convencimiento pleno de que lo hizo para inmiscuirse en mis afectos. Zafándome defraudada ante su insistencia, fui tajante.

—Lo siento mucho, doctor, pero eso sería una eternidad.

Se levantó, tomó su sombrero y se alejó arrastrando su despecho. De camino hacia la cancela topó con Benito, que venía de la escuela. El niño le saludó con una leve inclinación de cabeza que hizo que de su chaleco escapase una cadenilla donde tenía colgado un escapulario de la Virgen de Guadalupe junto a los cristales que asidos por la cinta roja contenían su linfa. Aquella que aunque nunca pudo dar en la expedición siempre le recordaría el motivo de nuestra unión. El doctor asió los cristales y los besó para devolverlos con delicadeza al bolsillo del pequeño.

—Haces bien en cuidar con celo de los mejores recuerdos tangibles que la vida nos brindó, Benito. Dichoso tú que puedes disfrutarlos.

Sin esperar respuesta me miró de reojo y prosiguió el camino.

No supe más de él hasta nueve años después, en 1819, cuando leí la esquela de su muerte en *La Gaceta de México*. Acaeció en Madrid un 12 de febrero y ya viudo de Josefa Mataseco. En ella debió de buscar esa segunda oportunidad que yo le negué.

NOTA HISTÓRICA

Las inclusas o casas de expósitos eran el equivalente a un orfanato en la España del Antiguo Régimen. A estos hogares llegaban los niños que nadie quería (no sólo huérfanos, sino también bocas imposibles de alimentar en caso de familias terriblemente pobres o bien productos de relaciones extramatrimoniales que había que ocultar para preservar el honor) y que solían ser depositados en un torno en mitad de la noche para asegurar la máxima discreción de quienes los abandonaban. En otras ocasiones, llegaban en carros conducidos por extraños que esperaban a tener tres o cuatro niños amontonados para llevarlos a la inclusa en un tortuoso viaje durante el cual pasaban frío y hambre y donde a veces los calmaban a base de vino. La mortalidad en el camino era muy elevada. Los que llegaban con vida lo hacían en pésimas condiciones. Nada más poner un pie en la inclusa, tanto los niños de los tornos como los de los carros eran registrados, lavados y examinados para ver las enfermedades que traían consigo. Durante unos días, permanecían aislados de los demás huérfanos para que no contagiasen cualquier posible enfermedad.

Como narro en *Ángeles custodios*, las condiciones de los niños en las inclusas no eran mucho mejores que las que habían padecido en sus breves pero duras vidas anteriores, pues no fue hasta la aparición de las reformas ilustradas que surgieron las primeras voces de protesta ante el cruel modo de vida de los pequeños en estas casas. La mortalidad era mayor en las provincias donde sólo existía un orfanato y por tanto había una masificación importante, como era el caso de Santiago de Compostela, ciudad a la que viaja nuestra heroína con el fin de buscar portadores para Balmis y en donde describe la falta de plazas para niños abandonados y la distribución de éstos entre las familias de los pueblos colindantes, quienes los emplean como mano de obra gratuita.

Por tanto, no es de extrañar que a ojos de nuestros infantiles protagonistas, el viaje transatlántico que emprendieron con el doctor Balmis resultase tan emocionante. La Real Expedición Filantrópica de la Vacuna, que se llegó a conocer como Expedición Balmis, partió del puerto de La Coruña el 30 de noviembre de 1803 y está considerada la primera expedición sanitaria internacional de la historia. Los personajes principales de la novela son todos reales. Desde el doctor y sus asistentes hasta la rectora de la inclusa y narradora de la historia, Isabel de Cendala. Lo que Balmis pretendía era trasladar la vacuna de la viruela a todos los rincones de lo que era entonces el Imperio español, a un lado y a otro del océano. Con el fin de que la vacuna resistiese el largo viaje en perfecto estado, llevó en el barco a veintidós niños que se fueron traspasando la vacuna los unos a los otros mediante el contacto de las heridas.

El nombre del barco en el que viajaban nuestros héroes era *María Pita*, en honor a la mujer que defendió La

Coruña en 1589 contra la Armada inglesa dirigida por el corsario sir Francis Drake. Tal y como nos relata Isabel, las condiciones de la nave eran todo menos confortables. Dormían en incómodas hamacas y el olor era nauseabundo. Los expedicionarios pasaron nada más y nada menos que siete años cruzando océanos, selvas y montañas y soportando el calor, las trabas administrativas de los países que visitaban y los prejuicios de sus gentes. Sin embargo, gracias a este hito de la medicina preventiva, la vacuna de la viruela pudo difundirse libremente por el mundo.

Nada de esto hubiera sido posible sin la introducción en España —durante los acontecimientos que marcaron el mundo entero entre la segunda mitad del siglo XVIII y la primera del XIX— de las teorías ilustradas que absorbió Balmis y que por primera vez hicieron que primase la razón sobre la superstición. Fueron tales tiempos los que impulsaron al rey Carlos IV a sufragar íntegramente la expedición del valiente doctor. No obstante, el desastroso gobierno de este monarca junto con su inseparable secretario Godoy provocó una nueva guerra con Inglaterra, y de nuevo fueron atacados los barcos españoles. Los efectos resultaron devastadores para España, pues el comercio con América quedó bloqueado. La debilidad de la Corona permitió la entrada de las tropas francesas en España y el fin del Antiguo Régimen. Esto hizo que el virreinato de Nueva España entrara en crisis y acabase desintegrándose en 1821, dando lugar a estados como México o Nicaragua.

El virreinato fue una entidad territorial establecida por la Corona española durante su período de dominio americano y creado tras la conquista de esas tierras por las tropas de Hernán Cortés en el siglo XVI. La figura del virrey era la que representaba al rey en los territorios de la Corona, ejerciendo plenamente sus prerrogativas. La capital del virreinato de Nueva España era Ciudad de México.

Quizás uno de los hechos más sorprendentes de la Real Expedición Filantrópica fue la inclusión de una única mujer, la antes citada Isabel de Cendala, en la tripulación masculina de un barco que iba a pasar meses atravesando el Atlántico. Sin duda resulta fascinante que nuestra heroína, tan valerosa como la mujer que da nombre al navío en el que viaja, soportase las condiciones de ese reducido espacio así como la incomodidad de ser una dama en una época de vestidos poco prácticos y de una higiene mínima apenas accesible. Ella misma comenta horrorizada en cierto momento de la historia cómo la tripulación hacía sus necesidades en plena cubierta, delante de todo el mundo, por lo que no duda en hacerse con un cubo propio para estos menesteres. Isabel de Cendala estuvo a cargo de veintidós niños y por su labor podríamos decir que fue la primera pediatra española.

Ser mujer a principios del siglo XIX en España —y en el resto del mundo— significaba no ser ciudadana, palabra tan valorada en la época de las Luces, sino hija de un ciudadano en el mejor de los casos. Las mujeres quedaban relegadas a la maternidad y en caso de soltería o de haber perdido a la familia, como nuestra narradora, había pocos trabajos que se podían realizar si una no tomaba los hábitos, como la docencia de niños pequeños o los cuidados de éstos en las inclusas. Es por ello que la labor de Isabel resulta doblemente admirable pues, tal y como narro en *Ángeles custodios*, fue capaz de desempeñar su labor a la perfección y enfrentarse con todas las adversidades sin perder el deseo de lucha y la energía que ayudó a que los pequeños sobrevivieran y prosperaran en un mundo hostil.

En México, a Isabel de Cendala se la considera la primera enfermera de salud pública y nuestra protagonista está también presente en el callejero coruñés, siendo su calle —Isabel López de Gandalla; uno de los nombres con que la documentación la reconoce— un homenaje a esta valiente pionera cuya contribución a la historia mundial de la medicina se desea recordar y rendir tributo en la presente novela.

BIBLIOGRAFÍA

ACKERKNECHT, E.H., *History and Geography of the Most Important Diseases*, Nueva York, Hafner, 1965.

ARCHILA, R., *La expedición de Balmis en Venezuela*, Caracas, 1969.

ASTRAIN GALLART, M., *Barberos, cirujanos y gente de mar: la sanidad y la profesión quirúrgica en la España ilustrada*, Madrid, Ministerio de Defensa, 1996.

BALAGUER I PERIGÜELL, E., *Balmis, l'esperit de la il·lustració*, València (Comunitat Autònoma) Generalitat, 2006.

BALAGUER, E., BALLESTER AÑÓN, R., *En nombre de los niños, La Real Expedición Filantrópica de la Vacuna (1803-1806)*, Madrid, Asociación Española de Pediatría-Wyeth, 2003.

BALLESTER AÑÓN, R., «Factores biológicos y actitudes vigentes frente a la infancia en la sociedad española del Antiguo Régimen», *Asclepio*, 1983.

BARTOLECHE, J.I., «Instrucciones sobre el método para curar viruelas», *La Gaceta de México*, 25 de septiembre de 1797, tomo VIII, pp. 341-344.

BETHENCOURT, A. de., «Inoculación y vacuna antivariólica en Canarias (1760-1830)», en: MORALES PADRÓN, F. (coord.), *V Coloquio de Historia Canario-Americana*, vol. II, Gran Canaria, Cabildo Insular, 1982.

CARRERAS PANCHÓN, A., *El problema del niño expósito en la España ilustrada*, Salamanca, Instituto de Historia de la Medicina Española, 1977.

—, *Miasmes i retrovirus. Quatre capítols de la història de les malalties transmissibles*, Barcelona, Fundació Uriach 1838, 1990.

CALDERÓN QUIJANO, A., *Los virreyes de la Nueva España en el reinado de Carlos IV*, Escuela de Estudios Hispano-Americanos de Sevilla, 1972.

CASTIGLIONE, A., *History of Medicine*, Nueva York, 1941.

CASTILLO Y DOMPER, J., *Real expedición filantrópica para propagar la vacuna en América y Asia (1803)*, Madrid, 1912.

COSTA CASARETTO, C., «Andrés Bello y la Expedición Filantrópica de la Vacuna», *Revista Médica Chilena*, 119 (1991), pp. 957-962.

COOK, S.F., «The smallpox epidemic of 1797», *Bulletin of the History of Medicine*, 7 (1939), p. 943.

—, «Francisco Javier (Balmis) and the Introduction of Vaccination to Latin America», *Bulletin of the History of Medicine*, 11 (1942), pp. 543-560.

COOPER, D.B., *Las epidemias en la Ciudad de México, 1761-1813*, Colección Salud y Seguridad Social, Serie Historia, IMSS, México, 1980, pp. 139-141.

CUETO, M., *Saberes andinos. Ciencia y tecnología en Bolivia, Ecuador y Perú*, Lima, Instituto de Estudios Andinos, 1995.

DÍAZ DE YRAOLA, G., *La vuelta al mundo de la expedición de la vacuna*, Escuela de Estudios Hispano-Americanos, 1948.

ELÍAS, M.F., *Adopción de los niños como cuestión social*, Editorial Paidós, 2004.

FERNÁNDEZ DEL CASTILLO, F., *Los viajes de don Francisco Xavier de Balmis. Notas para la historia de la expedición vacunal de España a América y Filipinas*, México, Sociedad Médica Hispano Mexicana, 1996.

FISCHER, R.B., *Edward Jenner (1749-1823)*, Londres, A. Deustch, 1991.

FRÍAS NÚÑEZ, M., *Enfermedad y sociedad en la crisis colonial del Antiguo Régimen (Nueva Granada en el tránsito del siglo XVIII al XIX: las epidemias de viruela)*, Madrid, CSIC, 1992.

GARCÍA NIETO, V., *El barco de la viruela. La escala de Balmis en Tenerife*, Santa Cruz de Tenerife, Ediciones Idea, 2004.

GARCÍA FERNÁNDEZ, E.V. *La soledad de Balmis: Real Expedición Filantrópica de la Vacuna de la Viruela*, Madrid, Biblioteca Nueva, 2005.

GIMÉNEZ LÓPEZ, E., PRADELLS NADAL (eds.), *Ejército, ciencia y sociedad en la España del Antiguo Régimen*, Alicante, Instituto Alicantino de Cultura Juan Gil-Albert, 1995.

GUERRA, F., *Historia de la materia médica hispanoamericana y filipina de la época colonial*, Madrid, 1973.

HOPKINS, D.R., *Princes and Peasants. Smallpox in History*, Chicago, The University of Chicago Press, 1983.

LASTRES, J.B., «La viruela, la vacuna y la expedición filantrópica», en *Archivos Iberoamericanos de Historia de la Medicina*, 2 (1950), pp. 85-120.

MORENO CABALLERO, E., *Sesión apologética dedicada al Dr. D. Francisco Xavier de Balmis y Berenguer*, Valencia, Imp. de Ferrer de Orga, 1885.

MOREAU DE LA SARTHE, J.L., *Tratado histórico y prácti-*

co de la vacuna, traducido por el Dr. Francisco Xavier de Balmis. Madrid, Imprenta Real, 1803.

NAVARRO Y GARCÍA, R., *Historia de la Sanidad Marítima en España*, 1.ª edición, Madrid, Instituto de Salud Carlos III, 2001.

NIETO ANTÚNEZ, P., *La rectora de la Casa de Expósitos de La Coruña, excepcional y olvidada enfermera en la expedición de Balmis,* La Coruña, Instituto José Cornide de Estudios Coruñeses, 1981.

NÚÑEZ FREIRE, B., NÚÑEZ CIFUENTES, U., *La expedición de los niños héroes: 16 de julio de 1805. Bicentenario de la llegada de la vacuna de la viruela a la Real Audiencia de Quito,* CAMBIOS, Órgano Oficial de Difusión Científica del Hospital Carlos Andrade Marín, 2005, 4 (7): 15-24.

O'SCANLAN, T., *Ensayo apologético de la inoculación o demostración de lo importante que es al particular y al Estado,* Madrid, Imprenta Real, 1792, pp. XV-XVI.

OLAGÜE DE ROS, G., «La introducción de la vacunación jenneriana en España (1799-1805)», En: BARONA, J.L. (ed.) *Malaltia i Cultura. Trobades del Seminari d'Estudis sobre la Ciència.* València, 1994.

OLAGÜE DE ROS, G., ASTRAIN GALLART, M., «Propaganda y filantropismo: los primeros textos sobre la vacuna jenneriana en España», *Medicina e Historia,* 3.ª ép., n.º 56 (1994).

PARRILLA HERMIDA, M., «La expedición filantrópica de la vacuna antivariólica a América en 1803. El contrato de fletamiento de la corbeta *María Pita*», *Revista del Instituto José Cornide de estudios coruñenses,* 1974-1975, n.os 10-11.

PÉREZ, J., ALBEROLA ROMÁ, A., (eds.) *España y América. Entre la Ilustración y el Liberalismo,* Alicante, Instituto de Cultura Juan Gil-Albert, 1993.

PESET REIG, J.L., *Ciencia e independencia en la América española*, en LAFUENTE, A., ELENA, A., ORTEGA, M.L., *Mundialización de la ciencia y cultura nacional*, Madrid, Doce Calles, 1993, pp. 195-217.

PESET REIG, J. L., LAFUENTE, A., SELLÉS, M. (eds.) *Carlos III y la ciencia de la Ilustración*, Madrid, Alianza Ed., 1988.

PIÉDROLA GIL, G., «La viruela, la primera enfermedad pestilencial prácticamente erradicada en el mundo», *Anales de la Real Academia Nacional de Medicina*, tomo XCIV, Madrid, 1977.

PUIG SAMPER, M.A., *Las expediciones científicas durante el siglo XVIII*, Madrid, Akal, 1991.

RAMÍREZ MARTÍN, S.M., *La salud del Imperio. La Real Expedición Filantrópica de la Vacuna*, Madrid, Doce Calles/Fundación Jorge Juan, 2002.

—, *La mayor hazaña médica de la colonia: la Real expedición Filantrópica de la Vacuna en la Real Audiencia de Quito*, Quito, Ed. Abya-Yala, 1999.

—, «Proyección científica de las ideas de Tomás Romay sobre la viruela en la Inclusa madrileña», 178 *Asclepio*, 2002, vol. LIV, fasc. 2, pp. 109-128.

—, «Única mujer participante en la Real Expedición Filantrópica de la Vacuna. D.ª Isabel Sendales y Gómez», *Actas IX Congreso Internacional de Historia de América*, vol. II, Ed. Regional de Extremadura, 2002, pp. 271-276.

RAMÍREZ, S., VALENCIANO, L., NÁJERA, R., ,Y ENJUANES, L., *La real expedición filantrópica de la vacuna. Doscientos años de lucha contra la viruela*, Consejo Superior de Investigaciones Científicas. Madrid, 2004.

RIERA PALMERO, J., *Cirugía española ilustrada y su co-*

municación con Europa, Valladolid, Universidad de Valladolid, 1976.

RIGAU PÉREZ, J., «Introducción de la vacuna de la viruela en el sur de Puerto Rico, 1804», *Boletín de la Asociación Médica de Puerto Rico*, 1979, n.º 7.

RIQUELME SALAR, J., *Médicos, farmacéuticos y veterinarios en la conquista y colonización de América*, Madrid, Tip, Pablo López, 1950.

RODRÍGUEZ OCAÑA, E., *El resguardo de la salud. Organización sanitaria española en el siglo XVIII. Dynamis*, 1987-1988, 7-8, pp. 145-170.

RUMEU DE ARMAS, A., *La inoculación y la vacunación antivariólica en España*, Valencia, 1940.

SAHAGÚN, B. de, fray, *Historia General de las Cosas de la Nueva España*, VIII, p. 7.

SMITH, M.M., «The "Real Expedición Marítima de la Vacuna" in New Spain and Guatemala», *Transactions of the American Philosophical Society*, New series, vol. 64, part. 1, 1974.

WATTS, S.J., *Epidemics and History. Disease, Power and Imperialism*, New Haven/London, Yale University Press, 1997.

ÍNDICE

Prólogo 9
1. La regenta del hospicio 13
2. Un filántropo en la torre de Hércules 25
3. Ingenuas almas 43
4. Santiago 55
5. Los desperdigados 67
6. Balandro de salvación 85
7. La soledad del mando 101
8. Las islas afortunadas 117
9. Pasión prohibida 131
10. Ilusiones traicionadas 151
11. Implorando en secreto 165
12. Venezuela 173
13. El complaciente virrey 187
14. Cuba 201
15. La Habana, enmendando el infortunio 215
16. Nueva España 239
17. Adiós a mis gallegos 259
18. La puebla, un lugar donde enraizar 271
19. La ruta del galeón *Manila* 287
20. La puebla 299
Nota histórica 307
Bibliografía 313

LA RUTA DE BALMIS